我是万吨乌云卷积而来的伤心客
在一场疾风骤雨的坠落中回到村庄
我是万中无一的归来者，故乡里的异乡人

湖岸
Hu'an *publications*®

湖岸®
Hu'an

# 乌云来客

流马 著

GUANGXI NORMAL UNIVERSITY PRESS
广西师范大学出版社
· 桂林 ·

图书在版编目(CIP)数据

乌云来客 / 流马著. — 桂林 : 广西师范大学出版社, 2022.3

ISBN 978-7-5598-4374-6

Ⅰ. ① 乌… Ⅱ. ① 流… Ⅲ. ① 短篇小说 – 小说集 – 中国 – 当代 Ⅳ. ① I247.7

中国版本图书馆CIP数据核字(2021)第210473号

WUYUN LAIKE
乌云来客

作　　者：流　马
责任编辑：莫久愚
特约编辑：刘　会
书籍设计：王柿原
内文制作：常　亭

广西师范大学出版社出版发行
广西桂林市五里店路 9 号　邮政编码：541004
网址：www.bbtpress.com
出版人：黄轩庄
全国新华书店经销
发行热线：010-64284815
北京中科印刷有限公司印刷
开本：880mm × 1230mm　1/32
印张：11　字数：203千
2022年3月第1版　2022年3月第1次印刷
定价：58.00元

# 目录

## 进化论



## 乌云来客



## 终章



## 后记

# 起章

# 雨季来临之后

断断续续的雨，伴随着疫病。

我骑着自行车，从野外归来，生锈的车把上坠着透明的雨珠。后座绑着一捆快要拖地的艾草，像车屁股上凭空长出来的绿色尾巴，湿漉漉地闪着水光。我要回家用它煮水，治疗父亲的狂暴，妈妈的疯病，还有我的拉稀。

疫病是从西瓜地里传来的。不知道从哪一年起，村子周围的农田都种满西瓜，每年一到夏季，大堆大堆的西瓜像小山一样囤积在路边，绵延数里，源源不断的大卡车从外地赶来，拉走一车又一车的西瓜。我见过最骇人的景象，是装满西瓜的大卡车在堆满西瓜的道路上小心翼翼地行驶，然而在转弯时，突然车身倾倒，成吨的西瓜滚落，同时压坏路边的瓜堆。西瓜的汁液，鲜血一样从车底喷涌，淹没道路。这让我想起历史课本上学过的一个词，“血流漂杵”。我一直无法想象这个词所描述的景象，然而当看到一个个西瓜在它们自己的汁液中漂流，看到一个个光屁股猴子在西瓜血中翻滚的时候，一切都好理解了，尤其当西瓜的汁液糊满双眼时，这景象又被加了一层血色滤镜。那时，人们对西瓜早已弃之如敝屣，突然的毁坏不仅没有带来心痛，反而像是一种意外的狂欢，将那“血水”引向沟渠，浇灌土地。

今年的西瓜染了疯病，瓜叶和瓜蔓从小面积蜷曲衰败逐渐扩增到大面积枯萎，西瓜在生长中会没有来由地溃烂，生瓜流出奶白的汁液，即将成熟的则流出“血水”。整个田野在毒烈太阳的蒸腾下，发出从酸甜到腐臭的浓烈气味，持续地溃烂和日照，瓜田的上空甚至笼罩着一种粉红色的蒸汽，经久不散，直到雨季来临。按理说，在干旱的北方，没有所谓的雨季，而且西瓜最怕的就是下雨。这没完没了的雨前所未有，加速着瓜田的腐烂，那混合着奶白与鲜红的汁液在雨水的浸泡中喂饱了土地，向道路流淌，向村庄进击。

一些从瓜田里回来的人，有的开始生病，皮肤上生出和瓜叶病斑一样的黑斑，有人持久腹泻，有人像西瓜一样发疯，有人突然百倍暴躁，从白到黑地咒骂着天气。活着的人即将死去，但将死之人的死亡速度突然变慢，日复一日，忍受着无尽的潮湿和从田野飘来的酸臭，像是一种营养。我的姥娘目前就是这样。

村里的主干道早已封锁，不让出，也不准进。因为持续下雨，路口看守人都逃走了。我偷偷出村，从暂时还没被“血水”污染的河堤上，采到艾草。我仍然习惯于穿过我经常走的那条小巷，它的出入口非常隐蔽。为此先要穿过一片被主人遗弃的菜园，那里各种蔬菜和野草一起疯长，再拉开一道被藤蔓封锁的篱笆门，就是那条通往村内的小巷了。

这条小巷什么都好，唯一不好的是，它的拐角就是我的姥娘家。我实在不想再让姥娘家的人看见我。我一点也不想再去探望我的姥娘，不愿意再看到那个场面。那个场面我已经看过无数次了。她已经叫不出我的名字，但有时会突然伸出一条像灰白的枯枝一样细的手臂，在枕头底下摸索出一块饼干，递给我。那饼干在雨季里也早已发霉。我不愿意伸手接那块饼干，却经常会被表妹一把接过去塞进嘴里。我的表妹脸色泛着绿光，头发也绿油油的，像一颗行走的灰灰菜。我想这大概是她经常偷吃姥娘枕头底下的发霉饼干导致的。

我沿着那个长长的巷道慢慢蹬车。巷道的一侧就是姥娘家院子的围墙。那墙并不高大，我在自行车上，若直起身体，还是能看到院墙之内的。但我决计不看，只是低头蹬车。院墙无声地坍塌了，一个庞然大物突然委顿于地，居然没有发生任何声响，无论如何都显得有些惊悚。那院墙本是黄土夯筑，连日雨水浸泡，想来坍塌也是必然。

透过坍塌形成的缺口，我看到表妹，正打着赤脚站在雨地里，眼神空茫地看着墙外，好像早就知道我要经过，所以用眼神推倒墙壁。

“哥，我找到了你的相机。”表妹说。

表妹从来没有这样对我讲过话，很多年里我都怀疑她是半个哑巴，说不出一个完整的句子。常常是一个名词，或者一个代词，这个、那个、这样、那样，具体什么意思要根据情况去猜。遇到复杂一点的表述，她就只好紧闭嘴巴什么都不说，所以这一次我很意外。

“什么东西?”我还从来没有拥有过一个相机。

“照相机。”表妹说，“你忘了，好多年前，亲戚都来给奶奶做寿，你拿着相机在门口那个石头堆上玩耍，后来相机就掉石头缝里了，没办法掏出来。大人们都在屋里喝酒，根本不相信你有相机，还说你撒谎，你为这事哭了整整一个下午。”

“我哪会有什么相机呢?”我对表妹说的那些完全没有印象，觉得不可能是真的，那个年代，我们农村人知道有相机这个玩意儿就已经很了不起了，怎么还能奢望有一台相机呢？更何况还是我，一个当时几岁不到的小孩子。

“是啊，现在我们也不会相信了，但是，当时我们都信以为真，而且你自己拿着那个相机坐在那个石头堆上，不让我们靠近，也不给我们玩，就端着它胡乱拍。”表妹说着居然微微露出笑意。

“那或许是我的恶作剧吧，我怎么会有相机呢?”我好像想起一点什么，同时暗地里恨透自己，因为表妹的描述让我重新觉察出，自己从小就是喜欢装模作样欺骗别人也欺骗自己的坏小孩。

“可是，现在，我真在家里找到了那个相机。”表妹说。

我不相信。我从来没有过什么相机，尽管我很想拥有，但是长这么大以来我从没有拥有过一台相机。我单只脚撑地，屁股没有离开过车座，这会儿只想踩一脚车蹬，赶紧闪人。我骑过那个坍塌的缺口，一拐弯就是姥娘家的门口，表妹却已经拦在那里了，她扶住我的车把，眼神依旧空茫，让我感到不安。

“你真得来看看。”

二舅正在堂屋里坐着，像一截烟熏过的木头，对院墙的倒塌无动于衷，大概他的魂魄又一次离开躯体，去和他的羊在一起了。二舅总以为自己应该是一只羊，而且是一只永远长不大的小羊。他空洞的目光没有看见我。

表妹也完全忽略他，一直把我引到姥娘的床前。

床上没有人，只有一个被掀开的空空的被窝，露出肮脏的床单，床单上只留着重重湿渍印出来的一个瘦小人形。我狐疑地看了看表妹。

表妹伸出手指做了一个“嘘”的动作。

“小点声，奶奶可能就在屋里，跟你捉迷藏，你不要很好奇，否则她可能会突然出现吓唬你。有时候她还会跑出去，有人看见过她穿着雨披去瓜田里偷摘西瓜。你说她到现在也没有死，是不是跟吃西瓜有关？”

我没有接她的话，只是看着那个床单上的人形污渍发呆。

表妹在床前蹲下，伸手在床底使劲够着什么，拉出来一个木头盒子，上面有一些蛛网的残丝和尘土。尘土并不厚，还有一些被手触摸过的手印，说明之前有人动过。这是一个有点像棺材盒大小尺寸的长方形木盒，材质很轻，像是梧桐木的，盒盖是抽拉式，乡下木匠的手工，虽有一点机巧，但总体粗糙。黑漆草草涂过一层，但是表面已然有不少虫洞，虫蛀过的碎屑粘连着，像虫子拉过的屎。

这个盒子我有些面熟，似乎妈妈也有这么一个完全一样的木盒，不过她保存得很好，始终藏在立柜的深处，像是放着什么珍贵的东西。我忘了是怎么知道妈妈那个木盒的存在，但是印象里它就藏在立柜那里，只是家里的立柜上了锁，我没有去打开过。这立柜和木盒都是妈妈当年的嫁妆。也许那木盒和姥娘床底这个盒子是同一个木匠打造？

表妹拉开那个木盒盖子，发出吱吱呀呀刺耳的声音。盒子的内壁没有涂漆，所以虫蛀就更厉害了，虫子们应该是从内部往外打洞的。盒子里面是一个小小的布包，拆开布包后，厚厚一叠，但却是大小不一的画片，仔细一看，居然真的是一些陈年相片。那些相片的尺寸完全不是现在我们常见的规格，有的不足一寸，有的细长，全都是黑白版，有的照片还被裁切出一些花边，这是只有县城里的照相馆才能切出来的花边。这些照片也被虫子咬过了，有的咬出一些缺口，有的咬出许多小洞。

这些照片初看起来，并没有什么特别，都是一些陈年家庭照片。基于当时的条件，是不可能拥有家庭相机的，这都是那些定期下乡的县城摄影师的作品。照片的拍摄水平不一，可以看出不是出自同一个摄影师，但是用光、取景都颇为讲究。这里面有少数几张能够看出是姥娘壮年时和舅舅们小时候的照片，还有更多照片中的人物我并不认识，也许是其他我不知道的亲戚吧。

那张姥娘年轻时和两个舅舅的照片，背景不是在家里，而是村外的庄稼地，时间应该是秋天。收获以后，田地里光秃秃的，只有村路上生长着两棵高大的杨树，孤零零地站在照片的背景中。因为取景太大，所有人物都显得很小，面部表情也看不清。只隐隐约约辨别出那个穿着斜襟褂子，打着绑腿露着小脚，梳着发髻的女人，是我的姥娘。她坐在一条长凳上，膝前分别站着两个只有八九岁年纪的舅舅。在姥娘的侧后方，还站着一个男人，个子不高，身穿白色的短褂，显得比较精壮，但是照片上的面部被虫子蛀掉了，只留下一个蓄着短发的窟窿。我猜这差不多是我的姥爷。妈妈是遗腹女，姥爷在妈妈出生之前就去世了。这个照片拍摄时，我的妈妈还没有出生。能够感觉出拍照那天风很大，高大的杨树向一边歪着树冠，姥娘前额零散的头发向后吹去。我的两个舅舅，紧紧绷着嘴巴，好像害怕大风吹进他们的肚子。太阳很好，可以看到地上有清晰斑驳的树影，那树影也仿佛是摇动的。

接下来是一个年轻女人抱着孩子的照片。女人两腮有点鼓，嘴唇很厚，微微张开露出笑意，眼睛里也有光，只是头发有些蓬乱，梳着两个边分的短辫，垂在肩头。从面容到发型都像极了一个印第安人。她抱着的孩子好像还没有睡醒，又像是生着什么病，眼睛也没有张开，戴着毛线帽的脑袋歪在女人的肩头，癞里癞气的，整一个没有精气神的小孩儿。仔细看，孩子的手里还拿着一截花枝。这应该就是春天，孩子手里的花枝就是杏花，只是孩子的手臂也没有力气，那花枝在孩子的手中垂向照片的左下角。母子俩都穿着很薄的碎花褂子，里面套着棉袄。虫子已经将照片咬去一角，那花枝上有些花朵已经被咬烂。这女人是我的母亲，而那没有生气的孩子，就是我。这张照片并不罕见，我家的相框里也有一幅。只是从这积满尘埃的棺材盒里掏出来看时，却仿佛一切都那么不真实，好像照片里的妈妈和我已经死去活来几个轮回。

第三张才吸引到我的注意。这是一张非常诡异的照片，照片里正下着一场大雨，一个看不清面目，只留下黑色背影的人，一手扶着扛在肩上的农用地排车车轮，一手攀爬着一棵大树，且是快要爬到树冠的部位，大树后面是一户人家的屋顶。前景中，是一个失去轮子的地排车平躺在雨地里，地排车里坐着一个老太太，老太太怀里抱着一个小女孩。老太太侧身背对镜头，抬着脑袋，似乎在看着那个扛着地排车轮子爬树的人。

我已经猜到这个人是我姥娘，我想起小时候无数次听她讲过的一件事。有一年二舅去矿上大舅家把姥娘接回来，二舅拉着地排车，回来的时候经过一个村子，突降大雨，因为没有带雨伞和雨帽，母子俩就想赶紧找个避雨的地方。但是，突然斜刺里闪出一个黑影，钻到陷在雨地不能动弹的地排车底下，把地排车的轮子摘走了。拉车的二舅只觉得双手一沉，车子不能动弹，回头一看，轮子没了，而顺着姥娘手指的方向，看到那个黑影扛着两个车轮爬上了不远处的一棵大树，然后把车轮顺势滚到别人家的屋顶，再然后，那人就推着车轮消失在屋顶，好像乘着轮子飞走一般。

姥娘说她平生长这么大从没有见过这么偷人家车轮子的，而且还爬上树去。我们每次听都觉得匪夷所思，认为这是不可能的事情。但姥娘每次想起来都讲，念念不忘那两个丢掉的车轮。我曾就这件事求证过二舅，二舅总是不置可否，那怀中的小女孩就是我的表妹。表妹也对此一无所知。我的母亲也不相信姥娘的话，总觉得这是姥娘为了替二舅遮掩丢失车轮的事情而瞎编的谎言。我们都知道二舅是一个无用的人，十有八九是半路上休息打盹，被人偷走了车轮。姥娘是心疼二舅才编出这样离奇的谎言。但我们都并不以为意，只是当作一个奇特的故事听，到最后也许连姥娘自己都相信了吧，因为每一次讲述，总有新的材料和新的语言，好像每一次讲述都是对上一次讲述的润色与再创作。

这样言之凿凿的经历什么都不缺了，就缺证据，结果，证据出现在我眼前这个棺材盒子里。我看到的那个扛着轮子上树的黑色人影，似人非人，说是一个动物也无不可，因为它的影像是如此似是而非。现在的一个问题是，拍摄这张照片的人是谁？谁又将这照片送到姥娘的手中呢？

又一张。

一个人行走在水边，脖子上系着一根绳套，绳套的另一端坠着一块石头，那人将那石头抱在怀中。

又一张。

还是那个水边，其实是村口的池塘。一个孩子被一只羊顶下池塘的瞬间。

再一张。

依然下雨。无人的屋顶。雨的视角，初看没有什么奇特，仔细看就会发现垂直角度的屋顶上有一块补丁一样的东西。我努力辨认这是谁家屋顶，怎么会有那么大一块补丁？再仔细看那补丁的花纹，才意识到那是一条平铺的棉被。

我想起来了，这是姥娘上一次去世时的那一场大雨。那场大雨将葬礼袭击得七零八落，悼念的亲属都畏缩在临时搭起的帐篷底下等待丧席的开始。我记得我当时听到姥娘的耳语，她说，被子还在屋顶上，被子还在屋顶上。我便找到梯子，爬上她家的屋顶，果然看到那条被雨击打的被子。看到这张照片，我的耳朵里再次回荡起姥娘的声音，忍不住抬头看看那张空空的床铺。我突然有种感觉，姥娘已经走了，并且这次再也不会回来。

我失去翻看那些照片的兴致，把他们放回棺材盒里，抱在怀中，也没有和表妹说什么，就往外走了。

我想到我的二舅，此刻应该就在羊圈里，于是走到羊圈那边。雨中的绵羊都是那样分散开傻站着，一动不动。这些绵羊似乎天生不怕雨淋。我努力想从它们的眼神中分辨出，哪一个是我二舅。它们的眼神是一样的清澈透明而且无辜。我放弃这种尝试，对它们说："姥娘这一次是真走了，再也不会回来了。"我希望二舅听完这句话，清澈的眼睛里会流下泪水，那样，我就知道哪一只绵羊是他。但是，所有小羊的眼睛都一样清澈，没有羊听懂我的话。

我只好抱着那只盒子，往外走。路过堂屋，木头一样的二舅仍旧坐在门口的闸板上。我没再和他打招呼。他却叫住我，对我说："外甥，我死的时候，不会再下雨了。你们住高楼，我还是住在我的羊圈里。”

我回头看他，发现他木雕一样的脸上，眼角湿润。

我说：“姥娘这次不会回来了。”

二舅笑笑，说：“那可不一定，兴许傍黑，你姥娘就会回来歇息。”

我看见二舅手里拿着一个方方的东西。“拿去吧，你的相机。是二舅帮你从那个石头堆里掏出来的。”我纳闷二舅居然可以流利地说出这么长的句子，他是不是变了个人？每次从羊的身体里回来，他的精神都会好很多。

我下意识地伸出手，接过那个陈旧且快要发霉的纸盒。这就是一种再普通不过的硬纸包装盒。打开之后，里面空空如也。我知道，他说的相机，就是这个纸盒本身。表妹亦步亦趋跟着我，一直把我送到门口。她没有阻止我拿走那个盛着相片的盒子。

我回到村子另一边，自己的家。母亲仍然在屋里哭泣，间或又不可抑制地狂笑，有时笑得喘不过气来。我问爸爸她又怎么了？爸爸气嗖嗖地说：“还不是因为你姥娘？”

过了一会儿，他又说，兴许你娘也和你舅一样，被什么魂儿附体了吧。可是最近，村子里也没有什么人死啊。要么就是以前的野鬼，没准哪天撞上了。让她且哭一会儿吧，过会儿一巴掌打醒也不晚。

我当然记得，姥娘实际上在很多年以前就死过很多次了。一次是在冬天，下大雪的时候，还有一次是在夏天，大暴雨冲散人群那一回。我不明白姥娘为什么如今非要再死一次不可，何况又是一个没完没了的雨季。

这种事情，在我们这样朴素的村子，其实是很少发生的。一般情况下，我们都认为世界上没有鬼魂，人一旦死去，灵魂也就自然寂灭，不存在亡魂游荡在野外路边这种无聊的事情。除非下雨，除非是下起来没完没了的那种雨。在北方，这种情况是极其罕见的。在北方蔚蓝而高远的天空下，明亮到刺眼的阳光里，不但没有鬼魂，就连人的影子都十分短小，可以忽略不计。

所以在这罕见的雨季里，我们都在盼望天晴，只要天晴，一切都会恢复如常。我的父亲明白，在雨天，打母亲耳光也是不管用的。唯一的希望就是等。

我急于回到屋子，去翻那些没看完的相片，但再次拉开木盒，里面只是一小堆坟样的尘土。

# 父亲的田园

# 奶奶没有悲伤

困难时期的家庭生活，无非围绕着吃展开，偏偏又没什么吃的。

一茶碗棉籽油，炒菜要用一个月。一小罐猪油——我们那里叫腥油，要吃一个冬天。说起猪油，小时候也吃过不少，白白的，凝结在小油罐里，炒菜时用勺子挖一点放油锅里，味道特别冲；冬天，用猪油冲开水泡煎饼，特别香；直接把白白的猪油抹到煎饼上，嘎巴嘎巴地吃，也香；又或者把粗盐用猪油炒了，泡粗盐水喝，也是很香的。没什么可吃的年代，人们总会变着法儿弄出许多“美味”来。现在的人喜欢吃猪油拌饭，不知道有什么好吃的。

奶奶怕腥，不吃猪油，只好用棉籽油开小灶。

冬天冷，她要等到太阳晒满院子才起床，而爸爸妈妈早就起来弄饭吃了。奶奶半卧在外屋的床上，看着爸爸妈妈吃完才下床，棉袄半披着，扣子也不系，自己在小炉子上做饭。因为奶奶有气管炎，妈妈怕她害冻，提醒她系上棉袄扣子，她不听，还说敞着棉袄坐炉子跟前，胸口才暖和。她自己做饭炒菜，倒不怎么吝啬用油。菜熟了，也不起锅，直接拿筷子在锅里夹着吃。吃完再将锅里剩下的菜水添水打个汤，喝掉。

妈妈怀我的时候，有段时间总是拉肚子，家里人怀疑是吃猪油的缘故。奶奶很紧张这件事，担心妈妈流产，才准许妈妈改吃棉籽油。但这样一来，棉籽油又吃得快了，奶奶仍然发脾气。等不拉肚子了，妈妈只好还是吃回猪油。

夏天，奶奶用粮食换了西瓜偷偷在自己房里吃。小姑放学回来，要给孕期的妈妈送去几块。奶奶就大声说："还是你自己吃吧，别给你嫂子送了，你嫂子吃了西瓜会拉肚子的。"

家里有只老母鸡，每天下一个蛋。一到下蛋时间，奶奶就守在鸡窝旁，一俟母鸡下完蛋，立刻把鸡蛋拿走。为防止被家里人看见，还把拿鸡蛋的手藏在长襟褂子里面，像地下党暗揣手枪吓唬人似的，明明要掩盖，却欲盖弥彰。

攒上四五天，正好到村里开集时间，奶奶就用手绢包了鸡蛋，赶集去卖。家里谁想吃一个都不成。那时的鸡蛋，是乡村里的硬通货。

在我出生前，妈妈还曾有过一对双胞胎女孩，可惜没出满月就都夭折了，原因是妈妈没有奶，没有奶的原因是没有吃的。又是冬天，两个孩子生下来就又瘦又小，病恹恹的，不像可以成活的样子，没几天就先后都发烧生病，终于不治。

这件事从没有听爸爸妈妈说起，倒是后来一些邻居总会当着我的面提两句："你知道你其实有过两个姐姐吗？"我就迷糊，怎么会有两个姐姐呢？接下来他们就会说我奶奶各种不是，大意就是奶奶对妈妈太抠太狠，什么吃的都不给，刚生完孩子的产妇面皮浮肿，随时像是要死。

两个孩子死掉没几天，又逢村里大集，奶奶便又去集市卖鸡蛋。结果碰到姥娘家那边一个亲戚也来赶集，看见奶奶卖鸡蛋，就忍不住数落她："你这个死抠门的老婆子啊，小孩都给你抠得饿死了，也舍不得给你儿媳妇冲碗鸡蛋水喝，现在还出来卖鸡蛋呢！"一向嘴上不饶人的奶奶，这次居然低下头没吱声。

爸爸有朋友来，妈妈忙着烙葱油饼招待客人。奶奶走到灶边，抓起烙好的一张来就啃。葱油饼是死面做的，妈妈担心奶奶吃太多不消化，但说了又怕被奶奶误会不让她吃。结果奶奶没吃几口就吃不下了，转手将剩下的油饼塞给妈妈："你吃吧。"妈妈接过那半块豁齿獠牙的葱油饼，又好气又好笑。

奶奶床头上，常年放着很多中药丸子，都用蜡盒封着。中药丸子这东西，人要是没病，谁也不会吃那玩意；可有一次我看奶奶把一粒药丸放在嘴里，嚼得很香，于是我也想吃。她就给了我一个，这药丸黑黑的，比乒乓球小一点，塞进嘴里一嚼，果然甜丝丝的，还有香味，于是我便大嚼特嚼。药丸子变成了她哄孩子的小点心。也不知道它为什么那么好吃，有一次我把整整一盒子药丸偷出来，给街上的小伙伴们分了。

奶奶的气管炎很厉害，每天都吐很多痰。妈妈给她准备了一个盛罐头的玻璃瓶，好让她晚上把痰吐在里面。但冬天冷，她懒得拿床下的瓶子，还是习惯将口里的痰吐在手指上，然后“啪”的一下甩到靠床的墙上。日久天长，墙上满是风干的痰迹，光线暗下来的时候，满墙的痰迹亮晶晶的。妈妈因为这个埋怨奶奶，奶奶就说：“我这是给你们安电棍（日光灯）呢！”

奶奶只有一只脚是小脚，另一只脚解放了。我对她那只小脚很好奇，只有大拇趾是伸展着的，其他的四个脚趾都弯曲着紧紧贴着脚心。小时候我对女人有两种错误的认识：一、女人生了孩子才会有乳房；二、女人老了以后脚会变小。我不知道女人缠脚的事，经常为此纳闷，以为所有女人变老以后，脚都会自动蜷曲起来。我姥姥两只脚都是小脚，于是我就问奶奶那只脚什么时候也会变小，她就骂我。也不知道为什么挨骂，然后我又多一份担心，我担心的是我妈妈有一天老了，脚也会变成那种奇怪的样子。奶奶脚很臭，她却有怪癖，喜欢用手摸脚，然后把手放到鼻子上去闻。我很小就跟奶奶睡，不免要闻她的脚臭。

除了脚臭，奶奶脾气也臭得远近闻名，没人敢招惹。奶奶很会骂人，一大家子人打起架来，她那张嘴可当万人敌。我爷爷的四叔那一支子孙最多，势力最大，常常把一大家子人的旁支整得很惨。我们这一支人单力薄，爷爷又是出名的好性子，但因为有奶奶在，他们也不敢怎么样。

奶奶刚嫁过来的时候，按照大家庭的分工，负责在厨房烧饭和照顾族长，也就是她公公的一日两餐。

这位族长，吃饭有个习惯，每餐必喝酒。喝酒又有个习惯，每喝必不过一两。这一两酒用三钱的小酒盅盛，也不过三盅。三盅酒，一个人，却往往一喝就是小半天。原来这位族长大人一个人喝酒喜欢自言自语，仿佛桌上还有一个人与他对饮，谈事，有时还辩论。这一辩论事就大了，常常是一盅酒端起来还没喝，因为要辩论不得不再放下，先把话说完；如是者三，如是者六，如是者九，自我辩论了几个回合，酒盅还依旧是满的。

就族长这习惯，奶奶忍不了。她必须站在门外候着，等族长吃完饭她才能吃。奶奶时刻听候族长喝完酒之后发出的“上饭”指令，那就可以上馒头和粥饭了。族长的三盅酒，迟迟不见落肚，等得好不心焦。而且锅里的粥饭容易凉，凉了还得加热。奶奶有次实在等不下去了，进屋劈手夺过族长的酒盅，滋溜滋溜滋溜三下给喝光了。把族长气个半死，大吵一架，最终剥夺了我奶奶伺候族长吃饭的资格。她倒落得个清净。

在敢于犯上这方面，奶奶做了不太好的示范，以至于我爸爸十几岁就因为不服这族长管教，居然把他的拐杖夺过来摧断了。这是后话。

爷爷二叔家的一个兄弟，选了块好地做宅基，要给儿子盖房娶媳妇，地基都打好了，结果这块地也被他四叔家的人看上，他们弄了许多树苗，趁夜里栽在那块宅基地上，等于霸占了。爷爷二叔家那个兄弟不敢跟他们争，可也不甘心就白白让给他们，于是想把那块地转让给我爷爷，用我们家老宅作为交换。我们家本来就和他们家共住在老宅里，非常挤。爷爷奶奶没多考虑就同意了。

这一招儿很灵，他们都知道我奶奶的厉害，一夜之间，四叔家栽的树苗几乎全被拔光了。剩下的几株，因为奶奶去宣示了一下主权，反而被她给霸占下了。于是我爷爷在那个打好的地基上起了五间大屋。奶奶又从河里移来树苗，重新在房前屋后种了许多树：杨树、椿树、槐树、榆树、梧桐树，满满一院子树荫。

许多年后，树都长大了。爷爷四叔那边的儿子老三要盖房子娶媳妇，见我家树多，就给我爷爷提借木料的事儿。我爷爷是从不会拒绝的那种人，别人既然张了嘴，没有不答应的道理。碰巧我二姑家也盖新房，也缺木料，我奶奶就让人杀了两棵树送去。帮忙杀树的人里正好有四叔家的老六。老六边杀树边对我奶奶说："二嫂，二哥也答应给我三哥两棵树盖房，那两棵树什么时候杀啊？"我奶奶脸色一沉，反问一句："谁许下的？我怎么不知道！"老六一听这话，不敢再吱声了。

等盖房子的老三见到我爷爷，就说："二哥，以后说不定的事别乱许人。"我爷爷问怎么回事，他就把老六的话转给他听。爷爷很生气，跑回家就骂我奶奶。我爷爷说："'不睦也劝人盖屋'，给他两棵树怎么啦？"奶奶说："他那一窝子没有一个好东西，给谁也不能给他们！"两个人你来我往吵了一整天，没有结果。只不过老三最终也不敢来杀树。

爷爷奶奶脾气不合，斗争了一辈子。

一大家子人过日子，爷爷的父亲是大家长，一族之长。爷爷的父亲有兄弟四五个，这些兄弟的孩子也一大堆。爷爷跟他的叔叔们出去做小买卖，卖个酱油醋什么的，回来钱都要上缴，一分私钱也不敢往家里带，而他的叔叔们却常拿钱给自己的孩子买吃买喝。这让奶奶很恼火，等爷爷得了绝症躺在床上不能动的时候，奶奶就对孩子们说："老头子要是死了，你们谁也不能哭，谁要是哭，我就用麻线把你们眼睛和嘴全缝上！"

父亲将爷爷肝癌晚期的病情告知爷爷。爷爷很平静，跟儿子说："出院。"

爷爷出院后再也没有下床。那时我三岁，天天在爷爷床上厮混，喜欢吃爷爷用胳肢窝给我暖热的玉米窝窝头。奶奶对此感到无比恶心，从不靠近爷爷的床榻。

照顾爷爷吃喝拉撒的事只好落在我妈妈身上。我奶奶一个人睡在堂屋里，我爷爷则躺在一间很小的西屋。奶奶好几天都不去西屋一趟。我们都在西屋里陪爷爷吃饭，说话，她则在堂屋里自己做，自己吃。偶尔也到西屋来，不过是躲在门口，只露出半个脑袋，往屋里瞧。一看见躺在床上的爷爷，就骂起来："哎哟，这个老头子可恶心死我了，这么臭，可熏死我了！"说完就不见了。我那时看奶奶的脸，觉得特别恐怖，那种乡下老太太喜欢戴的灯芯绒帽子，突然从墙上冒出来，两只眼皮塌陷的眼睛一上一下瞪着快要死的爷爷，活像个老鬼。

村里流行鸡瘟，邻居家的鸡都死了。爷爷把儿媳叫到床前，说："快把家里那只大公鸡藏到地窨子里去，许能躲过鸡瘟。"爷爷又说，过几天等他发丧，招待客人时这只鸡能派上用场，省得再花钱买。

爷爷死在冬天。那天晚上，家里人都围在床头。爷爷突然睁开眼睛，四处打量人，嘴里已经说不出话。我妈猜他是想见我奶奶。可我奶奶已经搂着我妹妹在另一间屋子里睡了。我妈于是去叫她起来。奶奶一点也不愿意起，说半夜起来被窝里进风，会冻着我妹妹。爷爷终于不甘心地闭上了眼睛。

爷爷的死，奶奶始终没有掉一滴眼泪。她从小是个孤儿，是带着弟弟四处要饭长大的，世界上似乎没有值得她悲伤的事情。

我那时不知道爷爷已死，还以为他又出门做小买卖去了。想爷爷的时候，我就问奶奶："天一霎黑一霎黑的，怎么我爷爷还不回来啊？"奶奶说："你爷爷下东北了。"我问："什么时候回来啊？"我奶奶说："哼，那个老头子，挣了大钱，不回来了！"

奶奶的去世始于一场着凉。春天乍暖还寒，正午时她感觉到热，就解开了对襟棉袄的扣子。我一个大爷盖新屋，那天她原本是帮忙照看一会儿工地物料，谁知到天黑也没人来接替她。奶奶本来就不是那种替人着想的人，照以前的脾气，早不干了，可这次偏偏例外，一直等到大爷家来人接替，她才回家。一回家就病倒了，再也没有起来。

奶奶颧骨很高，一般颧骨高的女人给人的印象就不是善类，更何况她两只眼睛被下垂的眼皮遮成三角，总是冷冷地看人。你看不到她的眼珠，但能感受到那三角黑洞里吹来的阵阵寒意。再加上她个子高大，看小孩又是俯视，下垂的眼光是好不容易越过高高的颧骨流淌下来的。一般和我玩的小孩远远看到我奶奶，就先躲远了。

这位奶奶，能爱的人有限。

秋天的晚上，月亮是圆的，云彩很多，很碎，整个天空像铺了一层刚从奶奶旧被窝里掏出来的破棉絮。风很大，棉絮在月亮的投射下又黑又脏，在我们的头顶上疾速漂移，不时漏下一阵浑浊的月光。

她牵着我的手，不知道从哪里来，到哪里去。也许是云彩移动的错觉，我感觉奶奶走得很快，她的花白头发原本是在脑后束了一个髻——就是乡下人经常用来骂人的那个“奶奶的纂儿”——经风一吹，两鬓的发丝散乱，风中的几绺很是好看，让我想起小学课本上那种经受了革命风暴洗礼的老大娘，面对日寇的刺刀仍然在风中独立，大义凛然。这个小脚老太太，牵着她的小孙子，行走在时明时暗、凸凹不平的土路上，完全不知道小孩子此时此刻不着边际的瞎想。

一边走，她一只手会忽然伸进自己斜襟褂子里，掏索半天，有时会摸出半截黑乎乎的炒糖，不容分说地直接硬塞进我嘴里："你奶奶个逼的饿死鬼托生的，吃吧吃吧！"

# 担保

父母刚结婚那会儿，家里没什么钱，为维持生计，总要想点挣钱的营生。用我奶奶的话说："你们不能再指望我天天从鸡腚眼子里抠钱！"我奶奶说话不中听，道理还是硬道理，一个在旧社会当过叫花子的人，最懂钱的重要性。

那时候爷爷已经去世。说到挣钱，爷爷年轻时倒是做"小买卖"的，走街串巷的货郎，卖点针头线脑、油盐酱醋。父亲是独子，先是参军，复员后又当民办教师，爷爷的货郎生意自然就失去继承人。你想，当了民办教师的人，就等于乡村里的知识分子，小买卖这种事情，他怎么还肯做？比较可行的办法，还是搞一点家庭养殖。鸡鸭鹅固然可以养，但那不过还是我奶奶说的，"从鸡腚眼子里抠钱"，若想要赚到一笔足够储蓄起来以备不时之需的大钱，还是得养猪。

那位说了，不是还有羊吗？羊需要天天放，放羊是男人的活儿。父亲每天得去学校上课，你总不能让他把羊拴在教室门外啃草吧。而且奶奶最最嫌弃的，就是羊身上的膻味和羊圈的臭味。

我二舅就养了几只绵羊，圈在自家院子里。每次提起二舅家，我奶奶就会皱起眉头说他家又臭又腥，也不管我母亲听见高兴不高兴。牛马骡这些更大的牲口就更不用提了，我们家没有大型牲口养殖经验。生产队分家时，母亲抓阄分到一头大骡子。这家伙比人还高，一家子没人敢接近。幸好还有邻居是专门养大牲口给人拉车的，就央他把这骡子牵到集上卖掉了。

猪的好处是圈养，不用人放，每天一日三餐喂饱，省事。虽说刚刚包产到户，粮食不丰裕，但东拼西凑，养头猪问题不大。小猪可以变大猪，大猪可以生小猪，小猪可以卖钱。这就是当时朴素的乡村经济学。

父亲工资不多，到底是现金，买头半大小母猪的启动资金还是有的。从小猪喂养成大猪的过程很顺利，生第一窝小猪时也没遇到什么麻烦，一胎就生养了十个，每一个都肉嘟嘟得可爱。当时农村都在大兴养猪致富的事业，猪崽的销路很畅通。第一窝小猪很顺利地卖完了，父母尝到卖猪的甜头后，决定趁热打铁再养第二窝。

按说一头母猪一年至少可以生养两到三次，休息一段时间，再养一窝问题不大。不过这次配种颇不顺利，上次成功配种的那头种猪，这次不知道为什么被母猪拒绝了。这事儿闹得大家都很尴尬，最尴尬的是种猪的主家，很担心自家的猪经此一役丢掉“本事”。母亲则担心是不是我们家母猪有什么问题，要不要找先生看看。父亲觉得看病要花钱，配种也花钱，还不如再换一头种猪试试，如果还配不上，那就是我们家母猪的问题了。可是全村只有那一头种猪，要再找，就得去别的村子打听了。

五里外的海子村，有父亲一个战友，也在家里养猪，最近刚下了一窝小猪崽。父亲决定去他家看看。父亲中午提了两瓶酒去海子村，晚上就带回来一个好消息。战友干脆把海子村种猪的主人邀来一起喝酒，就和父亲认识了。不过那个主家太好饮，一场酒从下午喝到半夜，是个酒桌上的磨叽鬼。好在事情已经说好，三天后就会赶着种猪来会会我家母猪。

母亲第二天就开始收拾猪圈，给母猪饲料里放了不少玉米面和豆饼，算是加了营养；第三天又去集上割了肉，买了菜，打了酒，专等那个海子村来的赶猪人。到了第三天，从吃过早饭开始等，一直等到太阳落山，也没等到赶猪的人来。父亲说那人好酒，说不定又在谁家喝上了，他去找一找。奶奶是脾气不好的人，最看不惯人不讲信用，早就嘀嘀咕咕开始骂人了。直等到煤油灯烧出灯花，灯火渐暗，才听到院墙外面有地排车的声音。母亲迎出门去，却见拉车的是父亲，地排车上不仅趴着一头大黑猪，还歪着一个人。

原来父亲骑车快到海子村的时候，才发现路边停着一个地排车，车上趴着一头大黑猪，那猪倒是老实，一动也不动，就是不见拉车的人。父亲知道这必是那人的车无疑了，就喊了一声：

“嗨，这是谁家的猪啊？没主儿我给拉走了。”

道路两边都是高大的玉米秆子。夏天乡下的野地，除了虫鸣，本来是没有什么别的响动的。父亲这一声喊，倒扰动起车子旁边一排玉米叶子的哗响，听到一个微弱的声音：“我在这里。”

父亲吓了一跳，没想到玉米地里会有人。跨过路面下方的灌溉渠，扒拉开玉米秆子，黑暗中看到地上似乎趴着一个人，费了老大劲才把他扶起来，果然是那个主家。说是喝多了，又想着还有配种的事儿，拉着猪就往我们村里赶，走到这里撒尿，谁知被玉米秆子绊倒，半天没有爬起来。

父亲担心他受伤，就要送他回家。这人却非常执拗，说好今天的事儿必须就今天，明天还有明天的安排。父亲说你都这样了，还怎么配种啊。他倒脑子没坏，说是猪配种，又不是他配种。他拉车走得东倒西歪，父亲很怕他再把猪拉沟里去，那就更难弄了，就让他也爬车上去，父亲拉着猪车往回走。那醉汉一路就靠着猪睡着了。

奶奶很生气，人家找的猪都是嗷嗷叫满地拱，你大半夜拉回来一个没活气的猪就算了，还饶上一个人事不省的醉汉，这怎么算。父亲脾气也很杠，本来拉了一路连猪带人的地排车也窝了一肚子火，就说：“拉都拉来了，还能怎么算！”

“不管怎样，先把人和猪安顿好，明天再说吧。”母亲帮父亲先把那头大黑猪赶到自家猪圈里，低声对父亲说，“不怪咱娘说，我看这头猪也是臊眉耷眼的，一点精气神都没有。”父亲还在火气头上：“你少说两句！”

把猪赶进猪圈，父亲又把醉汉扶进西厢房的炕上，让他继续睡。回头发现母亲还在猪圈那边站着，看那两头猪的动静。本来想着今晚可以配种的，猪圈里点了煤油灯照着。父亲走过去，和母亲一起观察那两头猪。它们好像也没啥交流，各把着猪圈一个墙角儿，都歇了。

母亲跟父亲回屋，听着隔壁奶奶的咒骂，叹息着躺下。苦等一天，谁知道竟是这样的结果。眼皮沉重，母亲很快坠入梦乡，梦见自己刚躺下天就亮了，不得不又起床，走到猪圈那边，看见父亲正在猪圈里给母猪接生，这一次生的比上次还多了五只，父亲的手上全是血。不知道为什么，正忙于接生的父亲回头看她的时候，她觉得父亲那张脸有点吓人，而奶奶突然拄着拐杖从后面出现了，用拐杖指着那些小猪，大声地咒骂：“你看我说什么来着，都是那个醉汉！”又拿拐杖隔着猪圈的围墙打父亲的脊梁骨。母亲再去看那些刚生出来的小猪，一个个全都是死的……这个梦把母亲吓得一身冷汗地惊醒了。再看旁边的父亲，倒是平静地打着鼾声。

院子里突然响起一阵喑哑的二胡声，又吓了母亲一跳，以为还是梦，谁大早晨的闹鬼呢，赶紧推醒正在酣睡的父亲。父亲也听到了，披衣出门，发现二胡声是从猪圈里传出来的，于是踮着脚朝猪圈走去。

猪圈里的灯仍然在矮墙上亮着，醉汉安坐在矮墙上摇头晃脑地拉着二胡，再看猪圈里的两头猪，那头昨晚还没精打采的种猪已经安安稳稳地骑在了母猪的后背上。二胡声似乎有意地压住了两只猪的叫声。

奶奶和母亲也都来到猪圈边上。天光越来越亮了，渐渐听到邻居们不断起床开门、咳嗽叹气的声音。

那把二胡是父亲从部队上带回来的，很少听他拉过，一直挂在西厢房的墙上，都落了灰。乡下会拉二胡的人本不稀罕，但拉着二胡给猪配种助兴，还是头一回见到。早起的邻居们听到琴声，早在猪圈边围了一大圈，都看到了这滑稽的一幕。

配种是成功了，可笑话也传开了。本来这二胡是那醉汉拉的，传来传去成了父亲拉的了。其中一个版本就说，我家的母猪老是配不上种，我父亲心中忧愁，天天在猪圈里拉二胡，时间长了，那母猪也略识些曲调，有了些文化，对一般种猪看不上了。这次也是无巧不成书，那种猪的主人也会拉二胡，素日还非常注意提高自家猪的音乐欣赏水平，比别家的种猪又多了一些优势，所以两头都懂二胡的猪才得以春风一度，春宵苦短，春梦了无痕。

对这些无聊的传言父亲也当笑话听了，倒是把奶奶气得不行。本来她就对那个醉汉没有好印象，没想到配个种还惹这么一身骚。

老人家是早晨起来先骂一通，端起碗来又骂一通，睡觉之前骂一通，放下药罐子又骂一通，什么时候想起来都骂一通。我那时是跟奶奶睡的，几乎天天听见她一边嚼着中药丸子一边骂人。

不管怎样，猪的肚子是一天天大起来，一家人又有了喜色。有时候母亲忙不过来，奶奶也开始帮忙去喂猪。奶奶喂猪有个习惯，就是一个人嘴里嘀咕个不停，一会儿骂我们家的猪找对象挑三拣四,一会儿又骂那个配种的醉汉不是个好人。

也不知道是不是母猪真听懂了奶奶的话，还是怎么的，好像是被骂抑郁了，情绪变得不高，不吃也不喝，也不起来走动，只是趴着，像是生了病。母亲急忙请先生来给看。先生来给猪量了量体温，又在身上摸了摸，便用很粗的管子给猪屁股上打了一针，说先看看效果，如果还是不吃东西，还要再打。

这先生也是个有意思的人，给猪打完针，便和奶奶拉呱。这先生论辈分和奶奶平辈儿，就喊奶奶叫嫂子。先生说这猪也是通人性的，不能老是骂它，天天骂天天骂，日子长了，它心里憋屈就会生病；这是心病，心病得用心药医，嫂子您以后得多夸它，夸的时间长了，它心病就好了。

这虽是个笑话，奶奶倒是听进去了，以后再喂猪，果然是没听见骂声，开始埋怨起我们家猪耍小姐脾气，甚至哼起小调来，什么“他人气你你别气，气出病来没人替”之类的。母亲听见了，只好偷偷发笑。

家里不仅仅养猪一件事，还有地里的农活。赶上农忙，父亲和母亲下地，奶奶则照顾着我和怀孕的老母猪。我那时年纪小，刚刚学会走路。奶奶喂猪时就没办法照看我，看我时就没办法喂猪。有一次奶奶又在猪圈和猪谈心，把我留在院子里耍。我自己耍了一会儿，就想起找奶奶，便朝猪圈那边走。我还没有猪圈围栏高，找奶奶心切，踩着一块石头就爬上围栏，没想到围栏上一块石头是松动的，被我一把扒拉下来，石头和我一起往后摔倒在地上，把我左手虎口砸出一个大裂口。这么大的伤势村里的赤脚医生看不了，只有往县城大医院跑。我做了手术，虎口给缝上了，留下终生的伤疤，不断打针换药，父亲不得不带着我定期往县城里跑。

坏事不嫌多，我这也算是给本来就焦头烂额的家里又添一项麻烦，不过这还不算最坏的。

母猪终于要生产了。也可能真和“心病”有关吧，这次母猪虽然很争气地生了整整十五只小猪，但个头都不太大，都很瘦弱，其中一个还是个怪物，全身无毛，白白的，鼻子很长，像头小象，生下来就死了。

猪生象的奇闻在村子里传开。本来这种事儿并不稀罕，可我家这头猪实在是太有故事，不由得又是一阵流言蜚语。我奶奶又一次发怒，这次不仅骂了猪，骂了配种的醉汉，连我父亲和母亲也没放过。特别是说到我的手，虽然缝上了，但是落下了个轻微伤残，奶奶就认定这一切都是因为那个配种的，是个妖人，害人精。骂我父亲当初就不该把他拉到家里来“作妖”，甚至连父亲的二胡也骂了，说那二胡就是害人精作妖的工具，现在好了，猪呢生了个怪物，孩子呢手落个残疾。

就算是被害人精下了咒，病还是要看，猪还是要养啊。幸运的是，这窝小猪的长势还不错，一直到长成半大小猪可以去卖，没再出什么幺蛾子。

到了卖猪的日子，父亲挑选了四五个比较大的猪崽，装在地排车里，去赶十几公里以外的梁村集。父亲虽然出发很早，到达时那里已经有几个卖猪的车子了。父亲拉着自己的猪崽，打眼瞅了一圈，心里有了点底：他们的猪崽看上去都不如我们家的个头大。许多想买猪的人都在父亲的车前转悠，询问，都对我们家的猪崽感兴趣，马上谈价钱的却一个也没有。

快到中午时，父亲还没有卖出去一头猪，再看看别人，都卖得差不多了。父亲心里暗暗着急，可又不明白是怎么回事。集市快要散的时候，来了一个人围着我家的车子转，忽然问父亲：“这猪崽怎么不大活动呢？”这一问提醒了父亲。果然，都快一天了，猪崽们还一直趴在车子上，来买猪的人打它们几下，也不见有反应，都懒懒的；而别人家的猪，都活蹦乱跳的，踢上一脚，就满地跑，“吱吱”叫得欢。父亲摸摸自己的猪崽，心下起了疑心，但嘴上仍旧说：“也许是太阳晒的吧。”那人笑了笑，走开了。

直到集市散去，父亲也没有卖出一头猪崽。只好拉起地排车，怏怏走在回家的路上，汗水流进眼角都没感觉。想起养猪以来的种种，只觉满腹憋屈。

经过一个村子，他停下在路边休息，遇见一个熟人。那人听父亲说完这天的遭遇，也很不解。这时，车里一头小猪突然站起来，吱吱叫，不知道怎么回事。那人催促父亲快将那头猪从车里放出来。那只猪崽在地上走来走去，突然撒了一泡尿。父亲看到猪尿竟然是红的，吓坏了。那人催父亲赶快回家，找先生给小猪医治。

当晚到家，父亲就把先生找来了。先生正在家洗脚呢，一看是我父亲，就摇着头："哎呀，你们家的猪还能挣够医药费吗？"

检查了半天，先生只是皱着眉头，还是啥都没说就拿出管子准备打针。每头猪都来一针，每天都来打。好在每打一针，猪崽就看着似乎好些，吃的东西也比平时多，尿也渐渐不再发红，还能跑来跑去了。不过还没来得及高兴，就死了一头，其他猪都好好的，该吃吃，该喝喝，该跑跑，过几天，又死了一头……于是街上都在传我们家闹"猪瘟"的事儿了。

着急也没办法，父亲只好弄来一些石灰粉，撒在猪圈和院子里，希望能杀灭传说中的"猪瘟"。先生还是每天都来，每天都打针。只这笔开销，家里就承受不起了。以前先生来，还不时和奶奶开开玩笑，说她不该老说母猪坏话之类的，渐渐地，先生的话也越来越少了，给猪打完针就走，好像多待一分钟都觉得尴尬。

展眼又是一个集市，父亲死活也不肯再去卖猪了。他不忍看着猪一个个地死去，但更受不了集市上的猪一个也卖不出去的煎熬。母亲没有办法，男人撂挑子了，只好自己顶上。

母亲打算赶一个比梁村集还远的杨庄集。杨庄集在二十多里外，已经是邻县了，母亲也只是小时候跟着大人去赶过。但是那么远的路，母亲一个人去有点孤单，父亲又以上课忙为由推脱，她只好去求助她哥哥，也就是我二舅。谁知那几天我二舅出门放羊，一个没看住，羊啃了别人家的庄稼，被人打了半死，把魂儿都打丢了。我姥姥不得不每天半夜去村口叫魂，喊着我二舅的名字，让他快回家。

母亲没有办法，只好又找了我们本家一个小叔叔。这小叔叔很早就不上学了，在家闲着没事干，整天东游西逛，逗猫遛狗，听说要去这么远的地方赶集，很是兴奋，满口答应下来。

赶集的前一天晚上，母亲又请来先生，给每头小猪各打了一针。第二天天还没亮，又起来给小猪们做了一顿热饭，把它们喂得饱饱的。那小叔叔也来得很早，帮母亲把小猪们都撵上车，就上路了。小叔叔很主动地把绊带挂到肩上，拉起车往前走，让母亲在后面跟着。

走到村口，母亲远远就看见一个人影在路边站着，像在等人。等走近了，母亲才看清，那人影是个姑娘，身后还停着一辆二八小轮自行车。她认得这是后村胡家的闺女。早听说小叔叔在和胡家闺女偷偷“搞对象”，没想到趁着赶集卖猪的机会，两人跑出来约会了。

母亲觉得反正路上要有伴儿，多一个人也好，只是没想到这俩年轻人还要先在她面前演上一回戏。“你们这是去赶集吗？”胡家姑娘问。“是啊，我们赶杨庄集卖猪。”小叔叔说。“这么巧，我要去杨庄走亲戚，我姨家就在杨庄。我们一起走吧。”姑娘朝小叔叔挤挤眼睛。母亲暗自好笑，并没有点破他们。

随着天光渐渐放亮，母亲不禁打量起那个姑娘。一看姑娘就是特意打扮过的，上身一件淡黄色的确良衬衫，明显是找裁缝改过的，做了收腰；下身是一条时下流行的浅灰色喇叭裤，脚下是一双白色球鞋。头发烫的是大波浪，但用一条手绢扎起来了。母亲知道胡家姑娘的父亲在镇上的供销社上班，有这身时髦的行头并不稀奇。

她在前面很缓慢地骑着车，有时距离拉开得远了，小叔叔就明显魂不守舍起来，本来是在我母亲旁边拉着边绳，为了追赶前面姑娘的背影，脚步不自觉地就加快了，母亲也不得不跟着加快步伐，打乱了自己拉车的节奏，很是疲惫。母亲就想还不如趁了他俩的心思，让他俩骑车去耍，自己在后面慢慢走来得自在。

二十多里路，紧赶慢赶也要两三个小时，好在出发早，到得也就不晚。小叔叔和胡家姑娘刚帮母亲把小猪们在集市上安顿好，就迫不及待去逛了。母亲和父亲上次卖猪的遭遇差不多，我们家的小猪看的人挺多，但就是没人买。那些小猪，还是蔫不拉几地趴在车子上，很少动，一直闭着眼呼呼大睡。

集市快散时，小叔叔和胡家姑娘终于嘻嘻哈哈地回来了，问母亲卖了几头猪，什么时候往回返。母亲没有答话，脸是沉着的。他俩见母亲这模样，一时都不敢吱声。胡家姑娘捅了捅小叔叔说："嫂子喊了一天，嗓子都哑了，你咋不帮着嫂子喊一喊呢。"小叔叔害羞，不想喊。倒是胡家姑娘，突然吆喝起来："卖小猪啦卖小猪啦，看看我们家小猪多好啊，肥嘟嘟胖乎乎……"

她这么一吆喝，倒把母亲逗笑了。一个大姑娘家家的吆喝卖猪，在农村集上还是个新鲜事儿，果然吸引不少人围过来。那些人一只眼睛看猪，一只眼睛瞄姑娘，嘴里咕哝着："哎这猪是不错啊，你看看，肥嘟嘟胖乎乎，就是黑了点……"小叔叔有点生气了，就说："哎你们买不买，不买让一让。"人群里就有人开始和小叔叔拌嘴："看看怎么了，买猪哪有不让看的？"那些人都歪着嘴笑。母亲见气氛不太对，就让小叔叔和胡家姑娘再去集上逛一会儿。

他们一走，人群迅速又散了，只剩下一个人还在打量那些小猪。"猪崽看着不赖呀。"他说。母亲见这人夸自己的小猪，赶紧顺着说："您看嘛，这个儿头，这毛色。"那人摸着小猪们的皮毛，问："今天卖出几头了？"母亲说："卖了四五头，就剩这几个了。"那人很奇怪："怎么剩这么多？"母亲只好说："拉来的多呗。"他又用手指戳了戳几头小猪的屁股："你的猪怎么都不活动呢？"母亲就笑了："哎，怪我没想周全，没给小猪们准备食料，一天没吃东西了，饿坏了。"那人皱着眉头，抱着肩膀，一只手不断地摩挲自己胡子拉碴的下巴，突然问了句："这猪没病吧？"母亲沉下脸来，怒气冲冲地说："你这人说啥呢，凭什么说我的猪有病？"不过她可真怕别人看出猪的问题，手心里攥着汗。

"我就随便问一句，不也没说你猪有病嘛！"那人赶忙往回找补，"我是真想买，可我有点不放心哪。再说我也不是只买一头两头，我是开肉猪场的，万一有什么问题，赔进去了，我就惨了。"母亲不知道该说什么才能让这个买家放心："你买我的猪，绝对放心，我给你打包票。"虽然很心虚，该说的硬话还是要说。

那人就笑了："你打包票有什么用，真有问题，我到哪里找你去？""你不信我也没办法了。"母亲觉得这买卖要黄，有点泄气。

"这样吧，你要能找个打包票的人，这猪我就买。"

母亲犯了难，这杨店集离家太远，满眼都是生人，连个亲戚都没有，到哪里找认识的人呢，就算找到，谁又肯打这种包票呢？远远地，她看见小叔叔又从人流中浮现出来，有那么一刹那，她想到胡家姑娘说在杨店集有亲戚，感觉到一线生机，但是怎么跟人家姑娘说这件事呢，太难以启齿了。

这样想着的当儿，小叔叔已经走到近前，只是身边并没有胡家姑娘。母亲见他神情不太对，就问姑娘人呢？小叔叔只说她去她姨家了，然后就耷拉着脑袋，蹲到车后头去。母亲觉得不太对，心想两人可别是闹了别扭，但一时又没什么好说的，只是胡家姑娘不在，那层不好意思说出口的希望也就不存在了，不过母亲仍然把那人的意思转达给小叔叔："他说如果有人打包票，他就买咱们的猪，你在杨店集有认识的人吗？"小叔叔一脸茫然地摇着头，心思完全不在这里。母亲也没有办法了，只有眼睁睁看着那个人准备离开这个摊位。

那人转身欲走，却听见身后有人喊："老李。"他回头一看来者，脸上迅速堆起厚厚的笑容，长长伸出手去。"哟，是陈掌柜。"两个人拉起手，似握非握地，便在我母亲卖猪的摊位前攀谈起来。

被叫陈掌柜的是个胖胖的老者，六十上下，穿一身略显肥大还略旧的中山装，两边袖子上各套了半截白色套袖；似乎天生一张会自来笑的圆脸，眼睛细而有神，两边眼角的笑纹极深极长，只有圆下巴上一撮花白胡须修剪得不甚整齐，半长不短。只听老者问那人："怎么，又来收猪了，看来生意不错？"被称老李的人则颇有几分得意："前两天刚有一批猪被县里收走，这不空栏了，所以来集上看看。"

老者笑纹更深，连声祝贺，又问今天的收获。那被称老李的人突然扶住老者肩膀，捂着嘴巴凑到老者耳边，说起悄悄话。老者认真听着，脸上还是一副不变的笑意，突然拿眼光扫了一下母亲的摊位。也不知道这姓李的收猪人说了些什么，老者一会儿点头，一会儿又摇头。

母亲的注意力一直被这两个人吸引，因为这两人离着自己的摊位不过一两步的距离。她看见那两人终于松开彼此似握非握的手，结束谈话，朝自己的摊位走过来。姓李的收猪人指着母亲地排车里的小猪："就是这家，你看看。"

老者伸手摸了摸那些小猪的耳朵和肚子。小猪们耳朵的反应还不错，摸一下，就扇动一回，哼哼两声。老者问我母亲是哪里人。母亲说是彭集公社的。老者就说彭集也是集啊。母亲回答，彭集和杨店集不是一个日子。老者接着问："你不常来杨店集吧。"母亲说是。老者就笑了："怪不得面生，常来杨店集的人，我基本上都面熟。"这时收猪人赶紧补充："陈掌柜是前面街上开茶馆的，好几辈儿的买卖了，这集上没有不认识陈掌柜的。"老者摆手："也不行了，这世道啊，我怕是跟不上。"

"这小猪还可以啊。"老者对收猪人说。"可我还是心里不大有底，你看这些猪，都不活动。"收猪人说。"不活动？嘿嘿，能活动的那是猴子。"老者开起玩笑，转头问我母亲："你的猪生过病吗？"母亲说："没有。"老者问："就一直都这么不爱动？"母亲说："也不是，有时候可欢实了，有时候就犯懒，猪不都这样么？"老者转头对老李说："我看啊，你其实是想买，只是大妹子出的价钱让你有疑心。”收猪人说：“我刚才也给大妹子说了，如果有人中间给做个担保，我就买。”老者哈哈一笑：“你啊，吃亏也要拉个垫背的。”老者略一沉吟，又说：“行吧，今天我就来打这个包票。”他的眼睛先扫向买猪的人，又重重地扫向母亲。

“那太好了。”收猪人高兴坏了。母亲有点发蒙，这是完全意想不到的好事儿，怎么突然就降临了？她有点口干，说不出话来。

“大妹子你是不愿意？”老者问我母亲。

“愿意是愿意，可是……”母亲有点犹豫，她知道自己说出去的话，已经收不回来了。

“怎么？猪还真有问题？”老者天生笑脸上闪过一丝疑惑。“没有，没有，绝对没有。”母亲赶忙摆手，仍然觉得喉咙里有火。

“这不就好了？”

买猪的人有了担保，很痛快地从车里挑选了五只猪崽。按照商量的价格，只付了定金三十元钱，约定如果两个集市的日期过去之后，猪崽还没啥问题，他会再来集市，等我母亲，将剩下的钱补了。母亲明白已经没有再谈价格的空间了，不管再怎么说，收猪人已经假定小猪可能有问题。母亲接过钱，吩咐小叔叔，准备拉着剩下的猪崽往回走。但老李又说话了：“万一这些猪真有问题，我的钱怎么办呢？”

“对啊，你得留下地址，好让人去找你啊。”老者一边跟母亲说，一边从自己上衣兜里掏出一支钢笔，又从裤兜里掏出一张纸，递给母亲，“来，写一个吧。”

母亲没有接，回头对小叔叔说：“兄弟，你来写吧。”小叔叔接过纸笔，想了想，又把纸笔交给母亲：“嫂子，我的字忒丑，要不还是你写吧。”“行。”母亲暗吸一口气，接过纸笔，在纸上写下地址和人名，交给收猪人。

回来的路上，走了很久，母亲和小叔叔都没再说话，也完全忘记了回来时已没有胡家姑娘在一旁。等快到家时，到底是小叔叔憋不住了，对母亲说：“嫂子，你可真厉害；我咋就想不到这么写呢，就算想到了，我也不敢。”

母亲说：“兄弟，我也是没办法呀——”走在夜色里的母亲，突然哽咽起来，心里发慌，连腿脚都是软的。

一回到家，母亲便向父亲坦白，说自己做了件良心不安的事。母亲说，她在那张纸条上写了彭集公社一个别的村子，还有一个假的名字。父亲看着母亲心神不宁的样子，不忍心再说什么，只好安慰她，说只要那几头猪不出事便没啥。

等待集日的时间是煎熬的，从回来后，母亲的精神就很恍惚，晚上总是做噩梦，梦见卖掉的小猪都死了，买家找上门来，还带着公安的人，好几次都从梦里哭醒过来。父亲觉得母亲心理压力太大，总这个样子不是个事儿，就想让她转移下注意力，于是劝她回娘家住几天。二舅上次放羊被人打坏，到现在还生着病，不如去帮姥姥照应照应。

母亲就去了二舅家。姥姥一见到母亲脸色，就觉得不好，说她也好像丢了魂儿似的，问是不是吵架了。母亲摇头。二舅脑袋缠着绷带在床上躺着，见人来了，转头向里假睡。姥姥说，他现在不愿意见人，魂儿是叫回来了，可还没安住，见谁都跟不认识似的，你别和他说话，说话他也说不清。

床头桌上摆着一面方形的镜子，镜子前面摆着一碗水。母亲拿起那面镜子照自己的脸，被姥姥劈手夺了过来，说："你不能用，这镜子是专门照你哥哥的魂儿的。"姥姥把镜子放回桌上，镜子背面镶着一幅彩色宣传画，一个身穿草绿色军服的战士依偎着一匹战马，有趣的那个战士从头顶到下巴也缠着厚厚的白色绷带。

母亲问二舅生病之后，羊怎么办？姥姥说现在也不敢出去放羊，就只好她出去割草回来喂。母亲说不如把几头大羊卖了，留下两只小羊养着，能卖点钱也省力气。姥姥叹气，说就算卖羊，家里也没人去赶集啊，姥姥又问我们家猪卖得怎么样，能不能下次去卖猪的时候把羊也一起牵着。提起卖猪，母亲就哭了。姥姥见她哭劲儿挺大，也没劝她，先去喂羊了，等喂完羊回来，母亲不哭了，给姥姥说了一回杨店卖猪的事情。姥姥说："你别担心，晚上我拿镜子给你照照，就知道了。"

吃过晚饭，天黑好了。姥姥用一个茶碗盛满小米，又用手绢把盛满小米的茶碗包住，揣在衣兜里，对母亲说她要去村口喊喊二舅的魂儿，让母亲在家里看着二舅。

姥姥出去不一会儿，就听见她在屋后喊二舅小名的声音。母亲一个人坐在二舅床沿上，从侧面看那面镜子，有点不敢从镜子里看到自己的脸。旁边点着蜡烛，烛花偶尔发出爆裂的噼啪声。过了很久，姥姥回来了，从怀里掏出那个手绢包着的茶碗，一边叫着二舅小名，一边用手绢里茶碗倒扣着形成的平面，像个探照灯一样，在二舅脸部上方几公分处左右上下慢慢滑动。这样又做了几分钟，姥姥才把茶碗放下，对母亲说："你哥哥明天就好了，你们家的猪也都没事。"

母亲回来后，精神好了很多，像平时一样每天打理着剩下那几头小猪。剩下的几头小猪没再打针吃药，倒是满地撒欢。父亲说："你看，这几头猪都没什么事了，那几头指定也不会有事。"母亲不说话。父亲又说："如果猪崽子都好好的，那钱我们也不要了，就算买个教训吧。"母亲还是不说话。父亲最后说："那这样，下一个杨店集我亲自去一趟，是好是坏，咱都弄个明白，就不这么心累了。"

约定的这个集日已然错过了。到晚上，小叔叔来了。原来这个集日他去杨店了，把胡家姑娘接了回来。他说他在集上看见了那个买猪的人。两人打了个照面，但买猪的人大概没认出他，小叔叔机灵，害怕被认出来，草帽子一压，把脸遮住，没敢在集上多待，就赶紧回来了。母亲就问："那人什么神情，有没有看见打包票的陈掌柜。"小叔叔就说不清楚了，他也是太心虚。父亲说：

“既然人家守信用，甭管结果是好是坏，我们都不能不守这个约，下个集日我去等他。”

第三个集日，父亲叫上小叔叔，拉着剩下那几头小猪去了杨店。路上小叔叔很紧张，对父亲说：“万一他们人多，揍我们怎么办?”父亲说：“没事，真要那样，我先拖住他们，你跑回来喊人。”小叔叔说：“那么远，等我跑回来，你早被人打死了。”父亲说：“对啊，所以你不能跑，你得跟我一起打。”小叔叔说：“行，我的哥，反正你是当过兵的，咱们不怕他们!”父亲笑起来：“不会打架的，你就放心吧。带你来，是因为你上次和他们都见过，说话方便些。”一路惴惴的小叔叔这才把心放回肚子里。

到了集上，边卖猪边等人。没想到剩下这几头小猪运气很好，没多久，才到晌午，就都被人挑中买走了。地排车空了，父亲和小叔叔觉得肚子饿，就买了几根香油馃子，到集上那家茶馆里喝茶歇息。

父亲问小叔叔，柜台里那个称茶叶的可是陈掌柜?小叔叔像个秦舞阳似的，早吓得面如土色了，浑身哆嗦半天，又说不记得陈掌柜长啥模样了。父亲没办法，起身到柜台前，和那人说话。那人只看了一眼坐在那里的小叔叔，就认出来了。对父亲说：“我知道你是谁了。”父亲就笑笑：“您真好眼力。”陈掌柜伸出两个手指，指着自己：“我在这集上开茶馆多少年了，凭的就是这双眼。”说着拉开柜台里的一个抽屉，拿出一沓钱出来：“这是上次老李存在这里的，你们没来，害人家等大半天，只好把剩下的钱放在我这里了，你看看是不是这个数。”父亲不接那钱，只是说：“多亏您打包票，只要小猪都好好的，我们就放心了，钱不敢再收。”

陈掌柜不明白，父亲就把猪生过病的事情实话实说了。陈掌柜听完摆摆手：“我看你啊，还有大妹子，都没怎么养过猪，也没做过买卖。其实那天集上，你们的猪，我早暗地里长过眼了，毛色发亮，眼珠有神，四肢有力，它趴车上不活动，完全就是懒。你们的猪，就算生过病，也早好了。卖不掉，不是猪有病，而是你们啊，不会吆喝，不会谈生意。我在这集上，就看不得别人有东西卖不出去，着急！”

陈掌柜这么说着，又把钱递过来，父亲仍不肯接，却向陈掌柜借了纸笔，在上面一笔一画写下了家庭地址和姓甚名谁。父亲将纸条交给他，说：“再过个集日，如果猪还有什么问题，就让买家按这个地址找我吧。”陈掌柜拿过纸条一看，眉头一皱：“哎，这和大妹子写的不一样啊？”

父亲说：“辜负您打包票的一片好心，真不知道说什么才好了。”

# 父亲在深秋田野里的一场比赛

父亲们在深秋的田地里劳作。

我们自然不会关心；深秋的田野，有更奇妙的东西让我们着迷。

大豆的枝干上隐藏着肥大的豆虫，等大豆成熟，枝干变黄，它们也变得空前肥硕，身体露出油黄。我们生起篝火，将豆虫扔进火堆，不久，就有诱人的香气钻入鼻孔。我们都知道豆虫是多么好吃的东西，但同时被扔进火堆里的，还会有新鲜的花生，大豆，红薯和玉米……我们还会去挖田鼠洞，破坏田鼠为过冬准备的储藏；我们还会带上狗，去追逐野兔，追逐獾，追逐萤火虫。我们能在田地里找到一些野草的果实。我们能找到紫色的“天天奇”，一串串的，犹如微型的葡萄。我们还会找到“酸泵”，它的果实隐藏在一层薄膜中；撕开薄膜，就会露出它珍珠般的脑袋。它的味道，是另一种酸甜。如果用力拍击那层薄膜，它还会发出“嘣”的一声脆响；但那薄膜的形状实在又像一个小水泵，我们于是命名它为“酸泵”。我们甚至还能找到一些野生的小甜瓜和长得根本不像样子的小西瓜。

可是这一天，我们对这些都失去了兴趣。我们发现自己已经厌倦了孩子的身份，而想让自己变成大人。是的，我们谈到了大人，尤其是男人，然后又说到各自的父亲。不知怎么回事，我们后来竟为各自的父亲而争执起来。

毫无疑问，我认定我的父亲是世界上最棒的男人。

事情惊动了正在劳作的两个父亲。

他们决定以实际行动来证明各自儿子的观点。

这时太阳已经落山，黄昏的微光从西边的地平线上弥散过来，从已经发黄的玉米叶子上反射出醉人的迷蒙之光。那些依然翠绿的花生叶子已经合上对称的叶片，但沉重的露水却随着温度的降低从那叶片上生出，坠开了叶片的闭合。叶尖上的露珠在坠落到地面之前发出最晶莹的亮光。暮霭尽管是弥漫的，但在你站着的地方向四周望去，它仍然像一层薄纱，缠绕在田野的四周，距离你好像还很遥远；它好像是缠绕在田野四周高大的白杨树树干上的，它好像是缠绕在那些阡陌纵横的田间小路上的。

伙伴的父亲飞快地在花生地里连续做了三个侧身翻，引来伙伴们的掌声；但我的父亲并不慌张，他也给我们做了三个侧身翻，有所不同的是，他的侧身翻一点也不快，可以说是缓慢至极的。但这种缓慢是可怕的缓慢，我的父亲只是将那人的动作按照电影慢动作的方式重新演绎了一遍。可以想象，当他的身体在空中旋转的时候，速度是缓慢的；当他双手撑住地面的时候，速度是缓慢的；当他一手撑地，另一只手离开地面，身体斜侧，双腿准备落地的时候，速度也是缓慢的。世界上还有比这更厉害的控制能力和技巧么？至少从身体的耐力上，我的父亲已经胜过了伙伴的父亲。

但伙伴的父亲并不服气。他又做了一些别的动作，诸如卧倒啊，起立啊，拿大顶啊，俯卧撑啊，仰卧起坐啊，三级跳远啊等等，凡是在田野里能做到的运动他都做了。可是，我的父亲依然是依葫芦画瓢，统统按照慢动作来处理。就说俯卧撑吧，他能做三百个，而我的父亲就能用慢动作，或者说分解动作做三百个；我父亲卧倒之后还能迅速弹起，拿大顶的时候身体能够像陀螺一样旋转，三级跳的时候能够随意控制身体在空中滞留的时间，他想什么时候降落就什么时候降落，不想降落就不降落。

最后的比赛是长跑。秋天广袤无边的田野，正是最好的田径场。哨声响了，伙伴的父亲率先冲出起跑线，而我的父亲却不慌不忙地往前走着。这时候我有些担心，难道我的父亲依然要按照慢动作的方式来处理这个比赛吗？但我无法提醒我的父亲。

很快，伙伴的父亲已经无影无踪。而我的父亲信步穿过一块又一块还未收获的花生地，有时还会被高大的玉米淹没身影，但很快又在另一片田垄中出现，终于也慢慢消失在业已浓重的夜色里。

田野里寂静下来，篝火在静静地燃烧，蟋蟀在悠闲地弹唱。乌云从天边涌起，但另一半的天空却出奇得蔚蓝，秋夜的星空低垂到极点，我们躺倒在草丛中，以为伸手就可摘到星辰，闭上眼睛，以为自己就在天上。

篝火边只剩下我和那个伙伴。

我们不知道父亲长跑的距离究竟有多远，也不知道他们会跑到哪里去，更不知道他们何时才能返回。我们只知道，我们要等。

他们总会有回来的时候。

# 父亲的田园

有关我的生活，我总会让他感到放心，而他对我也是如此。

我们在一片水田里。水田里生长的是稀疏的灌木、荆棘和柽柳。这是父亲和母亲很早就承包下来的土地。他们愿意种植这些无用的东西，把这当成一种乐趣，一种成就。从生下我之前，他们就在经营这片水田，到现在已经三十多年了。荒芜就是他们最想得到的收获。

他说：“很好，很好。可是，我要打一场官司了。”

我一听就很害怕，问：“打什么官司？”

他摇摇头，不说，蹲下身子去侍弄他的那些荆棘，为它们松土。

母亲在一边，说：“我们的事不用你操心，你只要在外面做好自己的事就好了。”

我问母亲到底是什么官司，母亲也坚决不说。

怎么问，他们都不肯说。我知道他们的心思，从来都不让我为家里的事情分心，出再大的乱子，都是事情过去很久之后，我才被最后告知。就像上一次父亲突然发作脑出血，我是等他康复出院很久之后才知道的。

想到这些，就感到痛苦，感到自己始终被隔离。

他们蹲在水田里，默默地侍弄他们的灌木、荆棘和柽柳，像是在为收获最后一次的荒芜而辛劳着。我猜他们所说的官司也许与这有关。

这是一个正午的天气，太阳在头顶照着，而我觉得周围是黑暗，我们像是被罩在一个墨色玻璃罩子里说话。太阳透过玻璃罩子射进来，冷冰冰的一小片白光。

# 山洪暴发之前

母亲半卧在那张黄胶皮的破沙发上，疲惫得像一块大青石。沙发已经腐朽的四只木脚一截一截地矮下去，矮下去。我坐在母亲腿边的小板凳上。我们膝盖碰着膝盖。十年了，或者更久，我们好像都是这样坐着，膝盖碰着膝盖。她就这样喂我饭吃，教我写字或者讲些聪明人的故事来打发我满身乱爬的瞌睡的虫子。她希望我是个聪明人。

老堂屋的门虚掩着。雪亮的阳光从门板风干的裂口里插进来，在灰暗的泥地上挖了几条浅浅的光的小沟。小沟一直延伸到母亲的脚上。母亲在沙发里睡着。隔着一个小茶几，另一只沙发空着，父亲不在。他很早出门，被邻居喊去拆屋了。这对沙发是他早年的光荣。现在这“光荣”的弹簧已经崩断，乌黑的棉花撑破了胶皮。十年了，或者更久，胡子都变软变花了。

门吱呀着被人推开，留生娘从外面进来。我起身迎上去，叫着“婶子”。她却剧烈地笑起来，天然弯曲的头发撑破头巾。她说：“傻小子，辈分都论不清了。”我忽然记起我应该叫她“嫂子”的，嘴不知怎么变得忒笨。母亲醒了。留生娘一屁股砸进那张空沙发里，对母亲说：“大婶子，我那哑巴闺女要生了，我真担心哪，要再是个哑巴那可咋办哪?”母亲说：“真是个哑巴也得要啊。”留生娘说：“要是得要，可哑巴生的还是哑巴啊。”

我来到大街上，遇到拆房子的父亲。父亲停下手中的铁锨，指着我，对邻居们说：“看，我儿子。”干活的人都停下活看我。我瞪了父亲一眼。他嘴唇上落满尘土，尘土被汗水浸湿，他朝我笑了。真是奇怪，我居然敢瞪他，他居然也愿意冲我谄媚似的笑了，而且笑得那么傻。邻居们都在看我，葡萄架倒了，他们也没发觉。父亲说：“干活吧，没什么好看的，小的时候经常被我揍得满地爬，有一回……”人们不再看我，都听他讲故事了。

我继续走。看见村子后面的山整个透出红色，红得像一块大熔岩，烤得整个村庄都红了。过不多久，人都会被烤熟的，我想。遇见一个侏儒，他叫了我一声，我才看见他。他说：“要发大水了。龙山变红，就快发大水了。”我说：“那快逃跑吧。”“没人愿意走。”他摇摇头，说着哭起来，“你们都不会淹死，我那么矮，淹死的只会是我!”我想安慰他，但他跑远了，他没命地喊着：“别拆屋了，求你们别拆了，留着好躲大水呀!”我的父亲和他的同伙没人听他的。

我继续走。另外两个长得和我一样高的少年伙伴走过来。他们都光着身子，头上不住地滴水。他们的阴毛还没有长出来。他们和我亲热地打招呼。我们一块坐在沙丘上。他们依然在上面打滚，身上沾满泥沙。我说："刚洗干净，怎么又弄脏了？"一个说："要发大水了，早晚得再洗。"我问："你们不怕吗？"另一个说："只有矮子才怕哪！"

"发了大水，该能逮多少鱼吃啊？"

"还有王八。"

"还有老鳖。"

"老鳖就是王八。"

"老鳖不是王八！"

"就是！"

"就不是！"

两个人争执起来。

我看见村后的山更红了，红得像猪血。

母亲站在穿衣镜前，镜子里的母亲在发呆。我走过去，但镜子里没有我。母亲说："我生病了。"我说："您就是累了些。"她笑了，但镜子里的她却没有笑。这时父亲回来，还没来得及坐下，又走了，还留下一句话："拆房拆出好几条蛇来，怕是真要发大水了。"

母亲重又半卧在破旧的沙发里，我还是坐在板凳上，我们膝盖碰着膝盖。母亲说："留生娘的哑巴闺女生了。"

我说："不是要发大水了吗？"

母亲说："发大水也得生孩子啊！"

刚才还是雪亮的阳光此刻变成金黄色，那些光的小沟开始向我的脚上延伸。

# 我的名字叫奔丧

# 葬礼总是在雨中

冬天，下了大雪。我和伙伴放学回家，经过我姥娘的家门。每天放学都要经过这个家门，我忍不住往门里张望。满院子的积雪无人清扫。清新的空气中飘逸着一股窒人鼻息的臭气。我想起来我的姥娘就要死了。于是抛下伙伴径直向门里走去。白雪在脚下歌唱。我迈上堂屋的台阶，看见一把干菜样的姥娘直坐在木床上。木床摆在正屋中央，这是一个预兆。母亲站在床边。我忍住恶心向姥娘的身边挪去。她的眼睛已经变成了小泥球。我依稀记得我曾经爱着她，而她也爱我和我的表兄妹们。

姥娘已经死了。她被包裹在一块肮脏的布里，被舅舅和他的孩子们扔进柴房。那里有个暖炕，已经多年不烧。我记得每年来给姥娘过生日，客人总多得坐不下。我和母亲只好蹲在这个暖炕上吃饭。我从来没在她的生日宴会上见过这个老太太。舅舅家现在已经穷得揭不开锅，两个表妹穿得像叫花子，伸着脏乎乎的小手，鼻子都冻破了。舅舅和舅妈则一例蜷在柴房里，袖着手，看着他们布里的母亲。一张黑铁锅朝天张着大嘴，好像在唱一首快乐的歌，它知道快过年了。

这只是一个梦。姥娘真正去世的时间是在一个暑假。

她有两个儿子，一个在矿上，一个在老家。大概是那年冬天，她第一次在矿上度过她的生日，也是最后一次。那次并没有太多客人。她因为住不惯楼房，犯了头晕病，在春天回暖的时候回到老家，一病不起。等我放暑假时，我母亲便只好撂下地里的西瓜到她床前尽孝去了。我和妹妹待在家里，不敢去看她。母亲说她已经不认得人了。

那时候，我每天晚上都会做一个关于姥娘死去的梦。她是一个守了五十年寡的老寡妇，一个性情温和的老人，一生从来没有发过怒，没有记过仇。而在我的梦里，她变了。她怒声斥骂她的儿女。她诅咒自己死后变成厉鬼把他们一个个掐死、溺死。她一生怕热，这一回更是热得撕掉衣服。母亲备了一桶凉水放在她的床前。她竟然跌下床去，咕咚咕咚像一个毛驴似的狂饮，而后攥一把湿毛巾狠命地擦自己的身体。一个老年女人丑陋的身体就这样在我的梦中颤颤巍巍。当她重新倒在用干树枝铺就的木床上的时候，枝丫刺破皮肉，血水顺着床腿往下淌。老人就这样死了。一只狗忽然从门外闯进来，横穿床底，刚刚死去的她蹦下床来，僵直的身体跳出门外，已经没有人能够阻止她了。她沿着一个直的方向前进，撞倒院墙，跳过马厩，曾经欺负过这个年老妇女的人都吓得向她身后跑去。她们知道僵尸是不会回头的。

那天下午，我和妹妹曾有过一次这样的对话。

妹妹问："姥娘死后会去哪里？"

我说："阴间。"

她问："一辈子都在阴间吗？"

我说："如果阎王爷同意，她还会回到阳间的。"

她问："还是我们的姥娘吗？"

我摇摇头，说："不可能了，可能变成别的东西。"

她问："什么？"

我笑着说："猪呀，狗呀，鸭呀，鹅呀，牛呀，羊呀，拖拉机呀都会变的。"

这时有人来叫我们去看她最后一面。我和妹妹拿着玩具冲锋枪冲进去，看见有那么多舅舅都坐在院子里的小板凳上，安安静静地喝茶。大舅正和二舅在一边嘀咕着什么。我们直奔堂屋。床已经架在屋子中央了，床底下塞满粮袋。以防狗或者老鼠等四条腿的东西从床下穿过，地上铺了一层厚厚的麦秸。母亲一把将我扯到一边，尽管她的眼睛已经变成了兔眼，仍然狠狠地骂了我一通，说我不该只穿了一条裤衩就来。我看着她端起一小碗稀饭往外祖母嘴里倒，全流到脖子上。她用纸给姥娘擦拭着，念叨着："娘，吃点吧。"大舅从外屋走进来，问我的母亲："怎么样？"母亲说："吃不下了。"大舅看了看躺在床上那个已经陌生的老人，摇摇头出去。其实我也不认得床上这个老人了。她已经走了形，全身仅有的一点血肉像迅速消退的海潮，只让礁石样的骨头突兀在脆薄的皮肤下面。但她的脸还是红的，透着苹果般的光彩。吊瓶还在她羊腿一样的手臂上滴答着，床沿上是一块一块用掉的卫生纸。她什么也没有穿，只用一些布片盖住肚子，母亲过一会就要检查她的下体，看有没有粪便排出来。母亲一遍遍去揩她的肛门。二舅进来了，问："还拉么？"母亲说："就这一点了。"把泛着黄渍的稀屎递到他面前。姥娘最后一次睁开那双亮如鱼子的眼睛，问我是谁。

母亲说："这不是你外甥吗？"她点点头，说："哦，是小刚来了。"母亲接着就流下眼泪来，小刚是大舅家的儿子。我已经无法认同她就是我的姥娘这个事实了；她现在只是一个将要死亡的人，跟在场所有人的关系都失去了意义。她开始一点点倒气了。母亲后来对我说："她一定憋得难受，她一定还有什么话要说。"但她只是张了张干瘪的嘴，睁着眼睛，看着我，或者别人；也许她谁也没有看。母亲在放声大哭之前，将事先挂在她脖子上的一枚硬币塞在死者的嘴里，然后抚上她的眼睛。二舅又跑进来，问："怎么样了？"母亲说："没气了。"屋外的人随即涌进来，跪在事先准备好的麦秸上，竞相号哭起来。

三天后出殡，人人都知道要下雨。雨下得大极了，花圈和纸钱之类的东西没办法烧，任由雨水打烂。正像人人都说的那样，老太婆一辈子穷命，死了都没有上路钱。仪式草草结束，被雨水打蒙的人群慌不择路，夺命狂奔。我也被沿途的荆棘划破了手脚。

家里，厨子老胡正敲着炒锅骂街，但是每个人都还站在雨地里，等着上桌吃饭。临时搭起的饭棚突然被吹来的狂风刮倒——这个时候，我听到一声老气横秋的叹息。我揉着湿漉漉的耳朵，听到这发着哮喘的声音："棉被还在屋顶上，棉被还在屋顶上。"我迅速找到梯子，爬到舅舅家的屋顶，看见一条青色的棉被，正像一块巨大的膏药贴平整地贴在这个漏雨的屋顶上面。

# 一种告别

## 一

父亲接到表哥徐新的电话，那边说姑父没几天了，问我们能否在姑父去世前去看望一下，做个最后的告别。

姑父的病有段时间了，住院时父母去看过，知道是不行了，没想到这么快。我才把他们从老家接来北京过冬，现在又是乡下最冷的时候，都是吃高血压药不能停的老人家，再回去一趟未免折腾，只好由我代替他们去见姑父最后一面。

姑父是个煤矿工人，常年在邻县矿上上班，很少在家。一个沉默寡言的人，开口只会笑，对小孩子也没什么交流手段，顶多拿块糖给你，但孩子们拿了糖就跑，绝不会在他身边多待一秒钟。他瘦高个儿，有些佝偻，不论走路还是骑车都往前倾着，像一根行走的芦苇。他的脸也细长，头发花白而稀疏，往后梳得整整齐齐，像芦苇的顶须，被风吹向一边，露出光滑的头皮。姑父虽是个矿工，每次回家来总是收拾得干净利落，像个干部。那时工人作为领导阶级，即便是矿工，在农村也基本接近干部了。我奶奶还在世时，每年他这个姑爷都要上门送肉。在奶奶的三个姑爷里面，属他年长，也属他酒量不好，总是第一个就醉倒。这大概是我对他的全部印象了。很多年没有见过姑父，听表哥说，退休后他养了一群羊，每天最大的事情就是赶羊上山，回到一个农民的样子。

我对姑父谈不上什么感情，倒是对姑妈和表哥表姐们感情很深，小时候每年都会跟着奶奶去他们那个叫遂城的村子住一阵。姑父姑妈共有三个孩子：大表哥徐新，二表哥徐红，还有我的表姐徐霞。姑妈先后把三个孩子都送到我们家，跟我父亲读初中，我和他们仨相处的时间加起来有七八年之久，感情自然比和其他表兄妹都深厚。

姑妈做姑娘时，就是我们村的生产队队长，属于乡村铁姑娘一类的人物。嫁到遂城没多久，也成了遂城的生产队队长。她的厉害之处在于，家里家外的事儿都能处理得干净利落，即便姑父常年不在家，也没有觉得家里少一个人。

我刚出生时身体非常虚弱。姑妈第一次看见我时就很嫌弃，对我奶奶说，你们家怎么生了这么一个小病秧子。这只是她的一种表达方式，其实她对我非常好。在我的童年记忆里，能带给我安全感的人，除了父母，大概就是这个姑妈了。她身材高大，也很瘦，留着齐耳短发，一副大嗓门好像总在骂人，但那话落到人的心里，又很舒服。那时的姑妈，时不时手里夹着一根香烟，是从做姑娘时就留下的习惯，革命青年不抽烟有点不像样子。

新哥只上到初二就被姑父带去了矿上。当时的政策，招工时工人家属优先，对农村孩子来说，除了读书，这是最好的出路。新哥初当矿工正是八十年代中期，年轻人流行烫大波浪、留小胡须，穿喇叭裤，扛录音机，出行装备则必是崭新的飞鸽牌小轮自行车。矿工新哥一时成为遂城这个小山村的时髦青年。每月休假回家，家里录音机一响，全村男女就蜂拥到姑妈家院子里，来看这个烫了一头卷毛的浮浪青年跳舞。

可惜跳了几年舞，女朋友都没刮搂一个，卷毛忽然不流行了，小胡子也剃了，喇叭裤也没人穿了，录音机动不动就卡带，崭新的飞鸽也变得破旧，不仅掉漆还掉链子。新哥突然发现自己居然没钱来换新发型，买新裤子，以及像别人一样开电驴。他这才意识到挣钱的重要性，便开始琢磨怎么挣钱。

新哥早先认识了一帮号称见过世面的江湖朋友，时不时在一起切磋挣钱的技艺。朋友指点他，煤炭是紧俏物资，为何不做点“倒煤”的生意呢？这确实是桩买卖。有几年一到冬天，新哥就用卡车往我家运煤。家里院子小，小山一样的煤炭直接卸在村街上。父亲就借谁家的地秤摆在煤堆旁，等村里人来买煤过冬。这确实赚了些小钱，但也就随赚随花掉了。新哥发现赚小钱存不住，便想赚大的。那几年我见到的新哥，总是意气风发，新换的飞鸽自行车锃光瓦亮，可以把领子竖起来的呢子大衣正好护住寒风中冻得通红的耳朵。谈起外面的事情和要做的生意，他总是头头是道，滔滔不绝，“大买卖”每每呼之欲出。

“大买卖”真的来了。仍旧是“倒煤”，只是数量特别巨大，所需资金也特别巨大，需先有下家的预付款才能启动。他便想到他的小姨父，也就是我的小姑父。

小姑父在县化肥厂上班，虽不负责采购煤炭，但能说话。化肥厂每年消耗煤炭的数量不必说，但人家有固定的煤炭渠道。要想让化肥厂采购这批煤炭不是说可以就可以，只能从小姑父这边入手。小姑父真不是好说话的人，可也耐不住这层亲戚关系，就信了新哥一回。预付款打过去了，可煤炭迟迟没有运来，那边负责收钱的人，也就是新哥的江湖朋友却人间蒸发了。这等于把小姑父给装到坑里了。新哥毫无办法，觉得对不起小姑父，但又要还小姑夫在单位里的“清白”，就央求小姑父到法院去起诉他。小姑父觉得自己是长辈，控告自己外甥，无论如何都说不过去，只好哑巴吃黄连，把这苦果生吞了，最后告诫新哥：“从此别再跟我谈什么狗屁生意。”

意气风发的新哥自那以后一蹶不振，只得重回矿上老老实实下井挖煤。煤矿挖着挖着也无煤可挖了，工资都发不出来。这时新哥已经四十多岁，只好请长期病假，开始到处流浪打工的生涯，北到内蒙古，南到广州，西到新疆，最远的时候还跑过非洲，总说是打工，也不说到底干些什么，一直也就这样了。

比起新哥，我和红哥相处的时间更长。小时候下河摸鱼，去菜园子偷菜，掏麻雀窝，捅马蜂窝这种事，都是红哥带我去干的。红哥生得不如新哥高大帅气，个子矮矮的，脑袋大，脖子短，还总歪着脸看人。从长相上看是有那么一点小猥琐，但却能给人亲近和信任的感觉。他那双小眼睛里时常会放射出一丝狡黠的光，伴着“你就要被我骗到了”的那种坏笑。我最佩服红哥的，莫过于他总会成为一个小圈子的“核心人物”，还不显山露水，把自己隐藏得很好，这无疑是天赋。和总是虚张声势咋咋呼呼的新哥比起来，徐老红简直是人间楷模，得亏他没有什么文化，否则不知道能干成什么大事。

他也的确没干什么大事，就是安于一个普通人的小日子罢了。红哥初中毕业后先在家干了几年农活，赶上村里搞新村建设，姑父和新哥都在矿上上班，甩手不管，他就一个人挑起盖新屋的重担。在亲戚们的帮衬下，屋子算是盖好了，但也把他累成了一个少白头的小老头儿。好在紧接着姑父就退休了，他如愿接了姑父的班，也成了矿工。

红哥起初也是下井，不过他比较懒散，不怎么愿意干挖煤这种脏活。懒人的聪明就在于会盘算如何让自己尽量舒服。下井的工作分好几种，有的是挖煤，有的只是负责看管井下的电机。他刚下井不久，就负了一次伤，养好伤后，就给自己谋了个在井下看管电机的轻松活儿。再过几年，他连井都不用下了，只做地面上的工作。这时就显现出他的“天赋”来了，不断地变换工种，让自己尽量活得舒服些，对他似乎轻而易举。

他半辈子没有离开过煤矿，找了当地一个农家姑娘结婚。那姑娘也不漂亮，一张黄脸坑坑洼洼，笑起来还露出一嘴的板牙。他第一次带姑娘回家，姑妈只在门口看了那姑娘一眼，脸就变了。谁知姑娘过日子却是一把好手，在庄上承包了很多土地来做种植，矿上的塌陷区都成了水塘，她也承包下来养鱼，挣的钱可比作为矿工的红哥还要多。这姑娘人也很好，和红哥一样懂得如何处理关系，这个当初没有入眼的儿媳倒和姑妈关系处得极好。

霞姐本来也有机会接班到矿上去的。这本来也是姑父的打算，但随着煤矿不景气，像新哥那种招工的机会再也没有了。临退休时，他就必须在红哥和霞姐之间做出选择。以农村那种重男轻女的习惯，这种事哪还用考虑，就算按照排行，也轮不到霞姐。好强的霞姐为此愤怒了很长一段时间。没有用，姑父再怎么爱女儿，好处还是要给儿子。

霞姐接班不成，和家里搞起冷战。她那时也已经初中毕业，在县里的职业中专读书，学养殖。因为与家里人不和，便跑到我家里来养土鳖，据说这是一味中药。但土鳖养殖很快就告失败，她又去县城里找工作，后来居然开了个家具店。我猜开家具店的钱必是家里出的——既然不让我接班，给笔钱创业总可以吧。

我去过表姐开的家具店，临街的两层门头房，招牌很大：红霞家俬大世界，却冷冷清清没什么人气。我有时从外地回家，会在她那里落个脚。有一次表姐送我一件男士衬衫，一看就是别人穿过的。我拿了衬衫回家。母亲一看衬衫就说，这肯定是那个小胡子穿剩下的。我才知道霞姐谈恋爱了。姑妈对这件事反应特别激烈，认为那个小胡子就是骗子，说自己有县城户口，有正式工作，其实都是编的。有正式工作的是他哥哥。不过他下手比较快，那时霞姐已经怀孕，只能认下这门亲事。表姐想要从户口上跳出农门的愿望随着这场婚事而告终。

我的高中时代，家境陷入险境。先是奶奶的病，接着是运动化的农村改造，家家都需要拆旧屋盖新屋。父亲明知家里没钱，却不甘人后，借钱造屋。父亲作为一名民办教师，工资常常不能抵债。我上学也常常为米粮发愁，有时就不得不自己骑车去姑妈家借粮。姑妈每次都给我准备七八十斤的小麦绑在车后座上，再塞我几张“大团结”纸币。表哥则会给我带些穿旧的衣服，表姐宽裕时也常塞我几张人民币。

九十年代，大家都很艰难。

## 二

火车到泰安，我先去妹妹家吃午饭，然后开了妹妹的车往遂城赶。

从泰安到遂城的路不好走，省道年久失修，坑坑洼洼，又遇上漫天雾霾。表哥们都知道我要来，一路上打来好几个电话，问我到了哪里。我也说不清楚。等赶到遂城时，已经是晚上了。

车灯开得雪亮，在乡间无边的黑暗之中，并不能照出很远。我认出一条小路，以为可以进村，结果被突然闪出的人影给拦截了。我认出那是红哥。红哥说就猜到我会走这里，天一擦黑就在这等着了。他让我倒车，重新回到大路上去。红哥说刚刚那条路是去老村的，早已废弃了，还得沿着大路再往前开一段，家在新村。车窗左侧，一个村庄的黑影朦胧可见，那就是我以前生活过的老的遂城。红哥说，他们新村改造是异地重建的，但老村也没有拆，还在原地站着，很是奇怪。

姑父躺在里屋的床上，床边坐着姑妈。里屋生着老式的煤炭炉子，倒也暖和。床上的姑父头向里蜷缩着，被子下面的身形已经缩小成猫的样子，不住地呻吟。

姑妈说是春黎来了。姑父游丝般的声音问："春黎不是在北京吗？"姑妈说："这不是回来看看你吗？"姑父说："看什么呀，不用看。"随后又哎哟哎哟地呻吟起来。那呻吟的声音也不太大，仿佛声音太大也能引起更剧烈的疼。这时的姑父一会儿清醒一会儿糊涂，确实是弥留之际了，大家都在等待着那个时刻的到来。

“他就剩下疼。”姑妈说。姑妈不断抚摸着姑父被子底下的手，或者拍着他的背，希望这种不间断地触摸可以帮他缓解一些疼痛。

姑妈已经没有我想象中的高大，只是一头干草样的花白头发，干裂的脸皮以及一截干瘦的身体，只有说话的声音还是很大。我问了问姑妈的身体近况，姑妈说前几年就把烟戒了，除了有点哮喘，没什么别的毛病。

红哥从怀里掏出几只针剂，是杜冷丁，刚从前街赤脚医生家买的。医生已经不再上门，用杜冷丁是最后的选择。这些杜冷丁都是赤脚医生从县里进的过期药品，效用还是有的，只是一次不要注射太多，药效过去，疼痛就会加倍。

我跟随红哥来到外屋说话。外屋没有生炉火，非常阴冷。

新哥提着一筐煤从院子里走进来。他已是一个小老头儿模样了，身穿一件对襟小棉袄，双手交叉抄在袖筒里。头上戴着一只黑色的绒线帽，绒线帽上不知道从哪里蹭到一层灰，帽子下是一张沟壑纵横的脸，像是被雨点打烂的一碗面条。他双目浑浊，眼袋浮肿，但说起话来还是那样，话还没出口，眼珠子倒先要睁出眼眶似的：“今年这煤不错，煤块透亮，一层层跟千层饼似的，烧完煤灰也很少，好煤！”他个子高，那帽子上的灰估计是去厨房捡煤块蹭的。

我和新哥谈了谈姑父的病，他讲了一会儿姑父如何发病，如何住院，如何决定放弃治疗，如何被拉回家来；又谈起自己，原本正在新疆干活，接到电话就赶回来，如今已经两个月过去，工钱还没拿到。接着话题转向我，问我在北京到底做些什么，在省里待得好好的，为何要跑到北京去？在省里好歹还是做记者，说出去也好听，现在在北京做啥呢，说半天别人也听不明白，家里亲戚们也都指望不上，你说你这大学生不是白当了吗？

红哥虽一头花白，但不改年轻时嬉皮笑脸的模样。北京好啊，甭管干啥，在北京都比省里强；要说不好，就是老不回来找哥哥们喝酒。

一会儿霞姐也进屋来，还是像以前那样，对我先是一个嗔怪的眼神，一跺脚，笑着指住我："这熊孩子，多少年没回来啦！"霞姐比以前胖了不少，脸上眼角的皱纹不说，白头发也是一绺一绺的。以前她上初三，我正好初一，几乎每天都是一起上学。她是那种爱追时髦的女生，身边也总是围着一些男孩子。冬天，爱漂亮的她可以不穿外套，只穿着一件火红的毛衣就去上学，而我有样学样，也只穿了件袖口开线的破毛衣，跟在她屁股后头走。她就在前面偷笑我。可是只穿毛衣真的很冷啊，从那时我就知道，女孩子爱起美来是比男孩子扛冻的。拍毕业照时，表姐因为跟男生拍小合影还被我爸骂过。她是从小就比较叛逆的吧。

她的小胡子男人还是留着小胡子。我和两个表哥说话的时候，一直没注意那个歪在外屋床上的人。这时他从床上坐起来，和我打招呼，懒懒的。别看这会儿他没精神，晚饭一开始喝酒，精神头儿马上就来了。我记得他很爱吹牛，霞姐可不就是他靠吹牛骗到手的吗？他吹自己是县城户口，吹自己在县里有工作，都是假的，只有霞姐肚子里的孩子是真的。

婚后那几年，他最爱吹的牛就是翻建新屋的家庭大计：新屋一定要盖车库，车库要盖好几间，一间给拖拉机，一间给未来儿子的车，再一间给未来儿子给他买的车；还说要给屋里铺地暖，因为他去城里打工时，学会了铺地暖。这么多年过去，也不知道车库盖起来没有，地暖铺没好没有。我们谈起孩子，倒是属他和表姐的孩子大，都上高中了，“就是你以前上的那个县重点。”霞姐和小胡子说起自己的孩子时充满骄傲。

晚饭后我和表哥又轮流去里屋看了一会儿姑父。姑妈有些累，先去隔壁屋里睡下了。打过杜冷丁之后，姑父不再呻吟，睡得堪称安详。家人突然聚在一起，没地方可住，大家商量我晚上睡哪里的问题，说可以去邻居家借宿，但到底去谁家，大家意见不统一。

红哥说：“不然你去小藤家睡吧。”他又坏笑起来，朝我挤眼睛。霞姐也跟着笑。只有新哥不明所以，非常严肃地反对：“那还了得，小藤的男人不在家，就她自己带孩子，传出去不好。”我们都被新哥的话逗笑了。他不知道我们小时候的梗儿。

我问起小藤的事儿。红哥说小藤招了个上门女婿，不过常年在外面打工，不常回家。小藤已经生了三个孩子，前两年父母都去世了，现在就在家门口开个小卖部过生活。

小藤家是姑妈家前院的邻居。村里人都觉得小藤的父母有些奇怪。他们是农民，却不怎么喜欢下地，每当人们从地里归来，总是看见这公母俩坐在村口树林边的阴凉底下，摆一张小方桌，在那里纳凉饮茶，见人过来，还热切地打招呼：“过来喝茶呀。”村里人嘴上不说什么，心里总是暗暗鄙视的吧。夫妇俩生有两个女儿，都很好看。大女儿生得俊俏，只是有些干瘦，皮肤略黑；二女儿就是小藤，比姐姐水灵些，皮肤也很白，尤其两只黑眼睛很会说话。我们背地里都分别叫姐姐小黑，叫小藤小白。小黑和小白也都比我大，但我喜欢和小白玩。姑妈见我总喜欢找小藤，就拿我开玩笑，咱们长大找小藤做媳妇怎么样？我很害羞，心里可是很美，以至于至今不能忘记小藤那双水亮的黑眼睛。

我决定哪里也不去，今晚就和红哥一起值夜班。红哥赞同，就让其他人早休息，明天替换我们。

红哥又装了一篮子煤进来，拣大块的，用小锤子敲碎，投进炉膛。炉子重新发出呜呜呜的轰鸣。

“明天该把烟筒捅一捅了，那样应该会烧得更好。”红哥说。

他从身后的阴影里摸出一个酒瓶，把茶碗里的水洒到煤堆里，分别倒了半茶碗白酒，“喝点吧。”红哥说。我们有一搭没一搭地说着，喝着。垂危的姑父在镇痛剂的作用下一整夜睡得像个婴儿。

想起自从成年，还从没有机会和红哥单独坐在一起喝过酒，不免有些难过。以前多少次答应红哥到矿上去找他喝酒，却一次也没有兑现过。转眼都老了，真的面对面坐下来，却又没有什么可说的话，除了以前的那点回忆。

红哥比较笨，都快初三了还没学会骑自行车。从我家到他家，二十多里的山路，来来回回都是步行。我喜欢跟红哥步行去遂城，一路沿着汶河往上走，另一边则是连绵起伏的丘陵，中间会经过好多村子，以及一些高大的水渠，那些水渠大约修建于“农业学大寨”运动时期，主要是把汶河的水引到山上去。我们不赶时间，总是边走边玩，要么爬上水渠，沿着水渠走好几个来回，要么就跑到人家地里去捉蚂蚱，摘西瓜，走一天也不觉得累。带着干粮，带着水，简直像一次次的野游。

姑妈家老宅的院子里，有一棵巨大的枣树。有年夏天，爸爸带我来玩，一进门就看见红哥提着一壶开水在浇那棵枣树。原来他是被“扒架子”蜇了屁股。“扒架子”是生长在枣树上的一种毛毛虫，它的毛非常厉害，一旦沾染人的皮肤，那种尖锐的刺痛能持续一整天，还不能触碰。红哥用开水浇的，不是枣树，而是落在树下的“扒架子”。“扒架子”给浇死了，红哥却依然一整天必须露着半个屁股在院子里走来走去。

那时霞姐也在家，就教唆我去拍他的屁股。我只是觉得拍人屁股好玩，完全不知道那样拍一下，会让他更加疼痛。我和霞姐看着红哥龇牙咧嘴的样子，都得意得不行，不过好景不长，没几天报应就来了，我也挨了一回蛰，罪魁祸首是一只黑马蜂。

那天红哥带着一帮孩子去村外的菜园子偷摘西红柿。我胆小，不敢进菜园子，就站在地头上给他们望风。菜园子主人看到路边站着一个小孩儿，东张西望的，就发现不对，吆吆喝喝跑过来。表哥他们听到那人的喊声，呼啦一下子从菜园子的另一头逃跑了，而我吓得双腿无力，只能傻呆呆地站在那里等着被捉。我是外村来的，主人不认识我，我也说不清自己是谁家的小孩，就只好把我放了。

我也不知道红哥他们跑去了哪里，只好一个人臊眉耷眼地往姑妈家走，路上需要穿过一条小河沟。那条河沟很深，需要先下到沟底，踩着浅水上的石头才能穿过。正当我踩在那几块溪水上的石头时，一只黑马蜂突然迎面飞来，我躲闪不及，后脖颈被它狠狠刺了一下，登时感到一阵火辣辣的疼痛，像是被火钩子撩了一下。此时是正午，火辣辣的太阳当头照着，我也不知道自己是怎样爬上了对岸的沟坡，村街上也空寂无人，我只能依靠大哭来减缓脖颈上的疼痛，就这样一路哭回了姑妈家。

奶奶从煤油灯里蘸了一些煤油，涂在我受伤的后脖颈上。但是那煤油，除了能让你感到一点清凉之外，却没有减损疼痛。就这样一直持续到傍晚，全身皮肤底下好像有一万只蚂蚁在爬。姑妈说不然用酒搓一下吧。奶奶便又用白酒将我全身都擦了一遍，可是那种感觉仍然没有消失。我还怪姑妈家的酒不行，因为在我家，奶奶都是用爷爷泡的人参酒给我搓的。

到了晚上，疯了一天的红哥才灰溜溜回到家，被姑妈一阵痛骂，怪他没有照顾好我。红哥从背心里掏出两个绿色的西红柿给我，说是对我没有出卖他的奖励。但我咬了一口，没有成熟的西红柿一点也不好吃。他说这种西红柿要放在被子里捂几天才会变红。我便把另一个没啃的西红柿塞到了枕头底下，很快就忘了这件事。直到几天之后，它变成一摊绿色的烂泥。

红哥决定为我报仇，去捣毁河沟里的那个马蜂窝。但我不敢去，他就纠集了他的那些小伙伴，戴着草帽，穿着蓑衣，举着长长的竹竿去挑战那个大蜂窝。结果是马蜂窝被成功捅下来顺水飘走了，又有几员大将受伤，哭哭啼啼地回家疗伤去了，而只有全副武装的红哥得以全身而退。

这次复仇的最大好处就是河沟沿岸重新成为孩子们的领地。我们可以放心地爬上河沟两岸的大树去乘凉，一整天都像长在树上一般，沿着交错的树枝从这棵树走到那棵树一直能走很远，有的大胆的甚至可以沿着树枝跨过河沟到对岸的树上去。到晚上，我们也不愿意在屋子里待着，就拿着自家的凉席，铺在高大的石桥上纳凉，看天上的星星，听他们讲些听来的稀奇古怪的故事，一觉睡到天亮。

## 三

老宅院子的篱笆门上还有残雪，门口的老枣树——就是曾经被红哥用开水浇过的那棵——光秃秃的树枝刺向天空。院子里很脏，落满鸟粪。我进了正屋，屋子里也黑洞洞的。我曾记得那老屋墙壁上都是被新哥红哥用毛笔写满的字和涂鸦，我想看看那些字还有没有，但却什么都看不清。

姑妈在屋地中央铺了一条毯子，将我摁在毯子上，又盖上一条薄薄的毛毯，让我就这样睡。躺下后我才发现没有屋顶，几颗寒星在屋墙围成的四角天空里眨眼。姑妈也躺下来，和我盖了一个毛毯。她还是那个剪着齐耳短发的中年妇女。姑妈搂着我睡觉，我好像又回到小时候。

为了哄我入睡，姑妈开始给我讲故事。她说，如今在这个老村里居住的，都是新村里的人搬不走的生活影像。他们自从搬出村子，就和以前的记忆完全绝缘了，而这些被遗忘的记忆却都继续在老村里生活。她还一一向我介绍我儿时曾经认识的邻居。比如前院的小藤家，虽然她的父母如今都已经过世，但在这里，他们依然像往常那样活着，每天搬着小桌子去村边的树林里喝茶。小藤也还未嫁人，每天都和姐姐一起在巷子里跳来跳去捉迷藏。

对门的李老奶奶，虽已经死去多年，但也仍然会过来串串门，拉拉家常。还有那个看山的老头，也已死去多年，依旧每天早晨从山上下来，经过门口的时候咳嗽一阵，也不知道他在山上都看些什么，仿佛怕山被人偷走了似的……

好容易从梦中醒来了，浑身发冷。里屋姑父又开始了一天的呻吟。今天的情况似乎不妙。表姐在床前处理着他不断往外吐的痰迹。我起床后也走过去，学着姑妈的样子，摸摸他的手，软软的，毫无力气，像一团温水泡过的抹布。又抚摸起他光滑的头顶，希望他舒服一点。

“没准就是今晚了。”姑妈说。

新哥准备好新的针剂，拍打着他的手臂，试图找到血管……他又一次像无声的婴儿那样睡过去。姑妈在旁边看我这样不断地抚摸姑父的头，说：“哎，真没想到，你姑父临了还能得你的济啊，总算没有白疼过你。”说着就抹起眼睛来。

已经是正午，我在屋里待得无聊，就出去走走。

出大门右拐，前面就是一个小卖部。我想起红哥说过的，这小卖部是小藤开的，便想进去买盒烟。小卖部的门关得很紧，我用力推了半天都没推动，又敲了敲门，门才吱呀着从里面打开，门缝里慢慢闪出一个半大小孩的身影。小孩开门之后，就快速地闪进柜台后面。我走进来，小卖部里光线不好，也没有生火，异常阴冷。

小孩问我买啥？我没有立刻答话，等眼睛适应了这室内的光线，打量了一下小卖部的内部，满目的货架和柜台似乎都被一层尘土笼罩着。

“你妈呢？”我问那孩子。

“妈！”那孩子突然发出非常大声的喊叫。通过小卖部通向院子的玻璃门，依稀看到院子里有个人影。但是他的妈妈并没有应答他。

“来包白将军，一个打火机。”我对那小孩说。

小孩熟练地从货架上取下一盒烟，又从玻璃柜台的下面拿出一个打火机递给我。我递给他十元钱，告诉他不用找了。我用手抹了抹烟盒上的灰尘，揣进兜里，重新来到阳光刺眼的街道。

我突然想不起小藤的模样来了，就连那双水亮的黑眼睛，也开始烟消云散。我的手在裤兜里紧紧攥着刚买的那盒白将军，烟盒冰凉而滑腻。

这虽然是新村，但也“新”了十几年。新村的景象和旧村没什么两样，杂乱，衰败，破旧。要说有什么不同，那就是经过规划的村街，从南往北，由东到西，笔直而无趣，建筑排列的骨架整饬得像人的肋骨。我先沿着道路往南，再往东走一里多地，就看到一片高耸的台地。这个台地也是我和红哥以前经常玩乐的地方。

村里人对这个台地一直流传着各种传说，有人说这是一座将军的大坟，也有人说是明朝王府的地基，还有人说这就是以前诸侯会盟时建的高台，具体是什么，没有人能说清楚。我和红哥小时候常能从那高台附近的田间捡拾一些破碎的陶片，也没什么用处，无非是拿它们到汶河里去打水漂儿玩。

我爬上那片台地，四下张望。一左一右，一新一旧两个遂城都在寒冬正午惨白的日光下蜷缩着，只能从建筑的材质上分出区别：旧村是石头建的，新村是水泥建的；旧村荒无人迹，而新村除了几家烟囱里的烟气，也几乎看不出人的气息。而这台地本身，也是荒疏的，和我小时候相比，可能更低矮了一些。我想从这高台上翻找些陶片瓦片，却被那散布其上的人畜粪便吓得罢手。

姑父过不了今天了，这是谁都知道的事情，亲人们已经为此做好准备。现在不过是平静地等待着那个时刻的到来。我从北京赶回来，说是告别，其实不就是等到那一时刻的来临才算完成使命吗？

姑父的一生，于我是这样的可有可无，他的死却给我提供了一个机会，让我回到阔别许久的地方。我又能从这里获得什么呢？逝去的永远逝去了。姑妈怀抱的温暖，就算是梦中，都不免让人尴尬，一个清醒的意识时刻提醒我，你已经不是那个小孩子。

我固然眷念着表哥表姐的情谊，只是这情谊除了少年时的关联，再没有新的可能了。我们固然不能再去爬树，去偷菜，而且我们再也没有任何可以谈论的新话题。我们彼此隔绝在一个看不见的墙的两侧，就像这个历史的高台，一道荒芜的时间的屏障，隔绝着旧村和新村。

老村像一头老牛，匍匐在高台的左侧，似乎极力想要隐藏在地面以下，却因为躯体的庞大，不得不露出那嶙峋的骨皮。我从高台下来，向老村走去。颓败的景象和梦中所见无二：许多房子只是被揭去了屋顶，留下光秃秃空荡荡的屋窠；道路因为长久失去人迹而灌木丛生。

姑妈家的老宅处在一条极深的青石铺地的深长巷子一头。巷子里以前住着七八户人家。除了小藤家，我印象最深的是姑妈家屋后那户人家，没有围墙，除了一排石头屋子，整个院子盛开着灼人眼睛的罂粟花。石屋子里住着爷孙两人。爷爷常年卧床，孙子是和新哥一样年纪的人，戴着一副瓶子底那么厚的破眼镜，每天都趴在罂粟花下那块大石头上演算习题。他用的课本已经是十年前的了，练习本的正反面密密麻麻写过好几层，还有一些不知道从哪里捡来的旧书报，全都写满各种演算。姑妈说这是一个学疯子，以前学习很好，只是每到考试就考得很差，为了考个中专，复读多少年，后来就魔道了。

新哥每次从矿上回来，总会带上我，去他家院子里站一站，看看那好看的花朵，再和学疯子聊上几句家常。新哥每次都会给他递上两支烟，一支被他夹在耳朵上，一支他刚点上抽一口，就会掐灭，然后被放进衣服的上口袋里，再用手拍拍，看是不是妥妥地放好。拉起家常，他会先问问新哥的工作，再谈谈今年的庄稼，然后就会转到学习上去，他会嘲笑新哥一向学习不灵，所以才只能跟着姑父去挖煤，但说起自己的考试，又很无奈：“哎，谁知道呢，今年出的题好像有点难，不知道明年怎么样……”

我循着旧屋旧路的遗迹，来到那个已经彻底坍塌的老屋的门前，仿佛又看到他家火红的罂粟在残雪与乱石间怒放。想起姑妈梦中所说，过去人们的灵魂依然还在这里生活。如果真是那样，那该多好。

我想看看那时的人们。

## 四

姑父死在半夜。

大家早就预感到姑父过不了这一天，所以将帮助处理后事的邻人提前找来。过了凌晨，姑父进入弥留之际中的弥留。也许是杜冷丁的作用，这一天姑父都没再怎么因为痛苦而呻吟，如果不仔细听，几乎连呼吸都感觉不到了。

姑妈首先发现他的不对，喊我们赶紧给他穿上寿衣。寿衣必须是在他死前穿上才好，否则死者会以为自己临走都没有换身新衣服。姑父的身体虽然已经病弱得只剩下皮骨，但若想搬动他换衣服还是很困难。几个人甚至将他的身体整个从被窝里掏出来，从后面抱住他光溜溜的裸体，因为他身形本来高大，抱他的人尽管已经很努力地往高处托举，他裸露的双脚还是拖在地上。最后是新哥抱着他，靠在门上，众人七手八脚才将全套的寿衣给他穿好。这中间，表哥表姐还要不住地喊着爸爸，好让他不要走得太快。寿衣穿好后，床铺抬到外面客厅的中央。点上长明灯，将一枚事先准好的铜钱塞进姑父的嘴里。这时，姑父似乎终于咽下了最后一口气。

死亡是这样的辛苦，这是活着的人和要死的人都没有料到的吧。

现在姑父只是盖着薄薄的棉被躺在冰冷的外屋，已经完全不怕冷了。主事者嘱咐家属此时不得哭。人走在后半夜是不吉的，不能让外人知道，需等到大快亮时，再大放悲声才好。现在家属所要做的事情只有一件：睡觉。

毕竟，明天一早，喇叭一响，大家该哭的哭，该劝的劝，该张罗的张罗，就要开始忙活起来了。

# 我的名字叫奔丧

在我们鲁西南，如果一个人快死了，就要将死者连床带人一起拖到正屋里，头朝南，脚朝北摆放好。要将正屋里的八仙桌、老式椅、条几之类的全部撤掉，还要将墙上悬挂的中堂、相框、美女图反着挂，背面朝外。大大小小的亲人都围着床站一圈，就等人一死，便号啕大哭。为了给跪在地上哭的人有所铺垫，要将一些干净的柴草或者麦秸提前铺好。还要在死人床底下放一麻袋玉米，那麻袋要倾倒在地上，麻袋口要开着，要有一些玉米粒散落出来。为了防止四角动物横穿床底，最好下面塞满东西，或者哭的人要时刻警觉，防止老鼠、狗、猫之类的动物从床底经过。这是很不吉利的，万一发生这样的事，就有可能“诈尸”。“诈尸”据说是很恐怖的事情。

等床上的人吐出最后一口气，最亲近的人要用调羹往他（她）牙缝里塞一点稀饭汤（吃了饭才有力气上路），然后将事先拴在他（她）脖子里的一枚铜钱（或者穿了线的硬币）塞进嘴里；如果死人还睁着眼，要想办法把他（她）的眼皮给抹下来；然后摸摸死人的裆部，看有没有屎尿排出体外，着最亲近的人清理干净之后，再给他（她）“穿衣服”——就是穿寿衣，在穿好新的寿鞋之后还要用麻绳将两只脚系起来——这是为了防止他（她）“诈尸”后逃跑，所以我们看到鬼片中的“诈尸”都是双腿并在一起，一蹦一蹦地走。这一切停当之后，最亲近的人还要回过头来给死人洗脸（如果发现刚才先把铜钱放嘴里，妨碍了洗脸，也不要紧，先拿出来就是了，等洗好脸再放进去），洗完后给他（她）照镜子（死人左照照，又照照，觉得洗得很干净，很满意），照完镜子之后，拿镜子的人会将镜子“啪”地摔碎，然后带领大家号啕大哭。

这时有人已经在死人的床头上放一个板凳（乡下很少有香案），上面放一个煤油灯（长明灯）和酒果之类的供品；有人会在他家大门上挂一把草纸；有人会分头去给死者的亲戚们报信。

停尸一夜，活着的人彻夜不眠（也不是这么严格，完全可以轮流守候），如果是夏天，天气炎热，为了防止尸体变味，也不必非得过上一夜，当天就可发送到火葬场。一般情况下，人都是在半夜里死，所以往往是第二天一早就可以发送了。发送时自然各路亲友都要请到，邻居街坊也要吊唁一通。有专人在院子里吆喝，说谁谁到了，屋里面的孝子便嚎叫一阵，表示迎接；而来吊唁的亲友中，女亲属要进屋陪着孝子孝女们哭，男亲属只要在外面喝茶就可以了；有交情的女邻居们也要在外面板凳上坐着，佯装哭一会儿，送些草纸完事。起灵时，孝子们要拼命阻止，然后被人架着出门去送，长子还要摔盆子（新买的花盆），烧衣服；大家每人拿一支香，围着那火堆转圈，将自己手里的香扔到火里。眼看着拉着尸体的马车（或者别的什么车）消失在人们的视线中，发送仪式算是告一段落，只等晚上骨灰盒着人送来。

人死的当天晚上就要商议如何发丧的问题。为了做好充分的准备，发丧一般都要隔一天，第三天举行，所以叫“过三天”。这个商议程序的晚上，需要由孝子来委托一个德高望重的外姓人主持，这个人叫作“总理”。这个人除了有德高望重的优点以外，还要具有老成持重，遇事镇定，思虑周全，办事妥帖，不会出什么纰漏的秉性和才干。孝子全权委托此人之后，此人就要尽快组织一个班子。班子主要有这样几个部门：负责外面采购的，负责厨房里搭锅起灶的，负责大厨掌勺的，负责烧锅炉供水的，负责搭饭棚的，负责接待客人的，负责出殡抬供桌的，负责记账的，负责收钱的，负责写挽联的，负责接受花圈布匹的，负责借桌子借凳子借筷子借碗的，负责组织吹鼓手的（现在只要租一个大喇叭就够了，但也要有专人看守），负责上坟带路的，负责一路撒纸钱的，负责放炮仗的，负责挖坟坑的等等。这些人里面的骨干一般都提早定好，余下打杂的基本不用召集，都是自愿前来，这一方面要看主家平时人情交往如何，一方面村里总会有一些闲散无聊的年轻人喜欢凑这种热闹。总理除了运筹帷幄的工作以外，人们最常看到的，就是他时刻站在院子的显要位置，眼睛四处巡视，不时训斥这些表面来帮忙，实则来为讨酒解馋，偷懒耍滑的家伙。

第二天一整天都会在这种忙乱中过去。但忙乱是他们的，与孝子们无关。孝子们只需要待在屋里，盘腿坐在铺满秸草的屋地上发呆，单等第三天的到来。第三天的主要任务是埋葬骨灰盒与喝酒吃饭，基本上将第一天的程序再演一遍。不同的是亲友们此次有备而来，带着花圈，青帐布匹或者床单，还要带上一些钱，交到登记处。亲友会齐，出殡之前，要开个会。总理主持会议，有人致悼词（一些乡村秀才不免有了卖弄的机会），无非说些死人的好话；有人宣读亲友和他所带物品的详细名单；然后是亲友敬献花圈，孝子们则跪在一旁哭受；然后亲友致辞（一般没有亲友肯上去啰唆的），最后出发去墓地。至亲的人都要去，一般亲友则开始喝酒吃饭，这就是流水席。以前一个家族都还有固定的墓地，如今墓地基本是自由选择。有的选在自家田地里，有的选在山坡上，有的选在河堤边，反正都是些不能轻易被人改动的位置；不管怎么样，风水一定要好。

埋掉骨灰盒，回家吃饭，送走亲友，这一天算是结束了。晚上总理进行卸任前的述职，主家酬谢一番。记账和收钱的核对完账目，将其一并交于主家。主家收好账本，单等亲友家有同样事由时参照行事。有关账本内的收益，如果孝子是兄弟一人，或者还可一夜无话；倘若是兄弟几人，分账起了异议，弄不好就会打个头破血流，几夜不得消停。

爷爷死的时候我还很小，应该还没有上小学。当时农村谁家结婚娶媳妇或者死人，都被当成“重大娱乐事件”。人们不管手里正忙着什么，都禁不住诱惑，放下活计，争先恐后前去观看，唯恐落到最后连根毛也看不着，落下好几天的失望。那几天对所有人来说，都是个节日。因此，我们家的院子虽然很大，但发丧的那天，还是没办法装下那些爱看热闹的邻居们，我们家的鸡舍都被他们踩塌了。不但如此，前后左右的屋顶上、墙头上、猪圈上都站满人；我们家院子里树多，那些树的枝枝杈杈上，也都像结果子似的挂着许多孩子。

很多亲人都在哭，尤其是我的父亲母亲和我的亲姑姑干姑姑们，都跪在堂屋的中央，哭得伤心极了。而我奶奶只是坐在床沿上，抹着鼻子，半天擦一点眼泪，照看着我不要乱跑。我那时那么小，哪里肯听话呢？看热闹的人挤破了我们家的门框。而我像个小猴子一样，从他们的腿缝里挤出屋子，在腿的密集丛林里钻来钻去，上蹿下跳。我不知道怎样，竟也爬上了我们家的老槐树。老槐树底下同样站满了伸着脖子的人，不过他们已经什么也看不见了，只能向前面的人打听屋里的动静。我在树上充当起他们的解说员。

发完丧几天之后，我看见父亲将一个镶着我爷爷相片的小盒子放在中堂后面的窗台上，那个窗台正好被这幅中堂遮盖起来。

他还将我爷爷睡过的床抬出门去，一直抬到我们家屋后池塘边的树林里，扔在那里。我每次去池塘边玩耍的时候，都会看见那张床，它被翻了个个儿扔在那里，原先铺在床上的，用高粱秸编成的垫子散落在地上，下过几场雨之后就朽烂了。我和一些小伙伴经常在那里活动。我们常常抽出垫子上的一根高粱秸，作为马鞭，鞭打我们想象中胯下的战马。那张床在树林里待了那么久，也没有人搬走。我原以为父亲不要那张床了，谁知几个月之后，又将它搬回了家，照旧安放在爷爷当年休息的那间屋子里。几年之后，那间屋子成了我的卧室，那张床成了我的睡床。

有一天，我正在学校上体育课，突然一个邻居来，要我跟他回家。我隐隐约约知道是什么事，于是跟老师请假，却不知该如何跟老师说清楚。我一直不知道该如何表达，因为我不会讲大人们用来修饰“死”的那些词语，而我更害怕说出“死”这个字时，会被人笑话（“这个孩子真不懂事，竟然说他奶奶死了”）。

回到家时，已经看见奶奶也像爷爷一样，被人抬到堂屋里，父亲母亲正在大声哭喊。住在我家上中学的表姐也从学校回来，扶在门框上哭。

我的三个姑姑也在。她们已经在我家住了许多天。自从奶奶一从医院回来，她们三个便都住在我家，轮流照看奶奶。我三姑职业就是护士。她负责给奶奶吃药，打吊瓶和吸氧气，大姑和二姑则陪在床边说话。每天晚上，奶奶的床前点着一盏跳跃不定的煤油灯，三个姑姑，还有我的父亲母亲，我的表姐和妹妹，我们围在一起，围在奶奶的床前，找些话说的时候，我就觉得是最幸福温馨的时刻了。我觉得我们家突然一下子有这么多人，其实挺热闹的。

奶奶被抬走火化的第二天，是我们家最忙碌的一天。姑姑们虽然都回各自家去准备，但更多的邻居来到我们家。有帮买菜的，有给拾掇院子的，也有给送筷子送碗的，送椅子送板凳的；更令我吃惊的是，还有人给我们家送来好大一块猪肉。劈柴的劈柴，生火的生火，炒菜的炒菜，做饭的做饭，等吃完饭后，还有人帮我们洗碗刷筷子。这真是见所未见的事情。那么多人在我家里杀猪宰鸡，生火做饭，喝茶聊天，而我的家人们却跪在屋里，不吃不喝，强行号哭。我一个人在院子里走过来走过去，兴奋得不得了。我想帮那些人削土豆，他们朝我瞪眼睛，我想帮那些人添柴火，他们拿棍子吓唬我，终于遇到一个什么也不干的老头子，见我在院子里晃来晃去，就对我说："你应该到屋里跪着去。"我于是很郁闷地回到屋里，看到我的父亲母亲蹲在屋子里，什么也不干，连话都不说，只是呆呆地坐着。我问母亲这是怎么回事，母亲也不理我，只让我老老实实在屋里待着，除了上厕所，哪里也不让去。我想既然有好东西吃，还什么都不用管，那就在屋里待着吧。

到了第三天，人更多。三个姑姑还有好多亲戚都来了，花圈布匹，纸房子，纸家具之类的摆满院子。大家重新号哭起来，仿佛隔了昨天一天的安静，又有了无穷的力量。我的三个姑姑哭得尤其强烈，引来众人阵阵赞叹。“还是闺女多了好啊。”许多老太太都很羡慕奶奶有这么多女儿。我奶奶的确有很多女儿，三个亲生女儿之外，还有两个干女儿，再加上我叔伯大爷家的一个姑姑，总共六个闺女助阵一哭，声势自然不可小觑。但这些都不是我所关心的，我关心的是什么时候才能吃饭。我一边看着大人哭，一边看着旁边大师傅抡着大勺子的情景，焦虑万分。我和哭泣的队伍一起走出大门，扶着哭得已经站不住的爸爸，回头看着后面，妹妹扶着妈妈，表姐扶着大姑，依次走出来。走走停停，边走边哭，还要烧奶奶生前穿过的衣服，还要摔一只新买的连用都没用过的花盆，一直走出村子老远，又在一个荒地上哭一阵子，才回来。等回到家，看见许多客人已经吃完了饭，抹着鼻子离去，心里才真正伤心起来。

在荒地里，我看见父亲拿出两个盒子，具中一个就是以前他放在中堂后面的有爷爷相片的那个。他们将两个盒子埋在一起，培成一个土堆。在这之后，我和父亲母亲每年都要去那里，给那个土堆培土。但是土堆却一年比一年小，终于有一年，再也找不到它。

参加第三个葬礼的时候，我已经上初一了。这次死的是我的一个姑姑。这个姑姑不是我亲姑姑，而是上文提到的我叔伯大爷家的那个姑姑，也就是我大爷的姐姐，但也并不是他亲姐姐。事情说起来有些复杂。我大爷原有个亲姐的，但亲姐订婚不久，没过门就死了。那没过门的姑父只好重新订了一门亲事，并且结了婚。这边我大爷的母亲却又十分想念死去的女儿，便产生认那个姑父的新婚妻子为干女儿的想法；没想到人家还真答应了，于是就有了如今这个姑姑。这个姑姑果真像我大爷的亲姐一般，每年都来这里走娘家。我们这边也将这个亲戚当作原本的亲戚走动。我父亲也特别愿意认这个姐姐，觉得和她有一种天生的亲切感。只是这个难得的姑姑寿命不济，不到五十岁就死了。

我还记得当年我奶奶发丧的时候，大家吃喝完毕，各回各家的情景。这个姑姑被我父母送到门外。她嘱咐父母不要太伤心，然后说一声："我走了。"便拿起手帕遮住脸面，坐在他儿子的自行车后座上，哭喊着我奶奶，远去了。

事情相隔竟不到两年。

葬礼上，由于我们行的礼节过于隆重，甚于其正牌娘家人，竟惹来他们很大不愉快。当时气氛异常紧张，差点就要干仗。然后大家一块去遥远的坟地。他们家的坟地确实遥远，父亲母亲和几个大爷叔叔都不辞劳苦跟着去了。我们几个小孩儿却没有去，便到院子外面的池塘边去耍，只等他们回来，好带我们上桌吃饭。等到天快黑，他们才回来，但父亲却不让我们与他们一起吃。原来因为两个“娘家”来的客人都不少，人家特意将两方的孩子单独列出来，组成一桌。

那几个孩子中最大的一个我认识，其实是同学，但坐在一起吃饭，却是头一回。我本来觉得小孩一块吃饭可能会更随意些，想怎样便怎样，不像那些大人，吃一会儿，停一会儿，还要说话，还要抽烟，还要喝酒，还要你谦我让的，让人拿着筷子干等，十分难受。我倒是愿意和大人分开吃的，但接下来发生的事情却让我目瞪口呆。

还没上菜呢，那家伙就开始吆三喝四的，敲着桌子要酒喝，要烟抽。等菜一端上来，还没落到桌子上，就被他们兄弟几个一哄而上，抢了个精光。开始上的几道菜我这边的兄弟们竟连根毛都没捞着。他们则一边抢，一边大呼小叫，拍桌子打板凳，站着吃的也有，蹲着吃的也有，坐在桌子上满桌子胡捞的也有，惹得周围桌子上的人们纷纷回头来看，笑着指指点点，却并没有人来制止他们。跟着大人来之前，我接收到的警告是，出门在外，要注意礼节，行有行的礼，坐有坐的礼，吃也有吃的礼，不能在礼节上遭人嘲笑。我们是很注意礼节了，可那帮小子却不管这些啊。眼看着他们如狼似虎，气焰嚣张，而我的兄弟们仍傻眼似的干坐着，真让我感觉是“秀才遇到了兵”。我的小兄弟们已经开始拿眼睛看我了。无论如何，我不能让他们吃不饱啊，于是，暗地里给他们使了个眼色。这时伙计又端了一盘菜向这里走来，我们没等他靠近桌子，便半路杀了上去，夺下盘子，大快朵颐。菜上齐了，别桌的客人们都还在不紧不慢地喝着小酒，而我们这里却只剩下一堆空盘子，和满桌子的汤汤水水。我们和他们互相瞪了一会儿眼，便都离开这张桌子，又分散到各自大人坐的桌子上去了。我们在新的饭桌上又吃了不少。虽然到最后仍觉得吃得不太满足，也只好如此。吃完饭之后，我低头看看自己身上新换的雪白衬衫，经过那场激烈争夺，已经是油渍斑斑，战绩累累。这是我参加过的所有葬礼中唯一感到耻辱的一次。

真正让我感到荣耀的葬礼，是在此之后的又一年。我被邻居临时借去参加一个陌生人的葬礼。由于死者很年轻，并且辈分小，他们家实在没有一个像我这样的年轻“男人”，可以向死者家属敬献花圈，只得临时将我借了去。被当作一个“男人”而不是“孩子”来看待，十三岁的我浑身不可抑制地发抖。那对我来说是一次成功的表演。据后来该邻居描述，当时敬献花圈时，所有的客人都只是放下花圈后迅速离开，唯独我还向死者的遗像深深鞠了一躬。他们说，“只有我是最懂得礼节的”。他们对我这一个鞠躬的肯定，树起了我以后热衷于参加葬礼的“雄心”。

很快，本家的另一个伯父，喝酒喝成肝破裂。

在他死去那天的下午，我以一个晚辈的身份去探望。为使那个破裂的肝脏不再继续撕裂，他已经无法平躺，而只能半卧着，后背垫了两床棉被和一个枕头，但即使这样，他那颗木瓜一样的脑袋依然高不过他无限肿大的肚子，那是即使临产的孕妇也不可能拥有的肚子。大抵是那场致命的醉意还没有从脸上散去，那张过早衰老的中年男人的面孔依然泛出深深的酒红，而这酒红的沉淀物却像烟尘一样布满皮肤。也许明天我就可以跪在他的床前大哭了，我想。我将和他的两个儿子一同跪在他的床前，陪着他们号哭，我也将和所有死去先人的孝子一样，披麻戴孝，故意不把鞋子提上，而只是弯曲着双腿，趿踏着鞋走路，眼睛红红的，具有无上的哀戚和可怜，又具有奇怪的凌然不可侵犯的尊荣。我坐在他的对面，这样想象着，脸上竟然洋溢出笑意。我仿佛一个诡秘的偷羊人，在实施盗窃的前一天，公然跑到被盗者的家里，边和他拉着家常，边去他的羊圈里数一数，他还有几只羊。

他混账无耻地度过自己短暂的一生，就这样死了，留给两个儿子巨额的债务，留给妻子一把无形的刻刀，供她在后来的孤独岁月中每年往自己的脸上来那么一下，而他的脸却将永远红润光滑。最后留给他母亲一个深深的丧子之痛。我坐在他的对面，这样想着，有一刹那被自己的慈悲感动了。

在进门之前，我看见他的母亲，按辈分，我叫她奶奶。这个老人，正在她儿子的窗外逡巡，她的儿媳和两个孙子拒绝她去看自己的儿子最后一眼。她默默地踮着小脚，拄着拐杖，朝儿子的房间里张望；她不能弄出哪怕一丁点声音，她不能让快死的儿子看见自己；她这样不安地走动，鬼魂一样。

当天晚上，他就死了。正是炎热的夏天，不等停灵，便很快拉到火葬场。我陪着他的两个儿子大哭了两天。三天后出殡，路途遥远，场面却异常冷清。问题出在他的两个儿子，还是两个光棍。如果他们各有一个老婆的话，或许还会好一些，毕竟，女人才是出殡队伍中用哭声来壮大声势的主要力量。可惜的是我那两个堂兄，光棍两条，哭起来毫无生气，只有一个已经出嫁的姐姐在路上拼命扯着嗓子干号，却没有一个可以回应的哭伴，愈加衬托着出殡场面的萧条。

一般来说，女人在出殡的队伍中，自然是越多越好，她们的号哭彰显着出殡的声势；但她们并不是毫无章法地乱哭，这里面也有个分声部的问题，就好像唱《黄河大合唱》一样，一个声部唱完，另一个声部要有所回应，一唱一和，此起彼落，才会绵延不绝，保证哭喊的连续性和长久性。而我这个堂姐就因为缺少了多声部的配合，早早便筋疲力尽，喊哑了嗓子。至于男人，你不能指望他们在哭喊中有怎样的作为。他们所要做的，仅仅是尽量让自己表现得更邋遢，更埋汰，面容更萧索，体质更脆弱，鼻涕一直拖到下巴上，双腿像两根面条似的弯曲，必须有两个人搀扶着才能勉强站立的样子。而我的两个堂兄在这一点上做的也是潦潦草草。他们大踏步地走在出殡队伍的最前面，甚至甩掉了像我这样搀扶他们的人。

刚刚送走我那短命的大爷没几天，他的母亲就不行了。但她的死因从表面上看和他的儿子并没有太大关系。那天天气不错，是村里大集。老太太家就在集市边上，出门就是人来人往的市场。她正在门外坐着晒太阳，忽然看见人群中有一个老太太，是多年前的旧相识，便上前拉住她，攀谈起家常。说话便要留饭，兴冲冲出去买菜，还没走出院子，便扑倒在地。我只得又一次陪伴她的两个亲孙子披麻戴孝，号哭三天。照例又是杀鸡宰猪，煮酒烤肉，大宴亲朋。出殡时，队伍经过集市边她住过的院子，供桌突然翻倒在地。

第七个葬礼是我姥姥。我的姥姥从二十多岁开始守寡，辛苦一生，死后却也没有得到一丁点安宁。我有一个号称“小诸葛”的叔伯舅舅，自以为精明能干，办事周到，在主持这次出殡大礼的时候，一味替我的亲舅舅们省钱，结果闹到最后客人上桌吃饭时，厨房里竟然没有菜肴可做，连馒头都不够吃的。当时正下着暴雨，客人们都淋在雨地里，屋里的孝子们乱作一团，不知道该怎么办。

第八个葬礼，是我姨父。要讲我姨父，必须先讲我姨妈。在我的印象里，姨妈是个和我姥姥一样的老太太。她们都把发髻束到后脑勺，戴一顶乌黑的绒布小帽；穿扣子钉在一侧的青布大襟褂子；一对小脚打着长长裹布，套在一双尖口的黑色条绒布鞋里面。姥姥活着的时候，每年正月初七过生日。连拜寿带拜年，所有亲戚都在那一天去姥姥家。每年我都会在姥姥家见到姨妈。她总是和她母亲坐在一起。看着这两个打扮完全一致的老太太，我觉得她们应该是一对老姐妹才对。

姨妈十六岁出嫁，被一个比她大十多岁的男人用一只小轿子抬走。这男人就是我姨父。每年去给姥姥做寿的时候，他总要喝个大醉，大耍酒疯，与他的那些小舅子们尽扯扯不完的陈年旧账。每次都是被我父亲拉住，拖我家去，在我家住上一天半天，又能喝上一顿。他到别人家喝酒从来不怕喝多，一旦回到自己的家，就很抠门，生怕别人喝光他的酒。

姨父死了，亲人们都聚集在一起商量如何发丧。姨妈没有儿子，只有两个女儿，因此充当孝子的任务落在两个表姐夫身上。一辈子没有主张的姨妈，在葬礼程序的制订上突然变得强硬，拒绝族人的安排，所有人必须听从她的指挥。

那天天气阴沉，直到黄昏日落，夜幕大垂，姨妈才准许出殡。两个女婿走在队伍最前面，后面依次是抬棺的人，两个拼命号哭的女儿和三三两两的亲友。我自然也行走在这个队伍里。整个队伍的人都拼命做出悲伤的样子，张开大嘴哇哇大哭，但却听不到一丁点的声音。我跑到队伍前面，悄悄询问我的大姐夫，他告诉我这正是姨妈的主意：只许哭，却不可发出声音。

街上亮起鬼灯。竟然有许多送葬的队伍，从各条道路汇集过来。我们实在没想到竟有这么多死人在同一天出殡。为了不造成混乱，姨妈命令我们的队伍绕行小路。

那条小路需要穿越树林，这个树林平时都没人敢进去。两个姐夫虽有些为难，也得照办。道路隐没在树林阴暗的草丛中，打起灯笼都很难看清。队伍在树林中盘桓，丝毫没有发觉已经迷失方向。一开始还只是草地和沙地，后来竟延伸到陡峭的山路上去。碎石遍地，随时都会硌疼行人的脚。大家忍受着磨破的双脚前进，走进一条狭窄的山谷。

山谷两边是石头垒起的高墙，生满厚厚的青苔。无人知道墙壁的另一面有什么。在两道墙壁之间，勉强可容纳两人并行。两个表姐夫并排走在前面还凑合，而那些抬着棺材的人就很困难。棺材在这个巷道里显得异常宽大，不时磕碰在两边的墙壁上，磨掉棺材上新鲜的油漆，造成一块又一块伤疤。

走到山谷尽头，一截矮墙挡住前路。矮墙的下面一片漆黑，不知道有什么。两个表姐夫相互看了看，抬起脚，一起站到矮墙之上，摸索着探身下去。我本来在他们身后，在他俩跳下去之后，趴在矮墙上探身往下看，几分钟之后，才听见两件物体落地的沉闷回声，吓了一跳。队伍停下，许多人打着灯笼，往矮墙下张望，还是什么也看不清楚。

我吃力地沿着矮墙石头间的裂缝，攀缘到底部，看到趴在那里的两个表姐夫。其中二姐夫已经摔得血肉模糊，再也分辨不出手臂和大腿；而大姐夫似乎还有一口气，看见我下来，便举起那只血淋淋的手臂，让我看他那受伤的肘关节。我摸了摸那个伤口，摸得满手是血。

“这是必不可少的仪式。”他说。

他沿着墙壁缓慢地站起，看看趴在一边的二姐夫，轻微叹一口气，然后抬起头，自豪地向上面喊道：“好了，你们也都下来吧。”

# 我只玩我自己的

# 月光下的复仇

黄昏，屋后场院里的孩子们又叫起来。小民从凳子上蹦起来就往外跑。香香蹲在院子西角的茅坑边上，用树枝挑着落进茅坑里的青的红的小灵枣儿。她回头看见小民鬼鬼祟祟的样子，就喊：“哥哥，你干什么去?”

“我出去玩。”小民边走边说，头也不回。

“我也去。”香香扔掉树枝，站起来。

“你不能去。”小民说。

“我给你枣吃，你让我去吗?”香香走过去，挑了红的灵枣给哥哥。

小民吃完红枣说：“你不能去。”

“路小民，你不让我跟你去玩，我就告诉爸爸妈妈：你没写完作业就出去玩。”香香鼓起嘴巴，小鼻子倔强地翘翘着。

“去告我吧，我才不怕呢。”

“路小民，你不让我跟你去玩，我就告诉奶奶，是奶奶让你看着我的。”香香用小手指指正屋，奶奶正在屋里睡觉呢。“我现在就去说。”香香做出向屋里走的动作。

“回来，香香，我带你去玩。”小民急得跺脚。

“哼！”香香得意地走到小民前面去。

“玩就玩，反正谁要是欺负你，我不管。”小民说。

屋后的场院上，孩子真多。新割的秫秸捆成攒倚墙竖着，长长的叶子泛着新鲜的金黄，散发出粗糙的秋天的香味。

小民爬到新军家的猪圈顶上。新军和别的小孩正在上面打扑克。新军他妈喊新军喂猪。新军不去。他妈老远指着他：“你这小子玩意儿，还真治不了你了，你给我下来！”小民说：“新军，你先下去喂猪，这局我替你下，保证上台，你一回来就还你。”新军说：“一边歇着去。”他妈提了杆竹笣，从猪圈下边照着新军的头就耧下去，嘴里叫着：“我就不信治不了你！我能生你就能治你。”新军把手里的扑克塞给小民后就从猪圈的另一面跳下去了。小民接过来一看就知道上台没戏，嚷嚷着重新玩。这时新军喂完猪回来，向小民要扑克，小民不给。新军就跑到了猪圈对面的一个石头堆上，指着小民喊了起来：“你这小子玩意儿，还真治不了你了，你给我下来！”小民不理他。新军又喊：“我就不信治不了你！我能借给你就能向你要。”小民不理他。“小民你下来，这是俺家的猪圈，你下来。”小民不理他。“小民你下来，你敢不下来，我就敢让香香哭。”小民不理他。

香香正跟另一帮小男孩玩摔纸牌。她已经赢了一大摞纸牌了。她撅着屁股，狠狠地甩着胳膊，不断把对方的纸牌打翻。新军从背后推了香香一把，香香跌倒了。香香从地上爬起来，指着新军说："你欺负我，我给疤瘌婶子说。""你敢！"新军吓唬她。"疤瘌婶子，疤瘌婶子！"香香喊起来。新军说："我妈才不理你这个小妮子哩。我妈最忌讳人家喊她疤瘌。"

新军说："咱俩摔牌，我赢了你，你就得让我亲一口，要不我就摸你的脸。"香香站在那里，吹着额上的刘海儿，说："摔就摔，怕你？我赢了，就打你屁股。"

这时一个孩子跑到了猪圈底下，对小民说："小民，新军欺负你妹妹了，他说要和你妹妹'玩玩'。你还不揍他？"又有几个小孩跑过来嘀咕着怂恿小民揍新军。

夜的阴影蔓延过来，遮住了整个场院。小民看不清手里的牌。他沉静了一会儿，悄悄下了猪圈，拉起香香的手就往家走。这时小英跑过来，拦住他，说："你还不把新军这个狗日的揍了。"小民看看她，眼神阴沉。小英说："你要是揍不了他，我替你喊几个人去。"小民没理她，只是把香香拉进家门。小英看着小民白白的后脑勺，骂了一句："没用的东西！"

奶奶点上小蜡头，食指使劲摁着小民的额头，骂起来："看等你妈回来怎么收拾你。"妈妈还在地里忙活。小民躺在奶奶的床上，一声不吭，像是睡着了。烛火跳跃着。奶奶老眼昏花地看着无忧无虑的小香香和她的影子玩纸牌，香香总是个赢家。

外边月亮升高了，放亮了。小民从窗子里看不清月亮的眉眼，觉得它是个蒙面人。

场院里的孩子逐渐多起来，热闹起来。他们玩各种各样的游戏。他们不怕夜晚，不怕墙角和阴影，不怕蚂蚁和蒺藜。他们爬树，爬墙，爬屋顶，爬麦秸垛；他们钻地道，钻土堆，钻草窠，钻桥洞。他们是快乐的。在夜晚，在月光和树梢之间，他们喧闹，他们唱歌，他们奔跑在大街小巷，他们追逐在呼吸与笑谈中。乡村的夜晚和大街是属于他们的。

小民走出屋子。皎洁的月光。

他走到场院上，看见四玲。四玲是新军的四姐，也是小民的同班同学。四玲说："小民，明天上学你别忘了喊我。"小民没理她。小民的奶奶每次看见小民和四玲上学放学一起走就对小民说："小民你以后娶媳妇可不能娶四玲。"小民每听到这句话就臊得脸红。他喜欢四玲，是因为四玲去过一次城市，而那正是小民所向往的。

小民对四玲说："我奶奶说将来不能娶你的。"

捉迷藏。

小民加入了这个游戏。他和大伙一样东躲西藏。他不喜欢站在阴暗的墙角或某个东西的后面。他喜欢钻草窠或者秫秸攒，他喜欢被厚厚的东西掩盖住自己。这次他一头钻进一个庞大而狭长的秫秸攒里面。他无比兴奋地钻开每一个可能的空隙。在这里面永远有不同的空隙和路径，他永远也钻不出去，钻不到尽头。这是一个迷宫。他觉得安全而美好。任何人都发现不了他。他是不可捉摸的，他自己这么认为。一个小手忽然摸到他的屁股。他吓得浑身哆嗦，觉得是被蛇咬了，哭起来。小英从后面爬过来。

“小民，你哭什么？你怎么不揍新军？你揍不过他？”小英问小民。

“你怎么知道我在这里？”小民问小英。

“我就是知道。”小英说。

“小民，你不揍新军是不是因为四玲？你刚才说不娶四玲了，那你娶我吧。我比四玲好。”小英说。

“你怎么知道我在这里？”小民问小英。

“我跟了你很长时间了。”小英笑了。

小英说：“我没给任何人说，这是咱俩的秘密。”

小英说：“你相信我吗？”

小民说：“……”

小英说：“你肯娶我吗？”

小民说：“……”

“那咱们出去吧。”小英说。

钻出秫秸攒，小民看见月光。他惊呆了，这么美的月光。月光下的小路那么柔软，他想。

“都出来吧，我逮着了，我逮着小民了。”小英向四周喊起来。孩子们从自己消失的地方涌来。小民看不清他们的脸。小英用手指不停地挠着腮颊，噘着嘴羞小民。小民还看见新军的脸。小民于是被蒙上了眼睛。

很快场院里静了下来。小民摘下眼布，又看见月光。场院里静得只剩下月光了，而月光的声音是多么美妙呀。小民忽然想起以前看香香吃奶的情景，小民站在妈妈身边，瞪大眼睛，小嘴像香香一样一啜一啜的。他喜欢这奶水一样的月光。

他愣愣地站在场院中央。

小英从背后捂住他的眼睛说：“猜猜我是谁？”

小民说：“你太会坑人了。你不如四玲好。”

小英说：“可是新军欺负了香香，你和四玲是仇人了。”

小英说：“我会帮你对付新军的。我知道他藏在哪儿。”

小民看了看小英，说：“带我去找他。”

新军藏在他家的猪圈里。小民看见新军藏在那头猪的阴影里。

小英说：“我给你看着，你只管对付他。”

小民脱下小褂，蒙上脸，躲在离猪圈不远的墙角。他不愿这么做。

小英喊："新军，快换地方，小民知道你藏在那里了。"

新军于是飞快地跳出猪圈，四下里看了看，没看见一个人。他匆忙向一个胡同走去。小民从后面跟着他。路是柔软的，小民的脚步像月光一样静。

小民从后面抱住新军，将他撂倒；扯下小褂，蒙住新军的头。小民举起拳头，不知道该怎样揍他。他想起奶奶打自己的时候是打屁股的，他就朝新军的屁股上打了两下。他又想起爸爸打自己的时候是拧大腿的，他就拧了新军的大腿两下。他想不起来妈妈是怎样打自己的了，大概妈妈从没打过他，他于是就没再打新军。新军叫起来，他不知所措。小英跑过来，隔着小民的小褂，照新军的脸上就是两拳，然后扯下小民的小褂，拉起小民，朝阴影里跑去。可是月光是明亮的，小民想。他们跑回了他们的小窝。

新军的哭声大了。孩子们纷纷跑出来。小英也钻出去。

小民能听到他们的议论。他们都为新军不平，觉得该逮住坏蛋揍一顿。四玲过来了，气愤地说："谁欺负我弟弟了？谁欺负新军了？有种的出来，我不信治不了你！"小英帮腔说："就是，治不了你！"四玲说："新军，你个孬种，哭什么哭！是谁，你看见了吗？"新军只顾哭着摇头。四玲说："真是个孬种。"小英也说："孬种。"她的眼睛斜睨着旁边的那个大大的秫秸攒儿。

小民听见四玲骂自己孬种，觉得自己不应该是孬种，想出去说个明白。可是他浑身发软，一点也不想动。

汗淌下来了。

# 我只玩我自己的

## 一

“妈妈，我们学校来了一个照相的。”小民说。

妈妈坐在小板凳上，右腿直直地伸着，裤腿一直挽到膝盖以上，露出裸露的小腿；妈妈的双千蘸着唾沫在裸露的小腿上不停地揉搓，不久膝盖下面的皮肤便被搓红了。在双手和小腿之间，飞跃出一条细细的麻线。她好像并没在意小民说什么，只是专心致志地搓着麻线。麻线越搓越长。

“妈妈，照相的人可多了。”小民蹲在堂屋的门槛上，手里拿着小石块，在地上划着，眼睛一直盯着妈妈发红的小腿，担心那里很快就要洇出血来。

“你不会和他们一样的，是吗?”妈妈问小民。

“他们拉我一块照相。”

“你应当有自己的想法，孩子。”

“他们非要与我合影不可。”

“那你应该告诉他们，还不到时候。”

“什么时候才应该合影呢，妈妈？”

“要等你小学毕业的时候。”

“那还要等三年呢。”

“是啊，要不怎么说时候还不到呢。”

“三年还很长呢。”

“是很长，所以你要等。”

“我若不照相，他们就不和我玩了。”

“那就找别的同学玩。”

“但我喜欢和他们玩，妈妈。”

“那么，你也喜欢照相吗，孩子？”

小民想了一会儿，石块在他手里捏出湿湿的一块水渍。他说：“我不知道，妈妈。”

“那就等你想清楚的时候，再做决定吧。”妈妈一直低着头，麻线已经搓得很长很长，卷成一堆麻花。

## 二

“听着，我们是最好的朋友。”建中说。

“我们应该合影留念。”红新说。

“这象征我们的友谊。”小国说。

小民坐在老椿树裸露的树根上，低着脑袋，什么也不说。

“你看，人家是好朋友的都合影了。”小兵说。

“如果我们不合影，他们会看不起我们。”小华说。

“我们不能不合影。”小兵说。

“一定要在合影上刻几个字。”红新说。

“咱们就刻‘友谊长存’，怎么样?”小兵提议。

“我看不如‘友谊永存’好。”小国说。

“还不都一样?”小兵说。

“不一样，‘长’是有限度的，而‘永’就是永远。”小华附和小国。

“好啦好啦，就这么说定了。咱们现在就去那边排队。”急性子的建中拉起小民细细的胳臂，但小民坐在裸露的树根上，建中并没有拉动他半分。

“你是不是我们的朋友?”建中问小民。

小民点头。

“我们是不是你的朋友?”小兵问小民。

小民点头。

“那不就结了么?”小华说。

“我不知道自己想不想这样。”小民低声下气地说。

“你当然想这样，你也喜欢这样。”建中说。

“谁不喜欢照相呢？我还准备单独照一张呢。”小兵说。

“我也有这打算，我还准备摆一个武打架势。你们说我摆什么架势好呢？”小国问大伙儿。

“黑虎掏心。”小华不假思索地说。

“不如仙人指路。”红新说。

“我看还是猛虎下山好。”建中说。

“我准备来个老鹰捕食，跳起来拍的那种，一定好看。”小国说。

“那根本没法拍，你只有老老实实蹲在地上，否则没法拍。”建中摇摇头。

“那蹲在地上的老鹰还不如黑虎掏心好看呢。”小华说。

“算了算了，黑虎掏心就黑虎掏心吧。”小国无奈地摇摇头。

“怎么样？你到底想好没有？”建中又问小民。

“我不知道。”小民说。

## 三

第二天一早，那里挤满一堆人。小民也往人群中挤，看见建中、小兵、小华、小国和红新五个人兴高采烈地从里面挤出来。

“你们照了？”小民问他们。

他们对小民爱理不理，只有红新一个人停下来跟他说话。

“你可不要说你后悔了。”红新说。

“你说什么？”小民迷糊了。

“你自己知道的。”红新说。

“发生了什么事情？”小民问。

“后悔就后悔吧，干嘛来这一套啊？”红新头也不回地走远了。

“反正我们不会陪你再照一次了。”小国忽然跑回来，丢下这么一句话，又跑回去。

小民来到那棵老椿树的下面，坐在裸露的树根上，观察那些在沙地上跑来跑去的蚂蚁。那五个人聚到树下，围着小民，笑嘻嘻地看他。

“你说你刚到学校？”建中问小民。

“你看，我书包还背着哪！”小民说。

五个人同时发出了笑声。

“你瞧，他又在装神弄鬼。”小华捂着嘴对建中说。

“这么说，刚才那个人不是你？”建中说。

小民头也不抬，用一根树枝捅树根下的蚂蚁洞。蚂蚁洞越捅越大。

“好像我们合伙骗你似的。”建中说。

“我们刚才还在劝你，你死不答应，这能怪谁？”小兵说。

“态度还很恶劣。”小华说。

“我们把你从教室里叫出来，你瞧，就是在这棵老椿树下面。当时你和现在一样坐在这里，就是这里，这块裸露的树根上。你不同意就算了，还推了我们每个人一把。这难道是我们瞎编的吗？”小国说。

“他还骂我们来着，骂得很难听，建中你也听见了不是吗？”红新说。

“是啊，你骂我们臭美来着。”建中说。

“现在你又背上书包，装作刚来上学的样子。你想我们会上你的当么？”小华说。

“你是我们的朋友，却没有与我们合影，其实我们心里也不好受。”小国说。

“等照片洗出来你就知道了，我们故意在上面给你留了一个空位，我们心里终究舍不下你。”小华说。

“虽然你这么粗暴地对待我们。”小兵说。

“可我们并不计较。”建中说。

“我们还是好朋友，真的。”小国说。

“其实照完相的一刹那，我也感觉挺没意思的，不就那么一回事儿嘛。”红新说。

“可笑的是，我们竟然在此之前，为这个争来争去的。”小华说。

“现在呢，你看，虽然你没参加，但这丝毫无损于我们的友谊嘛。”小兵说。

“好了，没事了，不照就不照吧，我们还可以一块玩。”建中说。

“我们玩什么？”小国问。

“我们玩跳房子怎么样？”小华提议。

“跳房子你最擅长，我们五个都不如你跳得好呢！”红新对小民说。

小民这时往蚂蚁洞里吐了一口唾沫，仍然不说一句话。

“你就不要再装神弄鬼了。”小华说。他在沙地上画出一个很大的田字格。

“我们知道，论捉弄人的本事，我们都不如你。”小国也说，并且向其他人拼命挤着眼睛。小国找到一块刚好合适的石块，他第一个玩起了跳房子。

“还记得吗？上次因为我不小心碰掉你手里的小人书，你和我吵架的事情。按说这没什么大不了的，可你却硬是和我干了一仗。最后还是我乖乖把书拾起来还你，你还不领情。其实你也知道，论力气你是打不过我的。”建中朝椿树树干击了三掌，椿树纹丝不动。他对那四个人说：“你们看到了，要想把这棵树打倒，首先应打得它纹丝不动才行。”

“为此你们有接近两个月没有说话。”小国没有理会建中的功夫，一边单腿在地上跳跃，一边开导着小民。

“可最后还是和好如初啊。”小华说。

“还记得和好之后你对这件事情的解释吗？你说你当时有个怪想法，觉得和人打架很好玩，而且，你还没尝过和人闹别扭的滋味。而那正是一个机会，于是你就借题发挥，如愿以偿了。”小兵说。

“你就是这么奇怪，好多想法都让人想不通。”建中摇着脑袋，想起以前的事情，又往椿树上击了三掌，椿树似乎有些晃动。他又说，“你们看，像这样打就不行，树一旦摇晃，就把你的掌力化解了。”

“其实，这是你极端自私的表现，一心只想按自己的性子来，却从来没有为朋友们想过。”小兵对小民说。

“就说这次照相的事情吧，你想过我们心里的滋味吗？”小国说。

“你这是置我们于不义的境地啊，你想让我们因为缺少你而难过，后悔。”红新说。

“但事实上，真正后悔的是你。你心里比谁都想照一次相。”小华说。

“其实你心里早就想好了。”小兵说。

“只是这件事情不应该由我们提出，这打击了你的自尊心。”小华说。

“狗屁自尊心啊。”红新说。

“我们真的看不透你。”小国说。

“做你的朋友真累！”建中感叹了一声。

“你再想想吧，当时你正在和你的女同桌说笑话，是我把你叫出来的；你一听见我叫你，满脸的笑容立刻阴郁起来，现在想想简直可怕。你甚至都不允许我拍你的肩膀。”建中说。

“我们当时已经在这个椿树下了。我们看见怒气冲冲的你从教室里出来，都有不寒而栗的感觉。”小华说。

“本来天气很好，阳光明媚，但你的出现，使天也变色了。”小国说。

“我当时听见三声炸雷，但却没有闪电。”小兵说。

“为什么你能和漂亮的女同桌有说有笑，就不能跟朋友们好好说话呢？”建中皱着眉头，有十万个不理解。

“我甚至看见你头上长出两只牛角，我就知道事情不好办。”小国说。

“你一来这里，一坐在树根上，一拳头就把这老椿树捶出脓水来。你看，那块爆裂的树皮下，脓水还在淌呢。这你难道能否认吗？”红新指着小民头顶上爆裂的椿树皮，里面确实流出玛瑙一样透明的汁液。

“还记得吗？以前我们经常收集这些椿树的汁液，一上午就能收集满满一小瓶子。这些汁液褐色透明，黏稠有力，还有一股酸酸的味道；除了被我们当作胶水使用之外，你还拿它当甜水喝呢。”小华说。

“是啊，要不怎么说你脾气古怪呢，那臭椿树上的东西怎么能喝呢，可是你偏偏与别人不一样；明明是臭的东西，你却说是甜的。”小国说。

“你的古怪折磨着我们每一个人。想想你以前所做的事情吧：是你用香味橡皮诱惑我们，让我们成为你的朋友；你又诱惑我们将那些橡皮吃掉，说它比冰糖还香甜；我们当然吃掉了那些橡皮，而你却在一边笑得满地打滚；虽然你并没有吃橡皮，但在老师面前还是叫起了肚子疼，老师当然认为是我们作弄了你。我们为此遭到可怕的惩罚。”红新说。

“但我们并没有因此而怀疑我们的友谊。”小兵说。

“还有一次，你突然捂起自己的脸，说有一只眼睛要瞎了。我们都惊慌失措，不知该如何是好。你说只有河里鲫鱼的眼睛能够医治，我们于是纷纷下河，捉鲫鱼，挖鲫鱼眼，熬鱼眼汤给你喝。事情可想而知，这又是你的恶作剧。你说这是对友情的考验。经得起考验的友情才是真正的友情。”小华说。

“我们经受住了你的考验，可你经受住我们的考验了么？”建中说。

“我们一喊肚子疼，你就笑我们装神弄鬼；我们一捂眼睛，你就说那是你玩剩下的；我们一扮演瘸腿，你不但不来搀扶，还拿起棍子驱赶我们快跑。”小国说。

“这些都没什么，我们愿意为了友谊而原谅你。”红新说。

“不，事实上，我们已经无法忍受你了。”小兵忽然反驳道。

“尤其是你学会撒谎之后，竟然想通过这种方式来博取我们的同情。你欺骗不了我们，而只能欺骗你自己。”建中说。

“但只要你承认那一切，你仍然是我们的朋友。”小国说。

“即使他不承认，我们也只能原谅他。”建中说。

“谁让他是这么古怪的人呢。就是因为他的古怪，我们的友谊才显出神圣不凡的一面。”红新说。

“是啊，我们不能抛弃他。”小兵说。

“宁让他负我们，我们不能负他。这是至关重要的事情。”小华说。

“好吧，就算刚才那些话，全是我们在装神弄鬼，我们也不在乎。”建中说。

“我们认了。”小国说。

“这是命。”小兵说。

“我们一辈子都将被你纠缠。”红新说。

小民在捅蚂蚁洞，他似乎没有听见他们说什么。

## 四

“接下来我们做什么呢?”建中无限深切地拉着小民的手，问道。

“我们到树林里去。”小国说。

出了学校大门，便是一片茂盛的树林。这片树林沿着河岸生长，几乎没有尽头。

树林的旁边出现一个小小的冷冻厂，这是以前所没有的。小民第一次看见这个冷冻厂，就有一种不祥的预感，它预示着毁灭的开始。树林里面交错的小路，丛生的灌木，不知名的花草，突然出现的空地，阳光巧妙穿插在树木之间的空隙，还有树根下的小洞，野獾与刺猬的小窝，还有我们不能说出来的那些秘密，都将被慢慢蚕食。除了链轨车留在沙地上的车辙，都将不会再有一丁点的踪迹。

小民想着未来的事情，朋友们却都消失不见了。

树林边只剩下他一个人。

即使没有他们，小民也要到丛林中去。

“呔，你来干什么？”小国忽然从草丛里跳将出来，像一个陌生人那样，用一根树条抽打他。

“我来玩啊。”小民并没有反抗。

“谁让你来的？”小华也从草丛底下钻出来，拿着一根木棍，质问小民。他们似乎素不相识。

“是我自己来的。”小民回答，“这并不是你们的树林。”

“你可以进入树林，但不要跟着我们，也不要被我们撞见。”红新也在小民后面出现。他狠狠地推了小民一把，将他推到草丛里去。他在隐蔽的草丛里趴着，谁也看不见了。

“我只玩我自己的。”小民说。

# 乡村盛夏的午睡时刻

我的“床”由两条拼在一起的长板凳组成。“床”的一边是课桌，另一边是讲台。所有同学都是直接睡在教室空地上的，只有我今天忘带“被褥”——一种盛化肥的白色塑料编织袋，被班主任特许把两条长凳拼在一起当床睡。课桌桌面是绝对不允许睡的，但讲台的教桌除外，那是班主任的专用睡床。我们的班主任，即便在睡梦中，也要监督我们是否好好睡觉。

这几天午睡的纪律不是太好。很多班级的男孩子都趁着午睡跑出学校，下河去洗澡。那条河与学校隔着一片树林。一道河堤顺着河流的方向穿过树林。学校的大门正好是冲着河堤方向的。这很方便孩子们趁着午睡就往河滩里跑。最近更是疯得不像话，村里都传说这几天河里出现一个疯女人，每天正午，趁村里人午睡的时候去河里洗澡。

人们管那个疯女人叫瓮女。因为她失踪了快一年，最后是被人从她家里盛粮食的大瓮里发现的。等她从瓮里被人救出来的时候，就已经疯了。天天嫌自己脏，光着身子，出门就跳进了村里的池塘。村里人觉得一个大姑娘每天光着身子在池塘里泡着，太不像话，就拿石头砸她，驱赶她。她被人砸得哇哇大哭，后来就不去池塘了，也学会了穿衣服。有一段时间人们都觉得她又正常了，谁知现在却是跑到河里去。去河里就去河里吧，那里毕竟人少，且已经是村子的外面，谁也都懒得管她了。反而是她当初为什么躲到瓮里去，倒没人有兴趣去打听，仿佛那不值得奇怪。

我从没在池塘里见过那个瓮女，不知道是不是我运气不好，很多小伙伴都声称他们在池塘里见过她，四仰八叉地漂在水里，他们还拿石块打过她。也有人说她特别白，白得像集市上挂在肉架子上的肥肉。也有的小孩声称看清了她的一对乳房，但是没办法形容，只是说一想到当时的情景，翘子就直起来。课间休息的时候，他们围在一起谈论着这个女人，说着说着就都看向彼此的裤裆，看谁的裤裆撑了起来。

现在听说那女人去了河滩，很多人都蠢蠢欲动了，想要趁着午睡的时候溜出去。

我也想去河滩看看，前几天还和几个最铁的伙伴儿也商量过这件事儿。可是最近出现了点别的状况，搞得我有点心烦意乱，以至于都忘了这件事。

我们班主任是个身材瘦小的老头，一头花白头发，满脸细密的皱纹像一道道绳索，把他的脸捆扎得更小。班主任年纪不大，只是未老先衰。他矮小的个子刚好可以蜷曲在那张教桌上。尽管这样，我还是有些担心，总觉得他会从教桌上滚下来。教桌本身在三十公分高的讲台之上，如果摔下来的话，那就有点不妙了。这种担心折磨着我，让我难以入睡。他是一个和善的老师，做事讲话都慢悠悠的，我们都怀疑他根本不会发脾气。尽管是这样，我们也不会对他很客气，总是要搞点什么不对的事情，让他无可奈何。

两条板凳拼在一起，对我细瘦的身板来说，最大的挑战不是够不够宽——道理上我从板凳上掉下来的概率应该大于班主任从教桌上掉下来的概率——而是硌得骨头疼，以及两条板凳之间的缝隙会夹住我的皮肉。每次翻身，都会弄得两条板凳吱吱呀呀发生轻微的碰撞，这在逐渐安静下来的教室里，越来越像一种不安分的噪音升腾出来。

终于，一把少皮没毛的笤帚从教桌方向飞来，稳准狠地打在我刚刚翻过来的屁股上。屁股很意外地承受这重重一击，忍不住全身一颤。我看到睡在课桌下面的李白玲。她侧卧在两张课桌之间的空地上——那里原本应该有条板凳，现在那条板凳就在我身下——身下是一条干净的蓝色印花粗布条纹的薄棉褥，在薄棉褥下面又铺了一层防潮的透明塑料油纸。她背对着我，身体微微蜷曲，没有盖东西，但一身的确良衬衫和长裤把身体包裹得严严实实，只露出赤裸的双脚伸出到油纸之外，脚趾触着砖地，应该是贪恋着砖地的冰凉吧。班主任的笤帚打中我屁股的时候，她突然捂住嘴巴，将脸深深埋进薄薄的褥子里，能看到她瘦小脊背的颤抖。她没有睡，为我挨的一把笤帚而幸灾乐祸。

李白玲应该还不知道那件事。

她最好永远不知道。她不知道，我就安全。我如果不说，就没人知道，但我没忍住，将那件事告诉了一个最不该告诉的人。如果这件事只有一个人可以告诉的话，应该是李白玲，但我又偏偏不敢告诉她。

自从我向兰军说了那件事，我就整日处在那样一种惴惴不安的状态里，我也不知道我在害怕什么，不，其实我知道。我害怕的是很快全班的人都会知道这件事。我甚至已经疑神疑鬼地认为他们已经知道了，他们在背后悄悄议论我，并且会突然捂着嘴笑出来。就像李白玲刚才那样。我不知道，如果李白玲知道这件事情，她会是什么反应，还会不会笑得出来。

兰军不算朋友，最多就是同班同学。我们从来不会一起约着上学，最多也就是放学路上顺路走一段。不过问题也就出在这里。这段时间不知道为什么，我原本很铁的几个朋友突然都疏远了我。我不知道他们是怎么想的，也不知道我做错了什么，要被他们这样惩罚。

那天公布完期中考试的成绩就放学了，放学后小伙伴儿们常常先聚齐去学校后面的树林里玩耍一番。那天他们突然开始躲避我。在去小树林的路上，也不和我一起走，将我远远地抛在后面。

他们几个却勾肩搭背嘀嘀咕咕的，还不时回头看我，是不是还在后面跟着。我一头雾水，且心有不甘，明知他们这样，还是像个跟屁虫似的，紧紧跟上去。

那片树林很大，而且茂密。从学校门口一直绵延到河岸。一开始树木稀疏，越往里面走，树木愈加密实，有些地方生满了灌木。如果他们突然钻进一片灌木丛，你也就很难找到他们。这一方面，我是有经验的。因为我有时候就喜欢这样把自己藏起来。自从有猎人从树林里打到獾猪以来，我就很少一个人进这片树林了，这也就是我喜欢和小伙伴结伴进入的一个原因。

我们到树林里去，并不是去寻找獾猪，纯粹是喜欢那种在密林中一切都很秘密的感觉。比如，我们有时候只是喜欢围坐在一个树坑里面，树坑里堆满了沙子，而树坑周围又都是些别的树，那些树裸露的树根向树坑延伸。我们就喜欢从那些树根下面挖出一些小洞，再将一些自己觉得很秘密的东西埋藏在那里，过几天再回来寻找。如果能够重新找到，就成了很大的惊喜，觉得自己的秘密从未被发现过。我就曾在某棵树根下埋了一个火柴盒，火柴盒里放着我叠好的一张纸，纸上有我写下来的秘密。但我不仅没有保守这个秘密，就连隐藏这个秘密的方式，都说漏了。

我没有将这个秘密告诉最铁的哥们。

他们勾肩搭背往树林更深处走去，闪过一片灌木丛就消失了。我没有跟得太紧，结果跟丢了，便紧跑几步，绕过那片灌木丛去寻找他们。我知道他们故意躲起来，但我也不想喊，只是执拗地想要找到他们。突然从灌木丛里闪出一个小个子，是他们中的一个，他手里多了一根刚刚折下来的藤条，狠狠抽了我膝盖两下："不要跟着我们。"他就说了这几个字，又消失在灌木丛里。

我几乎流下眼泪，膝盖火辣辣地痛，那不是流泪主要的原因。怀抱着一团迷雾，我背着书包往回走，经过一座小坟。我认识这座坟。它是小五的坟，那个被自己家的羊顶进池塘淹死的小五。他的哥哥曾经是我的好朋友，我们以前经常一起上学放学，也一起来树林里玩耍，但突然有一天小五的哥哥四军也消失了，如今不知道去了哪里。我感觉我再也没有朋友。

这就是为什么，我选择放学和兰军一起走。

兰军的家离学校很近，其实就在学校的南墙根的外面。但是学校校门是朝北开的。所以他必须从北边绕着学校的围墙走半圈才能回家。正好这一段路也是我必须要走的。

兰军的个子矮矮的，通体都很瘦小，就连脑袋、眼睛都是小小的，所有的小小加起来，给人一种贼眉鼠眼的感觉。他看人的时候总是歪着脑袋斜着眼睛，笑起来嘴巴朝脸的一侧上翘，给人难以信任的感觉。他说话的声音也不好听，像是一张砂纸在打磨一把锈锅的锅底发出来的那种声音。我对他的印象是如此不好，可是放学的时候，还要和他一起走。因为除了我，也没有人愿意和他一起走。

我就这样，在放学的路上，居然告诉了他我做的那个梦。在梦中我向李白玲表白了我对她的爱，而李白玲也接受了我的爱，就在大家都睡午觉的时候，她伸出了她的胳膊，拉住我同样伸出来的手。

这个梦说出来我就后悔了，尽管兰军这小子信誓旦旦地说他不会告诉任何人。可是那天我目送他闪进自家的大门，就开始惴惴不安起来。我明白我掉进自己给自己挖好的陷阱里。

没几天，兰军对我的态度就从保守秘密的同盟开始游离起来，直到有一天他突然威胁我，说要让全班都知道我那个梦，更可怕的是，他还要告诉李白玲的哥哥李壮。李白玲的哥哥我是知道的，人如其名，只是学习一般，一直在不断地留级，现在在隔壁班，和我们一样，都是三年级。

我想不出什么办法堵住兰军的嘴，只能不断满足他的一些无理要求。一开始只是帮他抄作业，后来开始问我借钱。这样下去不是办法。我知道他还没有把这个梦告诉别人，尤其没有告诉李壮。可是每次当他和李壮一起走的时候，只要我在身边，他都会向我挤眉弄眼。这让我非常崩溃，每天都是一副失魂落魄的样子。

我就这样在两条板凳上翻来覆去，两条凳子在我身体的压力下相互挤压发出怪声，还夹着我后背的皮肉，让我更加难以入睡。班主任已经睡着，不会再有新的笤帚疙瘩飞过来。我转头看着隔着一个书桌熟睡的李白玲，真是后悔得要死。

无论如何睡不着了，我突然翻身坐起，想要逃掉这节午睡课。蹑手蹑脚，我近乎爬行着爬出教室的门。

整个校园都在沉睡，除了高大的白杨树上的蝉声不停不歇。我出现在这个太阳毒烈，而空空无人的校园里，像走在一个寂静无人的坟场。这里最早本来就是一片坟场。当初建校时，我们也搬过砖头，亲眼见过被挖掘出来的棺材，或者一脚踩漏的坟坑。现在烈日当空，鬼魂是不可能在这个时候出现的。

尽管校园是如此寂静，我仍然知道还是人间。

虽然这是人间，可我的内心正在经历地狱般的煎熬。以至于头顶的烈日纵然晒得我大汗频出，仍感心如冰窖。该怎么结束这件事情，我不知道。是我应该直接向李白玲说明，然后被他哥哥揍一顿来得痛快，还是就这么耗着，每天生活在被人挟制的恓惶之中。

一想到兰军那张脸，我就恨不能像揉一张烂纸一样将他揉烂。我知道这件事对我并没有什么大不了，只是我忍受不了人们背后的嘲笑，以及他们看我的奇怪眼神。这几天我都快要得了疑心病，每个人跟我说话都像是话里有话，每个人的笑意都那么意味深长。那些结伴去厕所的男生女生，上课时候嘀嘀咕咕的人，都像是在议论我那可笑的梦。更加没办法面对的是李白玲，我一度疑心她已经知道了我在梦里对她做的事情。她每次从后面用钢笔捅我的后背，我都感觉快要死了，而她只不过是要借我的橡皮。

我走出校门，走进树林，一直走向我的树坑。在那个裸露的槐树树根下，挖掘我的秘藏。我挖出了很多我藏好的东西，一些鹅卵石、贝壳，几张分币，奶奶吃过的中药丸子的小塑料瓶，但就是没有那个火柴盒。我想，那火柴盒一定是被兰军偷去了，他拿到了我的秘密的证据。我忍不住哭了起来。

正午的树林同样寂静，阳光从林梢直射下来，穿过密密麻麻的树叶，落在沙地上，像砸出来的一个个光的小坑。我斜靠在老树根上，闭着眼睛，脑子里仍旧像有一团火在烧。一些光点随着树叶的摆动，在我的脑门上游移，像是某人的手指在离我脑门一公分的距离上扰动，眉心处一阵阵发痒。

我后悔我做过那个梦，可是越后悔，那个梦的情景就越是清晰。我的手指尖仿佛仍残留着几天前那个梦里，李白玲手指的温度。一种沁凉的感觉电流般传回心脏。我不信我在这个沙坑里就能让自己睡着。

这个沙坑并不是我的秘密据点。那几个小伙伴以前也都来过，上劳动课，大家出来捡树枝的时候，我也带李白玲来过。说起那次捡树枝，自从走进树林，没多久大家都三三两两走散了，只剩下我和李白玲。我们每人随便捡了一些树枝，就带她找到了这个树坑。我们便都靠在树坑向内的斜坡上休息。我总是装作不经意地从树坑里挖出一些东西，让李白玲觉得惊喜。一会儿是一张糖纸，一会儿是个饼干盒。李白玲有收集糖纸的爱好。我一下子给她挖出了很多糖纸。她看着那些糖纸爱不释手，突然说，要是有块糖吃就好了。

我想起上一次家里来亲戚，我偷偷拿了几块糖装在自己的衣兜里，好几天都没舍得吃，只是每次都把手插在衣服兜里捏一捏，只要感觉有东西硬硬的还在那，嘴里就有一种甜丝丝的滋味。我让李白玲闭上眼睛，悄悄把那块糖掏出来埋好。然后让李白玲睁开眼，让她自己在沙坑里挖，看看能不能挖出一块糖出来。她起初以为我在逗她，但还是装作很好玩地在沙坑里挖呀挖，最后终于挖出了那块糖。

那块糖在她手里摩挲了好久，也不舍得吃。她其实猜得出是我设的埋伏，但仍然装作是个惊喜，说要和我对半分。糖果很硬，怎么能分半呢。我让她自己吃。李白玲于是把那块糖剥开，一边将糖纸小心叠好放在衣兜里，嘴里突然嘎嘣一下，她居然把那块糖咬成了两半。手里拿着咬下来的那一半，非要往我嘴里塞。我坚决不要，却突然被她扑过来，将我压住，把那块糖硬塞进我的嘴里。我虽然有些生气，可是糖真的很甜。

“没想到你这么弱，连个女生都打不过。”李白玲后来就这样嘲笑我。可我留恋那种被她扑倒在地的感觉。

我们就这样斜躺在沙坑里，什么话都不说，细细品味着糖的滋味，任凭那一丝丝的甜水像一条蘸着蜜水的线，从喉咙往心里延伸，直到听到老师吹响了集合的哨子。我们才从沙坑里折起身来，像做了一个丢了魂儿的梦。

一块小石子打在我脑袋上，我立马折起身，四下张望，依然是密不透风的树林，没发现有人，但一定有人。

难道是李白玲？我又痴心妄想起来。但很快就恢复理智，知道这是痴心妄想。

“谁啊？”我喊了一声。没人应答。我站起身，准备离开。突然从背后窜出一个黑影，挟住我的脖子把我摁在沙坑里。不过他把我扑倒后，倒没怎样，看我很生气，便放开我，有点奇怪地大笑起来。我蹭了一脸沙子，害怕沙子入眼，赶紧闭着眼睛扑打脸上的细沙。仅仅听那笑声就知道是谁。

“刘广东，你浑蛋。”我仍旧眯着眼睛，扑打着脸上的沙子，嘴里不断地咒骂他。

“好啊，姓何的，不好好在教室午睡，竟然偷偷跑这里来玩，胆儿够大的啊。”

“你不也跑出来了吗？”

“我是看见你溜出来了，才一直尾随你，看你小子想干什坏事。”

刘广东不和我同班，算是我不远不近的邻居。我知道他为什么尾随我，上次兰军问我借钱，我没有，只好从广东这里借了五分钱给他。我本来也不指望刘广东有钱，我知道他家里很穷，但这也是没希望的希望。谁知道这家伙还真有，而且很痛快地把钱借给了我。

“你的钱我过两天还你，别总像欠你多少钱似的穷追不舍。”我说。

“我可没逼你还钱。”广东不高兴，那意思是我拿他很见外。

“我知道，可我毕竟借了你钱。这钱你肯定有用。”

“那你打算什么时候还我？”

“过两天。”

“过两天是哪天？”

“过两天就是过两天呗，有钱肯定先还你啊。”

“你这又说远了，指不定你哪天才会有钱。算了，我也不催你。我就是想和你玩一会儿。”

广东的爸爸是一个伤残军人，年轻时在朝鲜打仗。他们家确实很穷，穷得连“军属光荣”这个小牌牌都没有可以挂的地方。记得有几年闹地震，全村都在防震，他们家一家老小都住在自家院子搭着的一个帐篷里。夏天天热，帐篷四面全部卷起来，“军属光荣”的小牌牌就挂在帐篷下面一张床的床头上。院子原本是有围墙的，不知道什么原因院墙四面有三面是倒塌的，一直没有翻修。他们家给人的感觉就像是被美帝的飞机空袭过一样，这么多年过去了，这空袭后的样子一直就这么保持着原貌。每次和广东一起放学回家，最后都是我好奇地目送他走进那片断壁残垣的深处。

我对广东爸爸最深的印象，一个又矮又胖的老头儿，一身宽大松垮的粗布黑衣，拄着一根拐杖，站在他们家的瓦砾中，双腿是罗圈着的，没有力量，仿佛每迈出一步都会让自己摔一跤。他的面孔倒是非常白皙，不知道原本如此，还是因为长年病痛。头发虽然乌黑，但因为没有洗过，乱糟糟黏腻地紧贴着头皮。上唇的两侧留着稀疏细长的胡须。因为这种异常清晰的印象，就算是大白天看见他在那里站着，都疑心是碰见鬼，所以小孩子总是条件反射般飞奔着跑远了。

作为伤残军人，他除了一条腿略微有点瘸，以及走路需要双腿叉得很开那样走之外，看不出有什么别的很严重的伤病。有人说他在战场上被美国鬼子的炸弹烧坏了裤裆。可是也有人说，既然烧坏了裤裆，怎么还生了三个闺女一个儿子呢？也有人说他是被美国鬼子的炸弹震傻了，脑袋瓜子出了问题。但他是个老实人，就连发疯都和别人不一样。我们从没见过他发疯，有时甚至觉得他是和蔼的。我们也没有听他说过什么话，他偶尔会默默地坐在街边，听旁边的邻居们说些闲话。

如果说广东的父亲是这样一种没有声音的存在，他的母亲就像是生产队里的大喇叭，包揽了一条街上七成以上的噪音。这位妇女同样也是一副矮胖的身材，最吸引人的并不是那张骂天骂地的嘴，而是胸前两个超级大乳。这样的乳房，在我们这些孩子看来，那也同样是骇人的，就像两个大吊瓜一般，一直下垂到腰际。

夏天的晚上，这妇女也和男人一样，光着上身在院子里走来走去，那倾颓的矮墙只有在此刻，才恍惚觉得自己有那么一点存在感，但并不能遮挡什么。

广东的三个姐姐，有两个和村里的年轻人私奔了，好几年没有消息。现在家里就剩下一个广东。而以上种种，都造成了没人喜欢和广东玩的处境。

广东也是一个被孤立的孩子啊。可是我不愿意和他玩，并不是因为这些。主要是他比我大好几岁，因为连续留级所以才和我一个年级。而我又属于上学早的，年龄差距有点大，所以总是觉得和他没有什么话说。

“我知道你最近遇到麻烦了。”广东说，“你说，你借我的钱，是不是因为兰军问你要钱？”

我不置可否。

“你不说我也知道。我告诉你，他们寨里人都是坏人，总是欺负我们这些寨外的。”广东说。

“寨里”和“寨外”是我们后庄村的两个部分。笼统来说，“寨里”是原住民，“寨外”是后来的移民。这种分野是何时产生的，就连上了年纪的人都说不清楚。如今寨里寨外之间的寨墙早就不存在了，许多寨里寨外的人早就混居杂处，可是，仍然可以根据姓氏和宗族的关系，轻易分别出谁是寨里人，谁是寨外人。毫无疑问，寨里人是拥有着根深蒂固的权威感的，这点从辈分上就可以看出。这个村子姓氏众多，寨里的几个大姓平均比寨外的姓高出一到两个辈分。但实际上我并不同意刘广东的观点。在我看来，寨里寨外的区分都是过去的事情，现在的人只有遇到一些矛盾的时候，才会想起这点区别，并把矛盾的症结归结于它。

“我看我们寨外的人应该抱团，把寨里那些坏蛋揍一顿才行，不然老被他们压着。想当年，我爸爸就是被寨里人强迫去参军的，要不然也不会是这样。兰军那小子有什么可怕的，我可以替你教训他。”广东自恃比我们都大几岁，教训一个兰军问题不大。

“我知道他现在在哪儿，我们现在就可以去找他，揍他一顿。”广东继续说。

“他在哪儿？”我下意识地问了一句，问完我就后悔了。

“我刚才看见他一个人下了河，肯定是去河里偷看那个疯女人去了。我们现在就过去，把他摁到河里好好灌他一壶。让他还钱，还要让他记住，不要老欺负我们寨外的，要让他知道，我们寨外人不是好欺负的！”广东一跃而起，要拉起我去河滩上找兰军。

我突然冒出一个想法，要找兰军挑明这件事，要和他好好谈谈，告诉他我受够了，但是我将不再害怕，他想对谁说就对谁说去吧。对，我现在就去找他说出我的想法。

我被广东拉着，在树林里飞奔，同时我的大脑也在飞速旋转。万一他真的要说出来怎么办，会不会连刘广东都会开始嘲笑我。事已至此，我不能再后退，我必须抢先一步，将这件事先告诉李白玲。

我突然站住了，想要往回走。我要先去找李白玲。

飞奔的刘广东被我的突然一顿给扽倒了。他从地上爬起来，看我向后走，以为我害怕了，骂我是个怂货。他从后面追上来，不让我往回走。如果我敢往回走，他就要和我打一架。他的理由是，寨外的孩子不能这么怂，他要替寨外的人立这个家法。

我心想这简直可笑，不过我仍然在计算这整件事。是不是可以先和兰军谈，再和李白玲谈。好像这并没有什么特别重要的先后关系，而且现在李白玲正在午睡，如果回去反而被老师抓个现行。我便妥协了，决定先跟刘广东去找兰军。

我告诉广东，我不是去打架的，我是要和兰军好好谈一谈。广东见我同意跟他走，兴奋极了，突然反手折断身边一棵无比细小的小树，将那棵小树当作武器，攥在手里，继续飞奔起来。“谈什么谈，有什么好谈的，先揍他一顿再说！”

我们来到了树林的边缘，河滩就在不远处沙崖的下面。从沙崖上跳下去或者滚下去，再走几十米的河滩，才能看到水面。

这条河是我们共同的河，无论寨里人、寨外人，是对我们一视同仁的河。它漫长，宽阔，平坦，像一个仁慈的父亲一般，静静流淌在村庄的外围。在这条河里，许多年来从来没有淹死过一个大人，也没有淹死过一个小孩，因为它最深的地方也不过两米。没有暗坑，没有暗流，又是那么宽阔，除了细密而坚实的沙子做成的平坦的河床，就是那像河床一样平坦而缓慢的水流。我因为从小见过这样的大河，就以为世界上所有的河流都像这条河一样，所以不能理解为什么课本里的长江黄河会是那样的水流湍急，像是要追赶着什么，吞噬着什么。

这条河，至少流经我们后庄的这一段就是这样平稳。所以村里的大人从不担心小孩子来河里玩耍，尽管连骗带哄地吓唬着我们，可是他们并不真的担心，还是任由我们每天来到这里。等待傍晚来临的时候，全村的男人们都会成群结队地来到这平静的河流里洗澡，洗去一天的汗水，或者在广袤的河滩上赤脚踩着细沙散步。优质的沙滩，除了生长一些野草，连一块硌脚的石子都难得一见。这么美好的河流，全世界怕是冉也找不出第二条了。

既然夏天的傍晚是大人们的天堂，那么正午时分，正好是孩子们的专属乐园。我常常独自一人，在正午时分匍匐在沙地上，接受太阳的炙晒，沙子的烘烤，却不觉得是酷刑。因为我痴迷于一种奇特的幻景，因为只有在正午时分，那幻景才会在沙滩上出现。我匍匐在沙滩上，将视线压得很低很低，并不能看到远处更低的河水，而只能看到对岸的高坡。我静静地，注视良久，就能看到那场幻景如期出现。沙滩之上的空气突然像水流一样流动起来，像一条空气的河流，将对岸的高地托起，甚至对岸那条漫长的堤岸也跟着弯曲，变形。那空气的河流，像水流一般汩汩流淌，起初速度不快，不久就会变得迅疾，像草原上突然出现的野马，向着一个方向飞奔。这种幻景的持续时间有时很长，但多数时间取决于你的眼睛是否疲劳，如果你能长久地不眨眼睛，它就会永远那样奔流下去，直到你眼睛干涩，突然涌出泪水。

刘广东突然从沙崖上面卧倒了。他也拉了我一下，让我趴下。我看了看他，以为他也像我一样，直到看到那河滩里的幻影。谁知他脸色煞白，眼睛里满是恐怖。

“怎么啦？”我也匍匐下来，问他。

“你看见兰军了吗？”他问我。

我朝河水的方向看去，那里有一群孩子在玩水，差不多有七八个人。我很轻易地从那群孩子里辨认出那个始终歪着脑袋的兰军，尽管他已经脱成一个光腚猴子。我说我看到了。

广东摇摇头，说：“今天时机不好，那群孩子全是寨里的，我们肯定打不过。你看，中间个子最高的那个，是他们的头头，李壮。”

“你害怕李壮？”我问广东。

“也不能这么说……”广东的额头被太阳晒出一阵阵汗水，他的脸色变得煞白。“今天先饶了那小子，回头我们再找他算账吧。”刘广东突然站起来，往树林里退去。我都没来得及抓住他，回头只剩一阵沙地上的烟尘。

没想到他溜起来比兔子还快。

我也没想到李白玲的哥哥李壮也在河里。我长久地趴在沙崖之上，心中犹豫不决。此刻到底是不是找兰军说清楚的最佳时机。我这样趴着，居然妄想着此刻那种幻影的出现，也许可以帮我忘掉这件犹豫不决的事情。

幻影没有出现，但是河里的孩子们发现了我的存在。特别是兰军，他看到了我，于是伸出手臂，朝我招手。我明白我没有选择，必须过去了。

我站起身，掸了掸胸前的沙子，走下沙崖，走过河滩，来到水边。

起初那些孩子都没有在意我，仍旧在不知疲倦地洗水玩耍，捉鱼捉蟹子。直到我来到水边。兰军突然喊了一声：“看，情种来了！”一下子吸引了大家的注意力。他们突然都把目光朝向我。我知道最坏的情况已经发生了。

我稍微顿了顿，腿有点发软。那帮孩子突然嗷嗷嗷地叫起来，有的还吹起口哨。我知道自己不能停下脚步，攥紧拳头，向前走去。完全不知道是什么在驱使我向前走。腿已经不是我的腿，手臂也不是我的手臂，脑袋也不是我的脑袋。

李壮从水里冒出头来，那些孩子开始向他聚拢。兰军跑得最快，不过脚底打滑几乎要撞向李壮，突然被李壮一把扶住，随手向后一扯，便一屁股坐到水里了，有点狼狈。

水里的孩子以李壮为中心围成一个扇形。李壮的个头明显比他们高出一头，胳膊也比那些孩子的粗了一圈，双臂抱在胸前，两条胳膊的肌肉也随之鼓了起来。

李壮突然嘎地笑了一声。那些孩子一听见他的笑声，有些意外，但随之也跟着干笑起来。

李壮说："你看他跟个麻秆儿似的。"大家一听这话，又起哄似的笑起来。

"像个生病的小公鸡。"兰军大概想在李壮面前显摆自己的修辞能力。但是大家都没笑，反被李壮白了一眼。"我看你就像二蛋家的那条狗。"李壮这样一骂兰军，大家又笑了。我不认识二蛋，但是也知道二蛋家的狗，天天在学校门口转悠，瘦得皮包骨头，浑身毛都是杂乱的，尾巴常年夹着。每天蹲守在校门口，远远看见我们来就汪汪乱叫，我们一走近，夹着尾巴就跑。这是一条流浪狗，没有人收留它。因为它的主人二蛋是个傻子，很多年前村里来了一个变戏法的戏班，结果二蛋就跟着戏班的人跑了。有人说他是被戏班的人拐跑的，怕是要被打断腿装在铁桶里当妖怪。李壮这样骂兰军，兰军也不敢生气，只是和那些孩子一起哄笑着，仿佛笑话的并不是自己。

"来，小孩儿，过来。"李壮向我招手。但我站在水边没有动。

"听说你喜欢一个女生，你有种敢说出她的名字吗?"李壮旁边一个光腚猴子突然喊了一句。李壮当即给了他后脑勺一巴掌，"滚你妈逼的!"

"小屁孩子才多大，就学会这个，你毛长出来了吗?"

“对啊，你有毛吗有毛吗？”那些孩子又起哄。

这些光腚猴子没一个有毛的，除了李壮。李壮小腹以下已经稀稀地长出一些卷曲的短毛。他的翘子耷拉着，突然伸手撸了一下包皮，露出光秃秃的小脑袋。

这时有个孩子喊：“快看，他硬了。”他手指的却是兰军。

兰军的小翘子不知道什么时候真的翘起来了。他赶紧用手捂住，弯下腰去，脸变得很红。李壮朝他屁股上又狠踢了一脚。这玩意好像也能传染似的，又有两个孩子也直了，他们赶紧往水深的地方跑，或者干脆蹲下，把屁股藏到水里。

这情况有点意外，不一会儿所有孩子都跑到深水里去了。

看着仍旧站在水边的我，兰军好像突然想到什么似的，又喊起来：“把他裤子扒了！”那帮孩子又从水里冲过来，要扒我的裤子。我这才想起来要往回跑。

我回头看到刘广东又从沙崖上跑过来了，一边跑一边喊：“你们不要欺人太甚，我们寨外人不是好欺负的！”他跑起来有些罗锅，但却是很勇敢的样子。

“刘广东你敢跑过来试试？”李壮仍旧站在水里，但是声音传得很快。刘广东一听见李壮叫他的名字，又吓得爬回到沙崖的上面去了。

我被那几个孩子摁在沙滩上，扒掉裤衩。他们拿着我的裤衩，转身往水里跑去了。兰军举着我的裤衩摇来摇去，嗷嗷叫着，一会儿又作势要将我的裤衩扔到水里。

从沙滩上爬起来，我重新往水边走。我得要回我的裤衩。

我回到水边。他们重新打量我。我现在和他们一样，也是一只光了腚的猴子。兰军见我越来越靠近水边，便举着我的裤衩往水深的地方跑去。一边跑，一边继续摇着，挑衅着。

“好啦，时间差不多了，午睡也该下课了，我们得早点回去。”李壮仍旧像刚才那样拿眼睛瞪着我说话，“我们来想一个解决的办法。”

他的手臂顺着河流的方向向西一挥：“看到那个沙堆了吗？”我顺着他的手指看过去，很吃惊，不知道什么时候河床上出现了这么大的一个沙堆。这个沙堆之前是没有的。我倒是恍惚听大人说过，现在村里有人准备在河里开办沙场，卖沙赚钱。我不明白有什么人会买这些没用的沙子。现在我看到了沙堆，想必那些人已经准备开始挖沙了。

“你从这里顺着河水游过去，一直游到那个沙堆，然后爬上去。沙堆的那边，今天正好瓮女在那里洗澡，你去把她的衣服拿回来。用她的衣服换回你的裤衩，咱们的事情就一笔勾销了。”

“我知道你说的事情是什么，是兰军给你说的吧。”我发现我已经开口说话，而且居然是和李壮正面谈那件事。我对自己说出来的话感到震惊，但是已经无法收回。这不像是我能说出来的，可是既然已经开始了，那索性一次说清楚。我的眼睛现在已经可以捕捉他的表情，之前的我其实是不太敢拿眼睛看他的。他的脸色正在发生一些变化。

“我不知道兰军是怎么给你说的……我都不在乎……”我的语气开始颤抖，不，不仅仅是语气，我感到我的整个身体都在发抖，我努力攥了一把拳头，试图平静下来，但是不能够，直到我把话说完，我都是在一种颤抖并且结巴的状态。我记不清我都说了什么，只有最后两句话，被我自己的耳朵捕捉到了，我的耳朵直到最后才开始清醒地工作，“那只是一个梦。”

“嗯嗯，一个梦。”我发现李壮在我这段絮叨的过程中，脸色变得异常难看，这回我可能是真的把他激怒了。但是我在这个强大的威慑面前，也已经完全失控了。“虽然只是梦……但也是真的……”

“真的，什么真的，你他妈告诉我什么是真的?!”李壮突然上前一只手抠住我的脖子，“说清楚，什么是真的?!”

“我……喜欢……她……是真的……”

“浑蛋，你找死!”他抠住我的脖子，一把将我摁到水里，过了很久才又提上来。

“去，今天如果你不想光着屁股回学校，就游过去，把那个疯女人的衣服偷回来。”我没料到李壮现在是这样的气急败坏。我想我是真的激怒了他。

我被他和他的喽啰们驱赶着，向深水区游去。我只能往前游，否则还会被李壮捏着脖子灌水。

那个遥远的沙堆，对我来说，是那样可望而不可即。我水性不好，一度觉得这条河流里第一个被淹死的孩子也许会是我。不过游着游着，我感觉身体正在发生变化，好像有什么东西一下子捋顺了，四肢居然很自在地滑动，呼吸也变得均匀，脑子里什么都没有，什么都没有想，只是一片空虚。我觉得自己是一片羽毛，在河水上飘荡。

一个猛子扎下去，再浮出水面时，已经距离他们很远。

# 一次出走

## 一

最后一节课前的课间，班主任传达学校通知：明天镇上举行公审大会，要求学校组织学生去镇上参加，接受社会主义普法教育。班主任刚走，班里就炸锅了，据说明天公审大会结束后，将有一批犯人就地枪决。

枪决犯人这种场面，很多孩子早就不知道看过多少次了，但我已经初二，居然还从来没有看过。他们常常拿这件事嘲笑我。

在我身上，值得嘲笑的事不止这一件，还有很多，比如，我不会游泳，我不会骑自行车，我不爱说话，我害怕一个人走夜路，甚至就连我的父亲也是他们嘲笑我的原因，他是这个学校的老师，教政治，有个外号叫“大锤”。

你们能够想象，看没看过杀人对一个孩子的重要性吗？看过杀人的孩子脸上身上所洋溢着的优越感堪比获得一张奖状，只是它来自另一个评价体系。在孩子的世界里，掌握一项技能和看过什么稀奇物件都可以轻易划分出一种等级或一个圈子。当别的孩子都学会了骑车而你不会，别的孩子敢去河里游泳而你不敢，别的孩子敢一个人走夜路而你也不敢，那你不但要被嘲笑，还要被孤立。

很不幸，我就是那个什么都不会，什么都不敢，而且连杀人都没看过的孩子。父亲是绝不会带我去看杀人的，也不允许我去看。但既然这次是学校组织，那总可以开一回眼吧。我为此激动不已。

最后一节课没人好好听讲，全都在谈论明天的事情。好脾气的语文老师几次敲黑板也压不住。有些以前声称看过的一直在下面开小会。他们说的每一句话，无论声音多小，都比老师的更钻人耳朵。

尚福明家在流泽，其村后大桥下面的河滩，常年是执行枪决的现场。从小到大，他已经记不清看过多少次杀人。说起来唾沫星子乱飞，还脸红脖子粗的，好像在跟人吵架：什么脑浆子白花花得像豆腐脑一样冒热气啦，什么犯人们吓得拉了一裤子屎啦，说起来好像他就站在开枪人旁边似的。不过也有和他同村的同学对他完全嗤之以鼻。曹国林就特别喜欢揭穿他，说尚福明那些全都是捡的别人唾沫星子。

曹国林是我同桌，他人很早熟，说出来的话总能震得我一愣一愣的。他常常没来由地给我讲类似这样的话：“咱们不一样，你学习好，以后人上人，我嘛，谁知道呢，弄不好也会河滩上走一遭。”这大约是一种故作深沉吧。他每天都趿踏着一双露着脚指头的破布鞋来上课，头发黏黏的，脸也常年不洗。看他的脸总能让我想起课文《卖炭翁》里的主人公，小小年纪，就已经“满面烟尘十指黑”了。

今天课间他又跟我说了一句把我镇住的话：“看杀人没意思，你可别去；也不是不吉利，主要是看过杀人之后，你就不是原来的你了。你看咱们班马冬梅，是不是很骚，肯定不是处女。看一次杀人，相当于一次破处。”“破处”这个词又震得我脑袋嗡嗡响了半节课。

马冬梅就在我们身后一排。她本来就比我们大几岁，要么是上学晚，要么是留级留多了。她课桌桌洞里永远塞满我都不认识的瓶瓶罐罐，对这些完全不能理解的东西，我们只能笼统地叫作“雪花膏”。班里总有几个男生天天围着马冬梅转，还有高年级的，校外也有。晚自习的时候，操场上、校门口的树林子里，经常有人打架，那些架有好几场都跟她有关。马冬梅的骚和看不看杀人有什么关系呢？一整节课，我都处在这种被暴击的状态。

度过骚动的最后一节课，班主任再次光临教室，宣布了最新通知：考虑到明天有大雪，学校不再组织学生去镇上观摩公审，改为自愿前往。这个消息简直比前一个消息还要爆炸，自愿前往的意思等于放假，彻底自由。但对我来说，却是个晴天霹雳，这意味着我可能失去这次“破处”的机会。

首先，学校组织的不可抗力消失了，我的“自愿”前往，一定会被父亲阻拦。

其次，我的那些发小，就算他们去，也不敢带我。去年夏天，汶河水大，淹死几个戏水者。某天我和他们结伴去河里游泳，回来就被父亲痛骂了一顿。第二天，他们就不和我说话了，原来父亲把他们叫到一起狠狠训斥了一通。这是他们的教训：只要和我一起玩就有被我父亲骂的危险。

最坏的结果就是我自己去，可我连骑自行车都不会。从我们村到镇上有大约十几里地的路程，对一个小孩子来说，步行有点难度，我必须要找到一个同行且会骑自行车的人带我。我想到了建涛。建涛家在郭楼村，他每两星期回一次家拿干粮。从我们村到郭楼，中间正好要经过镇上。我选择建涛还有一个原因，那就是他应该不太在乎我父亲，因为他是副校长的堂弟。我把这事儿和建涛一说，他很痛快地答应了。其实他对参加公审啊看枪决啊都没兴趣，觉得那是小孩子才爱凑的热闹，他只是想趁这个机会回趟家。他对这件事的态度，反而加深了我必须去填补这个空白的冲动，我们便约好了明天村头碰头的时间。

我兴冲冲往家走，遇到同样放学的表姐。表姐上初三，平时就住在我家。说起明天的事情，表姐撇撇嘴：“放心吧，舅舅不会同意你去的。”这我自然有预料，所以打定主意回家不主动谈这事。

天黑以后，父亲回到家中，一家人坐在一起喝汤。果然，汤喝到一半时，父亲说明天有大雪，我应该在家写作业，哪儿也不要去。我以学校通知为由，冠冕堂皇地争辩了一下。

父亲只是轻描淡写的一句："就算是学校组织的，你也不能去！"

饭桌中央的煤油灯，昏暗的小火苗，缓慢地委顿下去。我艰难咽下碗底最后一口热汤，到院子里透口气。漆黑的夜，让人感到沉闷的不仅是黑，雪在天上堆积，空气的密度好像被一点点压紧。我在这紧密的空气里走进睡觉的西屋。屋里的寒冷比屋外还要锐利，只能尽可能快地脱掉衣服，钻进被窝，又不想明天太快来临。

我梦见我站在一片雪地里，四周全是荒野。一个白色的篮球状的东西，从远处向我滚动。或者说那不是滚，而是一种超低空飞行。它停在那两行白杨树之间，忽左忽右地摆动，似乎引诱我向它靠拢。我不知道我是怎么走到那个白球附近的。和上次一样，随着我的靠近，这只白球不断变大。最后它已经膨胀成一个谷仓大小。这球形谷仓仍然像塑料薄膜一样轻薄，但我知道这只是我的感觉。这时塑料薄膜出现一道纵向的裂缝，一只苍白的手从裂缝里伸出来，没容我犹豫，就把我一把拉进"谷仓"。

"谷仓"里什么都没有，只是一个半球形的空间，也并没有人。刚才那只拉我的手也不见了。空白的半球形内壁，比雪地还要洁白，突然闪现一片“雪花”。这“雪花”是指以前看露天电影时，正片开始之前幕布上跃动着的那种“雪花”。紧接着“电影”开始了。

我看到大桥、河滩，以及河滩上密集如苍蝇屎一样乌黑的人群。我感觉我随着“电影”在下降，现在我站在一排持枪士兵的后面，我又随着“电影”绕到他们前面，在他们前面是一排面向河滩跪着的囚犯。我看到那些士兵穿着毫无标志的军绿色服装，脸上戴着白色的棉纱口罩。我好像看到了那个女犯人，她的脸在我的面前一闪而过。然后我又绕到士兵后面了，我的视线刚好越过一个士兵肩膀。我看到他举起手里的枪，瞄准了囚犯的后脑勺。我看到了那个女犯人洁白的后脖颈。枪响了，死刑犯一个个扑倒。我奇怪我没有听到枪声，然后“电影”又闪出静默无声的“雪花”……

最后我被一股挤压的力量推出“谷仓”，像是一个从鸡屁股里掉下来的鸡蛋，我在这下坠的失重感中醒来。天亮了，窗外一片白光，大雪果然下得铺天盖地。

想不到去看杀人之前，我已经在梦中先看了一遍。这愈加坚定了我要去看杀人的决心。

## 二

吃早饭时，父亲再次警告我今天必须老老实实在家写作业，哪里都不许去。也不知道哪里来的勇气，我突然冲动起来，扔下筷子就冲出家门。

大雪没有停下的意思，要在平时，我是多么喜欢这样的大雪，但今天它一点也不能让我愉快，反而加重了我满腔的悲愤。本来我是打算等父亲去上班之后，再偷偷溜出家和建涛会合的，现在已经不可能了。既然已经跑出来了，就只有往前走。

村街早被大雪塞满。一个人在我前方，佝偻着身子，艰难地蹬着自行车。我想象那就是建涛，大声喊了起来，但那人根本没有听见。我害怕家里人追出来，就往村街另一边大坑的方向跑了。

此时大雪，坑边没人。我慢慢下到坑底，宽阔的冰面被大雪覆盖着，像课本里见过的草原，但不是一望无际的，你只能把视线压低再压低。冬捕的季节到了，前几天我看到打鱼人运来了破冰的机器，就摆在坑边，不知道何时开动。此时脑海中闪过一个想法：如果我能开动那个破冰的砂轮，给冰面打个洞，我就可以钻到冰层下面去，那就谁都找不到我了……但我并不是一个善于动手的人，又想如果整个人卧倒在冰面上，就这么冻死的话，没准也会在冰面上留出一个很大的人形吧……如果我就这么冻死在这里，他们也许才会后悔不让我去镇上吧……我尝试卧倒，将脸埋在柔软的雪里，鼻尖感受到针扎般的冰冷，但面孔却有一点被雪焐出来的暖意。不过几分钟后，我又站了起来，看到那个留在冰面上的形状，一点看不出是个人。我有些失望，拍打拍打身上的雪，感觉到无趣。一个什么都不会的人，恐怕也想不出一个好的死亡方法。

我重新爬上了坑岸，透过岸边的树林，看到父亲一个人骑着自行车往学校去了。这么说，他们并没有人出来找我，是我自作多情了。如今再回家去，一定会被表姐和母亲嘲笑吧。只好走出村子，直到走入被大雪深埋的麦地，漫无目的地走下去。麦地是松软的，我深一脚浅一脚地往深处走，心想如果麦地没有尽头就好了，就这么走下去，走到世界尽头——我突然意识到：难道我就这么离家出走了吗？我被这个念头吓了一跳，停下脚步，看看脚底，大雪深得几乎看不见麦苗，粗布的棉鞋里灌进去不少雪泥，脚底冰凉而潮湿。我想到几年前离家出走的四军，是被他父亲打出去的。我想起他毫无血色的脸，从敞开的棉袄里露出来的胸肋上被戒尺打过的血印。这么说我也要步他的后尘了吗？我的父亲并没有让我品尝过皮肉之苦，可世界上还有远比皮肉之苦更加痛苦的事情。我想起那些人对我的嘲笑和孤立，想起我不会游泳不会骑自行车的无能，觉得这一切都是家庭的管束所造成的。为什么连去看一次公审大会的机会都不给我呢？父亲既然觉得我懦弱，这也不行那也不可，那就让他承担这种偏见的后果吧。

麦地的远处，白色荒野上出现一个黑色小点，像小得不能再小的人影。他在向我挥手，我觉得那个人就是四军。怎么会是他呢？虽然怀疑，但我加快了脚步。我觉得我跑得比平时快，黑点迅速变成黑影，也在向我奔跑似的，他并没有迈动双腿，但是在迅速变大，不一会儿我就站在他面前了。这仿佛就是四军。他还是穿着一个破棉袄，扣子系得很潦草，露出里面的肉，棉袄里面依旧什么都没有穿。

“四军。”我喊他一声。他没回应我，只是朝天空看了看。我以为那是一大片铅灰色的云，但是看不到它的边缘，好像与天空重叠。它很低，就悬浮在我和四军的头顶，似乎举手就能触摸到它。唯一让我异样的是，麦地里原本呼啸的风突然停歇了，四周异常寂静。

这时身后有人叫我，声音异常清晰，但回头去看人却很遥远。我听出是建涛，他正在麦地边向我招手。

我再回头看四军，四军不见了。我不太理解刚刚发生的事情，难道是我被冻出了幻觉？我用棉袄袖口使劲抹了一下不断流淌的鼻涕，鼻子变得异常酸痛。我竟然没有意识到我刚才还在哭，风干的泪痕皲得脸疼。

“你跑地里去干嘛？”建涛扶着车子，单腿撑地，给戴着白手套的双手哈气。

我尽量让自己保持平静，其实身体还在发抖。我没办法给他说清楚刚才发生的事。

“我还以为你不会来了呢。在村口等你半天，心想你再傻也不可能走着去镇上吧。我早上看见你爸了，不知道为啥他狠狠瞪了我两眼。”

“他不让我去镇上，我就跑出来了……”

建涛一只手向后给我竖了个大拇指：“行，我看你出息了。”他猛踩自行车蹬子，蹬得轮轴嘎嘎直响，真担心他把车链子蹬断。“你这样就对了，我告诉你，不能什么话都听他的，咱得像个爷们儿一样跟他干！

“什么是爹，爹就是用来造反的！

“你不造反他，鸡巴蛋都扯不硬！”

他开始一路给我灌输这些反动思想，似乎在为我的“离家出走”寻找着正当性。而我则一路上没有话说。我得说，建涛的出现多么及时，在我这个离家出走的戏码快要演不下去的时候，救了我的场。

建涛建议我参加完公审大会就在原地等他，他回家取了干粮立马回来接我，还说下午再带我去个好玩的地方。我说我还想去看枪决。建涛则劝我不要去，说枪决没啥好看的，其实你都看不见什么，运气好点能听到枪声，运气不好就远远看见人倒下去了，连开枪声音都听不见，看那个干嘛呢。这都是小孩子才看的热闹，你都多大了，应该干些成年人该干的事情。建涛再次提醒我看杀人只是小孩子才热衷的，那什么是成年人该干的事情呢？

## 三

公审大会在镇中的操场上举行。高音喇叭高高吊起，朝四面八方乱昂昂地唱歌。下面的人群早就形成巨大的旋涡，外围的人流不断被这个旋涡吸纳；可怕的向心力使它迅速膨胀，膨胀到整个院子没有一丁点空隙，以至于院子外面的人都被吸纳到墙上，屋顶上，天空中，然后落到树杈上。无数条混乱的大腿，组成移动的栅栏，矮小的我在这些栅栏的空隙里穿来穿去。不知道怎么回事，竟然闯入旋涡的中心，那里竟有一片开阔的空地。

空地上有一个台子，台子上一字排开的长桌后面坐满了人。一个人站起来讲话，所有人都拍巴掌，还有人大声叫喊，但更多的嘴巴组成一个低重音的声场，发出庞大的“嗡嗡嗡”的声音，在整个旋涡里盘旋。这个声场像一个庞大的底座，衬托着那个讲话者尖细刺耳的高腔，在高音喇叭散播的空中，像缝纫机的针尖那样扎着所有人的头皮。

我的旁边有身穿绿色制服的人，他们腰上都挂着一个牛皮做的大盒子，那里边就有我一直想看到的杀人工具。尽管这样，现场的秩序还是很混乱，人群在圈外像虫子一样乱走，不是你碰着我就是我绊倒你，伴随着咒骂声和哭喊声。

现在只是领导讲话时间，犯人们都还没上台。我在人群里艰难而无目的地移动，居然被人群推扯到主席台的侧后方。我看到了那些犯人，都在主席台后面的墙根下面一字排开蹲着。他们都穿着一样的黑棉袄黑棉裤，剃一样的青色秃瓢，捆一样的青绳，脑袋都老老实实地耷拉着，只有一两个敢拿眼睛的余光偷瞄着围观的人。我顺着墙根靠近他们，想看得更清楚些。他们胸前都挂着白色的纸板，上面写着一些字，有些纸板上的字还打了红叉，有些没有打。在他们身前还是那些穿绿色制服的人，一律戴着白口罩和白手套。

过了很久，他们才被带上台去，每个犯人分别由两个绿色大盖帽钳押着胳膊。我在主席台侧面牢牢抓住一根木桩，站稳，不让人流把我冲走。一个个犯人从我身边上台，我数了数，整整二十三个人。大喇叭挨个介绍着他们的罪行，好像听上去每一个都是“罪大恶极”。一开始我还能听下去，到后来突然感到一种乏味，刚才还很专注的注意力居然开始走神了，我开始把眼睛转向人群，想找找有没有熟悉的面孔。刚才也许太过激动了，一点没有感觉到寒冷，现在却不仅手脚冰冷，全身都冷，而且小腹以下开始涌起一阵阵强烈的尿意，但是我现在完全没办法从人群里往外挤出，所以只能憋着，双腿交叉扭动，以图减缓尿脬内的沉重压力，时间越久，那里似乎也麻木了。

盗窃罪、抢劫罪、强奸罪、破坏公共财产罪、纵火罪、故意杀人罪……二十三个罪犯，罪名却就只有这几种……

我在下面的人群里看到几个面孔熟悉的人，都是我们学校的。我尽量避免和他们产生对视，也不想让他们看见我。如果是以前，我的那些发小，他们不带我一起去某个地方玩，而我自己去了，我倒要故意让他们看见我，而我却假装没发现他们，我一方面要显示自己的存在，一方面又要表现出对他们的不在乎——谁让他们就这么孤立我呢？这是不是一种典型的儿童心理？建涛说要做成年人才做的事情，隐藏自己算不算是成年人行为的一种呢？但如果他们真的看到我，就会知道我是自己来的，这就说明我不需要和别人搭伴儿，也能独自到镇上，这是一项成就。但果真如此吗？我仿佛又看到建涛嘴角不经意流露出的嘲笑。

建涛在路上的时候，给我讲过一个案子，就发生在他们村里，罪犯是他本家一个哥哥。这个哥哥在镇上任职，是主管计划生育的一个小官员，因为和别的女人发生关系，开始嫌弃自己的老婆，竟然把老婆杀了，还把尸体放在厨房里，又把厨房点着了，制造出妻子在自家厨房因为失火遇害的假象。由于作案手段实在不值推敲，这样的案子很容易就破了的。他那个哥哥很快就在汶河滩上吃了一颗枪子。建涛作为族人本来是去那里收尸的，结果居然和公安发生了抢尸事件。族人当然没有抢过公安，尸体被枪毙他的人又拉走了，剩下的事情他也不知道，只是他亲眼看到了一个人被击毙后的样子，感到非常恐惧，又恶心，为此难过了很多天。

建涛说，他以前也看过杀人，但这是第一次看到自己认识的人被杀死，从那之后，他再也不想看杀人了。

公审大会陷入漫长的沉闷，但是操场上的人却不见少。此时喇叭里突然传出一项新罪名：流氓罪。主席台正面的人瞬间发出一阵惊呼，一些人毫不避嫌地大声嚷嚷着："女的，这是个女的！"

我在主席台的侧面，什么都看不到，只好支棱起耳朵，不放过喇叭里的每一个字，都是我从未听说过的一些词汇：犯人某某某，长期和多人保持不正当男女关系，聚众淫乱……正面的人随着罪行的公布，率先发出巨大的哄笑，口哨和嗷嗷叫的声音，接着有人开始往主席台上扔东西。一些中年妇女在台下大声咒骂："不要脸、臭婊子、烂货、偷野汉子的破鞋底……"而年轻的学生则拼命地吹着口哨，大喊着："女流氓，女流氓，女流氓，嗷嗷嗷！"我在侧面，女流氓长什么样，我一点都看不到，我后悔自己没在正面抢占好有利位置并且站稳脚跟，而同时，我尿急得更加厉害了。

大喇叭再次唱起歌来，这是大会结束的信号。人群像大爆炸一般开始散开，旋涡急剧地骚动。远远地听见大卡车发动的声音。那些犯人开始一个个被押着往台下走。我再次死死抓住那根木桩，我想要看清那个女流氓到底长什么样，为什么一开始没有注意到中间还有个女的？

一些犯人的后脖领子里已经被插上木牌，名字上打着鲜红的叉号，这些人马上就要被拉赴刑场了。犯人一个个走下来，有的已经不是被押着，而是被两个戴口罩的人抬着胳膊，双腿耷拉着被拖下主席台。他们的脸照例是被狠狠地往下摁着。我正好是仰着头往上看，与他们正脸相遇的时间只能以秒计。令人失望的是，我好像并没有确切看清哪个是女流氓。他们都剃着秃瓢，都穿着一样的囚服，很短的时间里很难看清楚。我只有在人群散去，还在愣神的当儿，似乎记得有一双眼睛和其他囚犯不同，但是那双眼睛到底有什么不一样吗？我也说不上来。那双眼睛似乎瞟过我一眼，我们有极为短暂的对视，但我也不确定这是不是我的幻想。只是这双眼，就在我眼前挥之不去，我又没办法去描述它。

犯人们很快装满了卡车。卡车分开人群，向大路上奔去。

“到河滩去了。”人们喊着，跟着冲向大路。我跟着人群走，耳边听到他们的议论。

“女流氓也死刑，太可惜了……”

“谁说不是呢，这判得太重……”

“哎哎……我之前在县城里还见过她……”

很多人骑着自行车追赶卡车。那几个我认识的家伙从我身边呼啸而去。我只是下意识地朝着卡车开走的方向跑，但很快卡车和那些骑着自行车追逐卡车的人都没有踪影了。大路上的人稀少起来，人们渐渐走散。我忘了和建涛的约定，像条野狗失魂落魄地走在公路边积雪的泥水里，又冷又饿。

我停下来，望着来来往往骑自行车的人，拼命辨认他们的脸，渴望能认出一个哪怕只是稍微有点面熟的人，这样我就可以搭他的车走上一段。如果运气好，遇到同村的人，就可以直接回家了。想要赶去河滩枪决现场的希望已经完全破灭，此刻我比任何时候都想要回家。

终于，那张熟悉的脸被我辨认出来了。他车前把上多了一个包袱，我猜那就是他从家里带的干粮。

“你小子怎么没等我？我还以为你跟人去河滩了呢。”建涛一定看出了我的狼狈，他没有再多说什么，解开挂在车前把的包袱，从里面拿出一个白面馍塞进我手里，“饿了吧，快吃，这是我妈刚蒸出来的，应该还有点热乎气。”

我没给他客气，就站在路边使劲往嘴里塞。他等我吃完一个馍，又给了我一个。一边等我吃，一边问我今天公审大会的情况，我给他讲了女流氓的事儿。

建涛说他知道那个女流氓。我很惊讶，他怎么会知道县城里有个女流氓。一提起女流氓来，建涛忍不住扬扬自得起来，说她有很多故事，以后再给我讲，我们现在得去另一个地方。

我连吃了三个白面馍馍，身体又有劲儿了，也不再问他去哪里，直接蹦上车后座。我知道回去必然会面临来自父亲的一场暴风雪，索性让这暴风雪再来得晚一点吧。

## 四

化肥厂距离镇子有四五里地，骑车也就十几分钟。建涛说他有个发小叫喜子，父亲在化肥厂烧锅炉，所以他要带我去锅炉房找喜子，先洗个热水澡。

在乡下，冬天想要洗热水澡实在是太难了。很多人一冬天捞不着洗上一回。村里有在化肥厂上班的工人，他们过一段时间就会带自己的孩子去锅炉房洗澡，一冬天能洗个两三次算是很不错了。我父亲虽然在化肥厂也有认识的人，但他从来没有带我来过。就这，也需要“关系”，我父亲似乎不愿意为这点破事动用他的“关系”。

唯一一次洗热水澡的记忆是在村里的油坊。漫长的冬天，精壮的男人们没事干，就到油坊里去彻夜干活，每个人都脱得赤条条的，在里面榨油。在油坊里，除了能洗热水澡，半夜还能吃到用新榨出来的豆油大锅炖炒出来的大白菜。白菜和油都不限量，想吃就去锅里盛。我对那些光腚男人撅着屁股榨油的记忆，以及光着腚围在一起吃大锅炖白菜的记忆无法抹去。那些男人的身体，或年轻或老迈，或精壮或老迈，或硕大或瘦小，一双双沾满豆油的手，时不时挠着胯下乱蓬蓬的毛发，说些谁家娘们的骚话，翘子就不约而同地翘起来。他们还时不时揪住我们这些小孩的不放，嘲笑我们都是没长毛的小鸡仔。那个地方，我去过一次就再没有去过，宁可一冬天不洗澡，也不想再进那个油腻腻的地方。当众裸露的羞耻感，从那个时候就开始了。

空气里越来越浓烈的氨水味和地面上越来越深的用煤渣铺盖的道路告诉我，化肥厂就快到了。抬头侧前方，隆冬被深雪覆盖的麦地深处，隆起的那一大片起伏的黑色钢铁罐子，高大的烟囱和低矮的楼房，那就是化肥厂了。乡下孩子离公路远，大人每次骑车经过这里，我们都会迫不及待地深呼吸，迷恋那大卡车尾气的味道，以及这骚臭中带着一股清甜的氨水味。就是氨水的味道，每次经过这里，昏昏欲睡的我精神都会为之一振。

我们绕道后门进入厂区，在一座山一样高的煤堆后面，找到锅炉房。进门的时候，一个大爷正推着一个手推车往外走。建涛赶忙打招呼，叫了一声："大爷。"

"喜子呢？"建涛问那大爷。

"喜子在里面洗澡呢，你们这帮浑小子，又来蹭我的热水。"大爷没有嗔怪的意思，自顾推车出去。建涛带我绕过那个巨大的锅炉，走了半圈，来到浴室的门口。

整个锅炉房燥热不堪，建涛随意打开一间很小的房间，没有窗户，里面有张床，应该就是这个大爷值班的地方。我看他开始脱衣服，愣着没动。

"赶紧脱啊，你不热吗？脱干净直接进池子。"

我这才明白什么意思，也开始脱衣服。

“咦，还没长毛嘛！”建涛看了看我下面，不怀好意地笑。

“滚蛋。”我觉得现在骂脏话是最妥帖的表达方式。

雾气蒸腾的浴池，进去后半天才能看清里面的状况。房间并没有想象的大，顶多有教室的三分之一大小。浴室四面都贴了白色瓷砖，只有一个小的玻璃窗，稍微开了一点缝隙。中间是一个方形的池子，两面靠墙的地方各有一淋雨的龙头。不大的池子里足有七八个人在里面泡。那水已经很污浊了，浮了一层青灰色的沫。

建涛喊了声：“喜子。”池子对边有个胖乎乎的家伙，在水里露出肩膀，朝他挥了挥手。建涛和池子里的人都很熟的样子，大家都嘻嘻哈哈地打着招呼。喜子就问建涛：“这个小生瓜蛋子是谁啊？”建涛帮我做了介绍，他们都没把我当回事，继续在池子里各自搓泥。

池水很脏，但毕竟是热水。我一进池子，就觉得原本身体里的寒气开始从脚底往上涌，不一会儿鼻子里就有鼻涕流了出来。建涛说，你别急着搓泥，先泡泡，泡一会儿就好搓了。那些人都带了肥皂进来，我什么都没有，只好坐等水先把我泡软。一边泡，一边听他们说话，似乎说到今晚职工之家舞会什么的，还提到一个叫梅姐的，说洗完澡就去找梅姐玩。又说到今天的公审大会，那个女流氓。这里面有几个人也去了公审大会现场。一说女流氓，喜子突然在水里捉住一个人：“你看，一说女流氓，他翘子就硬起来。”大家照例都嘻嘻哈哈的，站起来比谁的翘。喜子就问我：“嗨，小孩儿，给我看看，你硬了吗？”

澡堂里温度太高，又不通风，我感到缺氧，恶心，想要呕吐，身体也发麻。趁着还有一点力气，赶紧把那窗子开得再大一点，匆匆搓洗了一通，也没等淋浴就跑出浴室。穿好衣服，走到锅炉房的外面，深吸了几口外面冰冷的空气，呼吸才顺畅了一点。我围着锅炉房外面的小路走了一圈，绕到了浴室的正门，进进出出的有几个女孩子。

我看到马冬梅从浴室里出来。桃红色的毛衣，没穿外套。洗脸盆顶着她的小腹，另一只手抚弄着自己还没有全干的大波浪头发。我们就这样打了个照面。

“你也来洗澡啊。”冬梅看见我倒不显得惊讶。

我走近她，闻到她身上有股清甜的香胰子的味道。脸盆顶着她的小腹，把她胸前两个肉球衬托得很大。

“嗯嗯！”我只是讷讷说了这一句。

马冬梅就从我身边过去了。我看着她趿拉着拖鞋的背影，突然问了一句：“你今晚是不是来跳舞？”

她只是回头朝我笑笑，消失在道路的拐弯处。

这时建涛也出来了。我说，我刚才看见马冬梅了，她可能晚上也会去跳舞。建涛说，我日，怎么会这么巧，晚上有得看了，不过今晚我们和梅姐一起玩。

“还有更巧的，梅姐也叫冬梅。”建涛说。

化肥厂宿舍区，几排两三层的水泥小楼。我们在其中一座小楼下车，爬楼梯一直到第三层。楼梯和楼道里堆满煤球和大白菜，还有一些住户在过道里摆着煤气灶，走廊的外侧是水泥栏杆，栏杆上面扯着晾衣绳子，挂着五颜六色的衣服。我们一直走到走廊尽头的一间屋子。敲门之前，已经听到里面嘻嘻哈哈的笑声。

建涛轻轻敲了三下，门开了，一个穿皮夹克的小胡子守在门口，从建涛一直打量到我，小胡子轻轻打个呼哨，拍拍建涛的肩膀，就让我们进来了。

屋子里总共有五六个人，有两三个是刚才在浴室里见过的。穿上衣服之后，又都不认得了，其中那个胖乎乎的喜子还算有点印象。

“建涛今天带了个新朋友噢。”喜子说，“还是个生瓜蛋子，我看过了，还没发育呢。”

大家发出哄笑。

有人就问：“建涛，你咋带个小孩来？”

建涛说：“这是我小弟。”

“你看咱们建涛都带小弟了，出息了。”

靠窗的位置，摆着一张床，床上坐着一个女的。半身遮在被子下面，上身靠着床头，一身鲜艳的翠绿色高领毛衣。她的头发也是湿的，一看也是刚刚洗过。她正歪着头打理自己的头发。

床头的木桌紧靠窗户横摆着，桌面上铺的是旧报纸，除了堆满一些瓶瓶罐罐，还有一台特别显眼的录音机，两个喇叭的那种。录音机边胡乱堆着几盒磁带。

“建涛你手里提的什么？”有人问。那人将建涛手里的包袱夺过去，打开来看，馒头已经冻得很硬了，在包袱的另一层里，还有一个玻璃瓶子，盛的是咸菜。

“嘿，建涛，这干粮来得可真及时，我们都没吃饭呢，来来来，大家快来啃两口，垫垫肚子，不然晚上跳舞没劲儿哈。”

梅姐白了那男的一眼：“这是人家建涛回家拿的口粮，你们吃了建涛吃什么？我这里有饭票，待会你们都去食堂打饭去。”

那人就笑嘻嘻重新把包袱包好，放在桌子上：“我就开个玩笑嘛。”说着递给建涛一支过滤嘴香烟，建涛老练地抽了一口。

“来，那小孩，也给你一根。”他作势也要给我递烟，我没有接。

梅姐又白他一眼：“干嘛呢你？”那家伙笑嘻嘻地将那支烟夹在自己耳朵上。

屋子里只有一把椅子，被穿皮夹克的小胡子坐了，还有两个坐在梅姐的床沿上，剩下的要么屁股靠着桌子站着，要么靠墙站着。梅姐朝我招招手：“来，过来坐。”她拍拍床沿。但我依旧站在门边，一动没动。和梅姐目光相交的一瞬，又马上躲开了。坐在床沿儿的家伙借机往梅姐拍打的位置上蹭，以图靠近梅姐，被梅姐被子底下突然飞出的一脚踢了出去。大家都哄笑起来。

“从哪儿带来的小弟啊？”梅姐问建涛。

建涛对梅姐一脸谄笑：“梅姐，你不认识他，但肯定认识他爸。我们学校最厉害的那个老师，外号叫大锤的。”

那几个男的啊啊大叫起来：“大锤的儿子啊！乖乖，怎么被你弄来了？”

听到这些人在我面前毫不顾忌地喊父亲的外号，我很恼火，可是又发作不出来。我想我至少应该摔门而出，表达抗议。但这想法也只是在脑海里闪了一下，我什么都没有做。

这里很暖和，我说服了我的怯懦。

建涛用手摸着后脑勺，咳嗽了一下。我一看他这个动作，就知道他可能不会放什么好屁了。果然，接下来他对我今天的事情进行了一通编排，把我说成了一个不堪大锤暴力离家出走的小孩，而他则成了一个雪地里突然出现的英雄，把快要冻死在雪地里的我拯救了下来。“这冰天雪地的，好歹半道被我撞见了，不然死都不知道死哪里去。”

“为这点儿破事就玩离家出走，倒是块好料哈。”小胡子发出哧哧的怪笑，像个老鼠。

“当大锤的儿子，也怪不容易的；如果是我，早跟他干了！”有人说。

“你就吹吧，当时教你的时候，也没见你干啊！”有人又嘲讽他。

“你们不知道，这孩子被他爹看得死死的。比我们小不了几岁，到现在都还没发育。”建涛在众人面前越来越得意，继续拿我开玩笑，“所以我就想带他来和梅姐认识认识，让梅姐好好教育教育，开导开导……”他一边说一边朝梅姐挤眉弄眼。

梅姐说：“你小子说话越来越不上道了，我看最需要教育的是你！你过来——”

建涛真的屁颠屁颠凑到梅姐跟前去。

“把脸伸过来——”梅姐伸手打了建涛的脸一下，虽然很轻，还是能听到那清脆的一声“啪”。被打的和围观的又都很快活。“滚一边儿去！”梅姐笑着挥挥手，建涛揉着自己被打的那半边脸，笑嘻嘻退回到我身边。

“梅姐，本来就是嘛，你不觉得这孩子挺可怜的，都是因为大锤，这家伙在学校里没人敢跟他玩，你说大锤他是不是很过分？”建涛继续分辨着，其他人则纷纷拿奇怪的眼神看着我，好像我是个刚从马戏团里逃出来的猴子。

“你懂个屁。人家这是保护自己孩子，不然早跟你们这些人学坏了！”梅姐说。

“梅姐，我们以前可都受过大锤的气啊，你让我们出出气嘛。”

“你们那是活该。”

“今天咱们梅姐突然圣母起来了，怎么有点护犊子的感觉呢？”

皮夹克小胡子又龇着牙笑。他一直做出一副深沉有力，暗中掌控整个局面的样子，不太说话，但总是力争每句话都能显出自己的与众不同，以及与梅姐关系的特殊。

“老娘想圣母就圣母……”

“……还是喜欢梅姐想流氓就流氓的样子。”皮夹克小胡子趁机离开椅子，坐到梅姐床沿儿上，试图去抓梅姐抱在胸前的手，被梅姐一把推开。原本屁股靠着桌子站着的那个，迅速占据皮夹克小胡子原先坐着的那唯一一把椅子。建涛见那桌子的位置空出来了，趁机就把自己屁股靠过去。

建涛开始摆弄桌子上那台录音机，从桌子上找了一盒磁带，放进去，接着响起磁带转动的嗞啦嗞啦声。迪斯科曲风的前奏响起，建涛的身体跟着乐曲的节奏轻微晃动起来。此刻的冷场正好需要这样一段乐曲来填充。我听过这首歌，是《路灯下的小姑娘》。

有人开始跟着哼唱，有人交头接耳说着什么，有人的脚下意识地打着拍子，有人仍旧默默抽着自己的烟。我双手插在裤兜里，还是像刚进来那样倚着门，什么话都不说。音乐能够带出某种情绪，供每个人暂时陷入各自的世界。我脑子里一直回放刚才梅姐打建涛那一巴掌的情景，竟然下意识地摸起自己的脸来，不知道为什么感觉有些燥热。

皮夹克小胡子这时已经把胳膊垫在梅姐背上，他重新点上一支烟，吸了一口，放进梅姐擦了口红的唇间，梅姐没有拒绝。我看见梅姐很熟练地用手夹住那支烟，缓缓从鲜红的唇间吐出几个烟圈，她的目光跟着那几个烟圈不断上升，明亮的烟气在她的头发上升起。小胡子的胳膊从她的背后往下揽住她的腰，脸几乎就要贴上她的脸，又被梅姐推开了。他似乎不甘心，想继续玩贴脸，梅姐尽力往下弯曲身体，不让他贴到。两人就那样抱在一起，笑着，在床上扭做一团。梅姐再次从被子里伸出脚来，把皮夹克小胡子从床沿儿上踢开。这次我看见了梅姐露出被子的脚，小腿肚上半截白色碎花的秋裤。

歌声继续，现在是叶倩文的《祝福》。我还是站在门边，歌声听得入神，脑补的是电视里同名曲 MTV 的画面，好像是在一大片白色的沙滩上，又像是在云雾蒸腾的干冰舞台上，更像是在一个洁白的席梦思大床垫上，同样一身白衣的叶倩文从雾气中抬起头，巨大的耳坠在两边摇晃，一手托腮，一手挠着稍嫌凌乱的乌黑的大波浪，先是低头沉思好像回忆着某事，微笑，皱眉，摇头，继而抬头，双眼望向屏幕的正前方……刚刚摆脱了皮夹克小胡子的梅姐此时坐在她那狭窄而凌乱的小木床上，也在整理她的乱发，几乎和我脑海里的叶倩文同频，抬头，突然朝我这边扫了一眼，竟有一刹那的无措，拾起枕边的小镜子。

小胡子重新坐回属于自己的椅子，原先坐在椅子上的家伙又把建涛撵走。靠在墙边的一个男的趁机坐到梅姐床边去了。他直接把手伸进梅姐被子，要去捉梅姐的脚。梅姐双手抱膝把腿护住，用脚从里面踩住被子，不让他捉。皮夹克小胡子见来了帮手，便再次坐过去，重新从后面搂住梅姐，手从毛衣的下摆伸进去。梅姐双臂使劲夹紧，试图阻止他往前的手……

“够了，都滚一边去，把录音机关掉！”

没有人听到她喊，但是我距离最远都听见了。我终于迈动双腿，走到桌边，抬起手指，按下录音机的暂停键。

“快看，这小孩儿会动！”不知道谁说了一句。他们都看向我，好像在他们眼中，我一直是个木头人。

音乐停了，那俩人从梅姐床上下来了，重新回到各自的位置。我也回到了自己的老位置。

有人谈起上午的公审，说起那个被判死刑的女人，他们都认识。皮夹克小胡子说那女的以前经常来化肥厂跳舞。“不过，这判得也太重了，怎么就会是死刑呢？”有人说。

“什么是严打，就是从严从重……”

门被敲了三下。

大家都吓一跳，梅姐手里的小镜子都掉被子上了。梅姐给皮夹克小胡子使了个眼色。

进来的人是喜子。大家都很纳闷，喜子不是一直在屋里吗？根本没人看见他什么时候出去的。

“梅姐，今晚舞会没戏了。”喜子叼着一支烟进来，垂头丧气的。

“怎么了？”

“我刚才去上厕所，听人说县里领导来了。”

“这骚逼又来了。”皮夹克小胡子咒骂起来。

接下里又是一阵七嘴八舌，大意是这样的：“咱们厂长快升职了……不然你看咱们职工之家怎么突然装修得这么好，还买了宇宙灯，新添的音响、灯光、镭射都是香港货……领导是省里下来的，时髦，喜欢跳舞，还特别喜欢搂着咱厂长跳……谁让咱厂长人长得帅呢？……这娘们隔三岔五地来，还说是什么视察工作……厂门口那个欢迎领导莅临视察的条幅就没扯下来过……”

“梅姐，职工之家咱去不成了，今晚咱去看录像吧，厂长的司机小刘那里有台录像机，很多录像带都是从省里带来的。”喜子说。

皮夹克小胡子有不同意见：“那个小刘可不是什么可靠人啊，他那张破嘴，什么话传不到厂长耳朵里去。我看不如就在梅姐这儿玩呗，听听歌，说说话。这里也能跳舞……”

“去去去，老娘还不知道你那点脏心眼子。”梅姐啐了他一口，又对建涛说：“天不早了，你把小弟送回去吧，改天咱们再聚。”

建涛不情愿：“梅姐……我今天好不容易放个假……”

“快去！今天都散了。”梅姐的声音不容置疑。

建涛抓起包袱，带我下楼，嘴里嘀嘀咕咕的：白瞎一天……

他把包袱重新挂上车把，打开车锁，正要飞身上车。梅姐却又出现在三楼走廊的栏杆处，身体靠着护栏向外前倾着，喊住我们。

她没有穿外衣，仍旧只是那件高领的翠绿色毛衣，下身也没有穿裤子，只是被子里那条白色碎花的秋裤。

“哎，小弟，回家好好跟老师说，没事的。”没想到她出来是专门和我说话，她嘴里的老师，我知道是指我的父亲。看着她的眼睛，我已经蹦上车后座了，她又追了一句：“小弟你不会骑自行车吗？”

我不好意思地点头。

“那等你学会骑车，再来找我玩吧。”

## 五

这年之后的春天，我刚一学会骑自行车，就借了辆来找梅姐玩过一回。很不巧，那天她刚好有班，不能陪我，就让我在她宿舍里自己玩。梅姐说那些书和磁带可以随便听，还说看书看累了就躺床上去，晚上下班的时候她会从食堂打饭回来给我吃。

梅姐走后，我一个人觉得很无聊，但是又没有地方可去，就打开她的录音机听歌，在她的房间里转着圈子。她的房间很小，没有什么摆设，但是很干净。像样的家具只有一张单人床一张桌子一把椅子，以及进门一侧一个铁制的放洗脸盆的架子。桌子上除了一台录音机，就是一些瓶瓶罐罐的雪花膏，排列得很整齐。桌面中央是一堆旧杂志，稍微有点乱，像是经常有人翻动的样子。那些杂志的风险清一色都是大波浪女郎的搔首弄姿。我随手拿了一本胡乱翻看，果然都很吸引我。看着看着，我就歪到床上去了，还是躺着看更舒服吧。一本看完再换一本。当我半躺着打开另一本杂志的时候，什么东西从杂志里掉下来，正好砸在我脸上。我以为是梅姐夹在杂志里的植物标本，谁知竟然是一只避孕套。火辣的杂志文章和突然掉出来的套子，让我浮想联翩起来。不知不觉睡着了，做了些乱七八糟的梦，醒来后天都黑了，也不知是几点钟。我看到桌子上的饭盒，打开，里面是两个已经压扁的馒头，还有一份菜。知道是梅姐回来过，给我留了一张字条，说我睡得很沉，叫都叫不醒，她今晚有事，不能陪我，让我吃完饭就回家，有时间再聚。

建涛给我说过一件梅姐的事。原来我父亲之前教过梅姐，是她初三班主任。她原本学习不错，可以考个中专，只是那年没发挥好。对农村人来说，能考上中专就是跳出农门最好的机会了。父亲觉得她如果再复读一年，机会很大。她也很想复读，无奈父母不同意。我父亲为了说服她父母，去过她家几次也没用。后来梅姐赶上化肥厂招工，才考进厂里来。

多年后，我考上县城的高中，又遇到梅姐，那时她已经是县迎宾馆的服务员。我们学校和迎宾馆离得很近，我偶尔会去宾馆找她。我很好奇梅姐是怎么从一个化肥厂生产线上的工人变成县迎宾馆服务员的，那是另外一个故事了。

那天建涛和我回去的路上，一直问我是不是也觉得梅姐漂亮。他是这么认为的，所以也一定要我赞同这个观点。我一路都没怎么跟他说话，还生着他在众人面前瞎编排我的气。

但我也没有就此回家，而是和他一起回到学校，我依然没有想好怎么面对今天的负气出走。晚自习时间，学校停电了，寄宿生都在教室里点着蜡烛打闹聊天，气氛居然让人感到无限温馨。但我现在只想回家喝一碗母亲做的热汤。只是仍然没想好怎么回家面对家里人，面对这一天狼狈不堪的负气出走。

# 河岭上的月光

又大又圆的月亮，升起在故乡的河岭之上，升起在沉郁如墨的树林之上，升起在夜空的石蓝色中。这是一只超乎寻常的月亮，它的巨大，它的光辉，它的无与伦比的圆，震撼世界。在它那为人所熟知的暗斑与阴影里，所看到的乃是诡奇月色下整个人类的苍冷。更为绝妙的是，在它威慑而又亲和的身旁，却还有另一弯姣好的新月，而这也许就是划破我梦境的那把尖刀。

一觉醒来之后，有些恶心。推开卧室的门，竟然发现客厅里有一只金黄的公鸡。我纳闷这是谁家的公鸡跑到我这里来了。我看到自家的门紧锁着。我注意到客厅里堆满了太多的杂物，比如一些硬纸板，一些泡沫制品，还有一些废弃的木制家具。我奋力睁开自己的眼睛，发现这里并不是我的家。因为虽然这儿的房屋构造和我的屋子一模一样，但这里的家具太过陈旧，颜色也都很老土，泛出暗淡的令人恶心的米黄。门窗也变得腐朽不堪。金黄的公鸡引导我参观这里，但我不知道这到底是谁的居所。公鸡打开门，我跟随着来到楼道里。通过楼道的窗子，我发现我的家离这里其实很近，就在这座楼前面的前面。可我还是不明白，昨天晚上睡觉前还在自己家里，为什么一觉醒来，来到这陌生的房间呢？

我决定回到自己家去。金黄的公鸡继续在前面引导我。这真是一个美好的早晨。天气阴沉，湿气凝结成白色的气团，堆积在平坦而宽阔的田野之上。这是深秋吧？地里的麦子泛着黑色的青光。我沿着田间泥泞的小路，向我的房子走去，但我还没有走到，金黄的公鸡渐渐和它羽毛上的光泽一起消失了。

# 荣花树

荣花树，多么美的名字。我要去荣花树。

骑着车子，埋怨这条路越来越难走，坑坑洼洼，一片泥泞。一种悲观的情绪注满胸腔，记得小时候，这还是一条宽阔的柏油马路，可以跑汽车，两边都是巨大的柳树，路基高出两边田地一米多；还有宽阔的排水沟，将路基和农田隔开。这条路曾经像一条蜿蜒的长龙，壮观，气派，让人觉得永远也走不到尽头。人们在这样的道路上骑着车子，很容易就沉入宣传中所说的那种康庄大道的想象中。可是如今，这条康庄大道变成泥泞小道，以前高高的路基沉陷下来，甚至变成两边土地之间的一条狭窄小沟。多么让人烦闷，难道以前的都是欺骗，都是幻象，还是我们的道路就这样被自己都不察觉的原因败坏了？

而且，方向也发生错误。以前那条宽阔的柏油路，尽管弯弯曲曲，但总体还是东西走向的，怎么蜕化为一条羊肠小道时居然连方向也发生了变化，变成了笔直的南北走向的路呢？我抬头看了看昏黄天气里的太阳，冷冷地在我右上方照着，它就要坠落下去了。我知道我是在往南一路狂奔。

可是这一切完全错了，完全。我确定我没有走错道路，而是道路本身发生变化。它自甘沦落，它改变方向，它正不知道要把我带往何处。

我从北面进入一个小镇。安静的小镇，路上没有一个行人。我确认这是我曾经来过的镇子，因为我沿着这条小路一直找到它与一条宽阔马路的交叉口。我知道这个小镇名叫苇子河，是去往荣花树的必经之路。我庆幸自己没有走错，而且，这个名叫苇子河的小镇远比我印象中要美，要明亮。

在我以前的记忆中，苇子河是灰突突的，我对它印象最深刻的就是路边一家国营供销社，红砖平房，有着农村罕见的玻璃窗，里面是水泥打的一长溜高高的柜台，营业员在里面打着瞌睡。

但我现在看到的苇子河明亮至极，在镇子的西面和南面是美丽的雪山，山顶积雪的反光照亮了这个小镇。干净整洁的街道，清新宜人的空气，刚才还昏黄的天气在这个小镇变得无比晴朗，太阳在蔚蓝的天空中朗朗地照着。

一个老人，悠闲地走过来，我与他说话。

“这里是苇子河吧，老先生？”

“什么苇子河？没听说过。”

“这里不是苇子河吗？”

“不是。”

“那么，这是哪里呢？”

“这里没有名字。”老者神色恬然，丝毫没有故弄玄虚的意味。

“那么，荣花树是不是从这里再往南走，就到了？”

“荣花树？没有听说过这个地方。”

“往南是哪里呢？”我已经清楚地知道不可能再找到荣花树，但因为来到这个美好的小镇，也并不显得着急了，反而有种说不出的愉悦。

“往南是雪山脚下，一条没有名字的清江。”

“往西呢？”

“往西也是雪山。”

我顺着他的目光往西极目远眺，雪山的线条无比清晰，仿佛就在眼前，山顶的积雪和山腰青翠的森林形成鲜明对比，仿佛是高更早期的风景画一般，或者，也只有在肯特的彩色版画里，才能见到如此安静的小镇。

我没有问往东往北是哪里，因为我正是从北方来，而东面，也是我可以返回的道路。我依然固执地相信，往南，一定可以到达荣花树，但我不想再往南走了，顺着一个方向往下走，总会疲惫，于是调转自行车，往西飞奔。

很快到达一片树林。太阳已经坠到雪山后面，树林里变得幽暗。

我推着车子，行走在毛竹和细草中间，不期然地见到盛开的桃花和杏花，粉红，洁白，一朵朵，一枝枝，一树树，一丛丛。没有奇花异卉，但是这些只在春天才绽放的花朵，却开得很奇特，花冠大得惊人。

我蹲下身子，去嗅一丛不知名字的白色花朵，突然从花丛后面露出三颗脑袋，吓得我差点仰躺在地上。

这正是我要寻找的三个人，他们本来该在荣花树等我。

可我忘记了找他们的目的，我只是盲目地惊喜着，却不知道该对他们说什么。

我们四个人就在树林里漫游，天色灰暗，夜幕降临，我们一点也不准备走到树林外面去。

等点起篝火的时候，肚子才觉察到饥饿。

我和他们谈起树林外面的那个小镇，说这是我一生中所到过的最漂亮的镇子。他们却不能发表什么观点，因为他们从来没有走出过这片树林。

我们对着这暖暖的篝火，倾听远处雪山流水的声音，都不说话，只等待着肉熟。

# 进化论

# 暴虐的人死在深秋

四军的脸永远雪白，不知道是天生如此，还是因为贫血。腮帮子永远是肿的，嘴角永远是破的，旧的痂还没结好，新的血又流出来。这是冬天，他还是解开破旧的棉袄，没有穿夹衣，直接露出肋骨上的血印子。

“这么长，这么厚的钢尺，记得吗？我们上次去村集体库房里捡的。”四军一边比画着，一边问我。

他记错了，那次“捡”东西没有我。说是捡，其实还是“偷”更合适吧。世界上哪里有敲碎人家玻璃，破窗而入去“捡”东西的事情呢？他每次都说得绘声绘色，好像我真正去过似的。在他绘声绘色的讲述中，他“捡”了一个“这么长，这么厚”的钢尺，而我捡的是两个重重的铅球。他一直这么讲，到后来我也真的认为自己捡了两个铅球。

“那两个铅球呢？”四军问我。

“回家就扔床底，找不到了，兴许被老鼠撵到老鼠洞里去了吧。”我很配合他。

“你可真蠢，好东西不好好保存，将来供销社收废品可以卖钱的。”四军继续嘲笑我，问我是不是把铅球埋在哪个土坑里了。这可是踩到了我的痛脚。因为他知道，有一回学校来了一个摄影师，引诱我们这些孩子拍照片。我跟别的孩子一起拍了很多照片，后来摄影师拿照片来学校收账。我因此欠下摄影师钱，怕大人知道，没敢拿照片回家，偷偷埋在路边的土坑里。等欠钱的事情拖到东窗事发时，照片早就找不到了。我最恨别人说起这件糗事，便用拳头捅了一下他受伤的肋骨，他哀号着跌倒在路上。

四军有病，他偷那把钢尺为了取悦他爹，结果却天天被他爹用这把钢尺抽腮帮子戳肋骨。

四军前面有三个哥哥，分别叫大军、二军和三军，都不知道被他们父亲的棍棒打到哪里去了，还有两个姐姐，和他们的母亲一起被打回姥姥家。四军还有个弟弟，叫小五。小五是他爹唯一没有打过的孩子。小五和我一般年纪，我都和四军一起上小学了，他还整天光着屁股在街上跑。那个年代七八岁的孩子不上学，光腚满街跑很普遍。我们在教室里上课，小五就领着一群光腚猴子在教室门口乱瞧。

夏天，小五一个人在屋后池塘边放羊。那年雨水旺盛，池塘的水始终是满溢的，常常会有鱼游到大街上。这个池塘在旱季最深的地方不过两米，一旦池水涨满河崖，就有差不多四米。像我们这样的小孩，往年是没有见过这么大水的，尽管每天都被大人耳提面命地恐吓，不要去池塘边玩耍，但每天在池塘边总还是有很多小孩。更有胆子大的，跳下池塘，一个猛子扎出很远。小五是在那岸边看别人游泳叫好的一个。谁也不会想到，他家的羊会突然从他身后的土坡上冲下来，一头将他顶到飞起。岸边的孩子们一开始并没有看到那只羊，只看到小五突然原地高高飞起，像是被人扔出去的一个瓦片，并没有打出几个水漂，就重重地坠入水中。随后有人发现了那只发疯的山羊，都吓得一哄而散了。原本还在池塘里游泳的孩子，也吓得往对岸游去。池塘的水面安静下来，但小五还没有浮出他的脑袋。

老二的家就和池塘隔一条街。老二，就是四军和小五的爹。老二是听见喊声很久后才出现在池塘岸边的，那时小五的身体已经从水底浮了上来，光屁股的身子像一截剥了皮的树枝。老二一脚把那只仍在岸边发愣的疯羊踹到池塘里去，随后捞起光腚小五，晾在岸边。他从家里抬出来一只破瓮，刚够装下小五的身体，用地排车将破瓮拉到北河滩，草草埋了。街边许多人目送老二的地排车穿过村街，看见小五的两只光光的小腿还在瓮口耷拉着，像两根鼓槌，敲打着破瓮。

我和四军有时放学不回家，去河滩上玩沙子，会翻过一道河堤，再穿过一片树林。树林里总是会遇到大大小小的坟堆。我们也不害怕，坟堆太多了，就像人们在树林里拉的野屎一样多，不小心就会踩一脚。有一回我们经过一个小坟，像是新堆起来的，四军说，这是小五的坟。坟后是一棵细弱的洋槐，洋槐有两个枯掉的枝杈。四军就把书包挂在枝杈上，让我也把书包挂上去，说，让小五帮我们看着书包吧。后来我们在河滩上玩得太久太疯，天黑之后完全忘了书包的事情，直到回家写作业才想起书包。

第二天一早我就去找四军。问他昨天挨打了吗？他说挨了，但不是因为书包，他爹从不会因为不写作业打他。我也没问他为什么挨打，反正总有原因吧，就说我们得去把书包找回来。四军说你放心吧，有小五看着，准丢不了。四军还说我昨晚梦到小五了，他就坐在自己的坟头上，光着腚，看着咱俩的书包。他还想看咱俩书包里都有什么书来着。我没让他看。他就对我说，哥，我冷。小五没有上过学，死了还想偷看别人书包里的书，从小没有衣服穿，死了也是个光腚鬼，要说冷也不稀奇。

为了能赶在上课前找到书包，我们几乎是跑到了树林里。早晨的树林还残留着夜气和晨雾，这会儿的树林是没有人的。四军说，听大人说，早晨的树林子最好不要钻，经常有出来闹夜的鬼玩得高兴忘记返回坟窝，要是碰上它们就麻烦了，会把你的魂儿勾走。我说小五会在坟头上一直坐着等你吗？四军说那可说不准，反正昨晚在梦里我对他说如果太冷，就先回去，晚上没有人会拿我们的书包的。小五摇摇头说，人不拿，鬼也会拿。你说咱们的书要是被鬼翻过会怎么样？

“鬼会很生气吧，咱们的书里没有鬼。”我说。

“如果有的鬼把自己夹在书本里呢？”

就这么一路说着鬼话，找到了小五的坟头。书包还在那枯死的枝杈上挂着，浸了一夜的露水，有些发潮，有些沉重。

打开看看，抖落抖落，小心夹着鬼。四军煞有介事地拍打着书包。

我特意看了看小五的坟头，吓了一跳，坟尖上居然真的有两瓣类似屁股的印儿。四军蹲下身子，轻轻将那两个屁股印儿抚平，重新抚成一个尖儿的模样。

小五是唯一没有遭受过老二暴打的孩子，如果不打就是爱，那对于想要向父亲献出忠心的四军来说，被打或许是另一种更深的爱吧。小五死后，四军就是最小的孩子，也是家里唯一还没有被打走的孩子了。四军是揍不跑的，即使腿被打瘸，脸被打肿，眼珠子被打歪，几天不给饭吃，冬天不给棉衣穿，下雪被罚站在雪地里，他都不走。

一般没有孩子敢去四军家玩，我反倒不怕，总觉得他父亲不至于拿我怎样。我甚至记得每次去他家，老二都对我笑，尽管他嘴是歪的，笑起来冷飕飕的。他的头发黑中有白，不是那种匀称的花白，而是在头的左前侧某区域有一撮全白，而其他区域全黑。他有浓密的眉毛和胡须。所有的毛发都铁丝一般挓挲着，当他突然一笑时，能听到铁丝相互震颤摩擦发出的那种干涩刺耳的声音。

因为孩子众多，老二新盖了五间混凝土的屋子，但等到屋子盖好，家里就只剩下他和四军父子两人。这父子住在五间四白落地的房子里，连家具都显得空落。四军一个人住外屋，老二住里屋，平时几乎看不到他人，只看见四军不时听候里屋传来的指令，出来进去很是繁忙。

有时我们两个会到院子大树底下去捉捉蚂蚁，说会儿话。他便伸出自己被打肿的两只手给我看，像两个小包子一样。又给我看胳膊肘上的伤疤，是被推倒在地上，在水泥地上磨出来的。然后又让我看他的脸，嘴角有一丝残旧的血迹已经开始结痂。他还让我看他的耳朵，也有被撕扯的红印。

四军不断地向我展示这些，还拿出根铁尺，说昨天晚上，老二就是拿这个抽他肋骨的，前半夜使劲抽，后半夜罚站，一个人站在客厅里，不准瞌睡。他说着这些，却好像一切都和他无关，甚至还带些得意和骄傲。

因为经受这样的“锻炼”，学校里的各种体罚对四军来说已经不算什么。那时四军经常因为不写作业，忘带课本，给自己乱改名字等缘故遭受老师的体罚。老师都了解他所遭受的家暴，反而担心一般体罚不奏效，对付四军需要更有想象力的措施。

那天下了大雪，我迟到了，所有班级都在上课，校园里除了隔夜的积雪，空空荡荡。远远看见在旗杆的下面，站着一个瘦小的身影，正是四军。他双臂用力前伸，本就不长的破旧棉袖更显短促了，裸露出生满冻疮的小手和一截小手臂，像扎马步练功一般；而双脚也是赤裸地站在雪地里，鞋子和袜子不知道去了哪里。

四军看见我来，好不容易张开快要冻僵的嘴唇，挤出一丝笑容："你也迟到啦，快去上课吧。老师不会拿你怎样的。"

老二被抓是在一个冬天的深夜。我没有听四军说起这件事，是很多天之后才从大人口里知道的。因为被亲戚告发虐待家人，打老婆太狠。他老婆我见过不多，只有几次，印象很深，一个瘦小、白皙的女人，四军的雪白皮肤可能遗传自母亲。一双眼睛乌黑，虽然有神，传递出来的却只有惊恐和顺受。

她没被打走的时候，还住在他们家的老屋，我偶尔会跑进她屋里，她都极力想表现出一种长辈式对孩子的爱惜，却又总是袖着手，蜷坐在那个黑洞洞的小屋里，甚至连看一眼外面的勇气都没有。她是个小脚女人，有着所有乡下小脚女人一样的打扮：头发往后梳成一个髻，穿着一身斜襟的青色长褂，不论是坐或站，都无法表现出一种安详。按辈分我叫她奶奶，同时也觉得她确实到了奶奶级的年岁了。但也许她并没有那么老。自从丈夫把她打回娘家，再也没有回来，在娘家一直住到死。但老二在监狱里只待了两年就回来了，生活照样继续。

老二这个家族算是我们本家中人口最为繁盛的一支。他自己有兄弟四人，每个兄弟各又生下一大堆儿子。儿子多，矛盾多。

兄弟之间经常会发动一些彼此合纵连横的“战争”。每次打仗都极有气势，各家领着众多子女沿街站好，开始彼此从言语到肢体的攻击。每场大战都能从早晨持续到掌灯。那时农村夜里没有照明，都喜欢户外活动。他们家的“兄弟夜战”常常是夜间保留观赏节目。

然而随着老二家庭内部的非战术减员，这样的大战于他来说已经是力不能支。到最后他身边只剩下一个四军时，干脆就坚壁不出，玩起空城计了。

那一次，老二的弟弟老三携如狼似虎的三个儿子，还嫌阵势不够大，又借了他大哥的两个儿子一起来挑战。也不知战争的起因，所为何事，反正从中午一直骂到晚上，老二就是不应战。直到后半夜，外面的挑战者已经再而衰，三而竭了，老二突命四军一人出门迎敌。

只见四军一个人，瘦小的身躯孤零零地从门缝里挤出来，咳嗽了一声，开始了打架的前奏——骂街，其声洪亮，响彻夜空，竟不落下风，及至后来终于开始动手，四军才被他那五个叔伯兄弟打个半死了事。

四军消失了，但是并没有引起人们的注意，就连我这个好朋友，也没有觉得怎样。他并不是因为家族战争而消失的，不是的，而是在一个平常的日子，什么事情也没有发生的日子，消失了，或者说逃走了。日子太平常了，所以并没有引起多大的动静。就像在他父亲被抓进监狱的那两年，也没人在意他独自怎么生活。我只是觉得上学放学的路上少了一个同行者，而我很快又有别的同行者。我想他一定是有了哥哥们的消息，投奔他们去了。

四军的出走让老二成为真正的孤家寡人。没有谁知道他和谁来往，也很少有人在白天见过他。他活得愈加像个隐士。除非在农忙时节，他一个人默默侍弄着家庭里众多人口的口粮田，人们可以看到他往返田间的身影。好多年过去了，他又先后新盖了两处大的院落，还霸占着另外三处宅基地，名义上都是为逃跑在外的儿子们留。他在那些宅基地上开辟菜园，种植葡萄，还搞一些鸡鸭养殖。只要看看那生机勃勃的菜园，你就知道他还没死，还活得好好的。

他住的那所宅院，也是后来新建的。沉重气派的原木大门始终是关闭的，出入都走另外的小门。小门是在屋后山墙上另外打出来的一个窄得不能再窄的门洞，平时也是反锁着。从小门出去，可以直接进入他的菜园和另外几块宅基地。原木大门因为十几年未曾有人出入，渐渐腐朽了，还有老鼠啃啮的洞，以及雨水浸泡出来的网孔；多年堆积起来的泥尘把门的底部彻底掩埋。如果不是能从墙外看到他满院子绿油油的葡萄架，人们还以为这座宅子里，早已没有活人居住。

村外他所拥有的大片庄稼地永远是最后一个收割。每到秋天，别人家已经播种完毕，麦苗儿拱出了地面，他家干枯的玉米还兀自在旷野里站着，在秋雨秋霜的打击下，枝叶灰白颓败，秋风中瑟瑟发抖，像一群无人认领，无家可归的弃儿。

他的余生就是这么度过的吧。关于他，我不知道还有什么别的故事可讲。十几年后，偶然会有四军或者哥哥们回来的消息，但他们并不久留。没有人见过他们父子如何相见。我这时早已在外地上学工作，就算四军和我迎面相遇，也已经互不相识。有一年我回家，就这么在狭窄的胡同里遇见他，没有认出来，只是走过去之后，和我同行的妈妈才说，这个人就是四军。我才回头去看，一个高高壮壮的男人的背影，消失在胡同的转弯处。

老二死在一个深秋。在死之前已经中风在床，床前并无儿女，是一个好心的邻居文常大叔照顾他的起居。有天早上，文常大叔照常去给他做早饭，床上并没有人，又去院子里寻找，在通往厕所的葡萄架下，他倒伏在地，身上落满一夜秋霜。

# 进化论

## 上篇

### 1

金生头上有道疤，是得锤儿铲的。这道疤像条小蚯蚓，从他额头右上方向后爬去，钻进他自来卷的发丛中，留下一截若隐若现的小尾巴。

得锤儿是个弱智儿，整天笑嘻嘻在街上遛，见谁都很乖，本来是经全村人都认证过的人畜无害，谁知会做出这样的事儿呢。

秋天，大人们在地里收花生，孩子们在大人屁股后面玩。得锤儿拿起铁锨就朝金生头上铲去，边铲边喊：**他有角，他有角！**得锤儿少有的一次发疯，就差点要了金生小命。那时金生只有五岁。

金生独苗儿，娇生得很。邻居们都了解金生妈妈护犊子的疯劲儿，只要金生在街上一嚎，当妈的就瞬间出现，不分青红四六先骂一圈，等分清青红四六再骂事主，直到把那事主骂哭，又少不得对方家长出面，使事态升级。这种事多了，邻居也难免疲倦，总是告诫自家孩子不要招惹金生。但就算大家躲着让着，再怎么也提防不到一个二傻子头上。

本地流传一种观念，越是独苗，越要留下一点不足，才好养活。就好像有人家好不容易生个儿子，亲娘就要狠心先把孩子的小脚趾先咬下一根来，算是向神灵买个平安。金生额头上挨了二傻子一铲，大约也是天意，再护犊心切的父母，除了倍加疼惜，还能怎么样呢？

这事儿过去不久，得锤儿家的大黄牛就生了一个小牛犊。这个牛犊，一个头两张脸，四只眼睛两张嘴；那四只眼睛中间的两个眼睛快要长到一起了，只有两个鼻子和嘴巴分了个叉，活活一个牛精怪。

自从有了这头牛怪，得锤儿就整天抱着牛怪的脖子在街上溜。大人都觉得这事儿晦气，见了就骂，但他家人不管。等小牛长得足够高了，得锤儿甚至可以勾住牛的脖子，双脚离地打吊吊。

因为铲过金生的缘故，以前得锤儿很少来我们这条街上玩。等有了牛怪的加持，他似乎有点胆肥，动不动就骑着他家牛怪沿着池塘的坡沿到我们这条街上“示威”。可我们这边的孩子，除了金生对他有所忌惮，别的孩子并不怕他，尤其是振海兄弟，见到牛怪就想去捉弄几下，他们最绝的办法就是把鞭炮绑在那牛尾巴上，噼里啪啦，小牛怪只能夺命狂奔。

## 2

金生是我最早一起玩的发小。他是独苗儿，我也是独苗儿。大概是这个原因吧，两家大人都高兴我们能玩到一起，就像搭伙的兄弟。

我们两家距离之近，只靠半截墙头隔开两家院子。平时抬头不见低头见，他们家厨房冒烟，我们家的饭食也正好摆在院桌上，谁家吃什么彼此都知道，时不时隔着半截墙头交换一筷子两筷子的菜码儿。金生的妈妈，只要不发护犊子疯，还是个很好相处的人。所以两家的独苗儿没理由不玩在一起，饭都恨不得一起吃，觉都恨不得一起睡。

虽然金生比我早生两年，上学我们却是同年。我的父母觉得金生去上学了，没人和我一起玩，不如把我也送到学校去。每天放学，我会先在金生家写完作业再回家。我写作业比较老实，金生就比较贪玩一点，他妈妈又纵容他，所以他总是写着写着就开始各种小动作，要么在磨石上磨钢锯条，把钢锯的一端磨出尖利的刀刃，要么拿起鞭子抽地上的陀螺，最后就撺掇着我和他一起去屋后的池塘边去野。

整条街上的孩子都在池塘边上大呼小叫。那时村街上最不缺的就是孩子，但是孩子之间也分帮派。我没有帮派，对和谁玩都比较开放，我和谁都能玩在一起。但金生就不怎么合群，看到我和别的孩子玩，就会嫉妒。我不玩则可，一玩起来就把他给忘了。这时他就会掏出那根已经磨出尖利刀刃的钢锯条，在一棵小树的树身上划来划去。

## 3

我上二年级的时候，又多了一个妹妹。金生不平衡，央求他的父母也给他生个妹妹玩，他的这个愿望金生的父母一直没有满足。

金生的父亲是工人，在县轴承厂上班。

在农村安装电灯以前，大家都是使用煤油灯或者蜡烛，而他家那时就有了一种先进的东西——“嘎石灯”。这种灯很神奇，把一些石头泡在水里就会产生可以燃烧的气体，高大的铁杆顶端就会冒出火光，闪着神奇的蓝焰。这种灯的亮度是我们从没见过的。在这样的灯下写作业真是再享受不过了。我喜欢去他家写作业，就是羡慕他家的“嘎石灯”。

我觉得他家什么都好。屋地比我们家干净，桌子也比我们家漆得漂亮——通体漆得乌黑，唯独在桌面的侧棱上漆出一条红线，美极了。中堂条几的中央摆着洁白石膏的毛主席像，主席像后面则是一个大摆钟，大摆钟的后面是一幅水墨竹子的卷轴，卷轴两侧还有一对对联。我那时识字少，不认得上面的字，但已经感觉很清雅。

侧面墙上挂着一溜整齐的玻璃相框，除了几张家人的合影，多数是他父亲工厂车间班组的照片和各种红色奖状，都镶在那玻璃相框里。我喜欢看他们家的相框，那些相框里的人因为看的次数太多，都仿佛认识了一般。这里面唯一比较例外的一张照片，是一个漂亮的女人，照片下方写着“庐山恋”三个字，很多年后，我才知道那个女的是当时的电影明星。

他们家这些东西，我们家都是没有的。他父母睡的床是钢丝床，从床腿到床体都是铁的，床面下全是钢丝弹簧，坐上去嘎吱嘎吱响不说，还能把屁股弹起来，我想睡在这样的床上一定特别舒服。而那时我们家的床还是木头做的，席子下面还都铺着麦草。

金生的妈妈虽然是一个瘦小的农村妇女，他的父亲却和招贴画上的工人阶级一样，身材高大壮硕，像一座行走的肉山。每天下午，我都能在胡同口看到骑着丁零零脆响的小轮自行车的他下班回家。按说以他的身躯，最合适的应该是大金鹿那样的大轮重型自行车，但是大轮车已经在农村普及了，就连我父亲这样的乡村教师都骑上大金鹿了。而城里的人时兴带双手刹的小轮车，不仅轻便舒适，那铃声，那自行车轮子空转的声音何其美妙。身为工人阶级，有一辆漂亮的小轮车也是身份的象征。

金生父亲是一个极爱干净的人，我见过他没事就在自家的屋地上，戴着一双白手套拾掇他的自行车，看他一步步把自行车拆卸开来，用抹布把每个零件都擦洗一遍，然后再组装上油，这是一道漫长的工序，他处理得极有耐心。我想坐在这样的自行车上面，一定很舒服。而我父亲的大金鹿，永远沾满泥巴，要么轮子撒气瘪肚，却总不见他拾掇一回，每次坐在我父亲的车后座上，屁股都能被颠成十六瓣。

我喜欢蹲在旁边看他收拾自行车，以至于忘了回家吃饭。他看我那么入迷，也只是鼻孔里笑笑，骂一句：你奶奶的……我想论辈分我管金生叫叔，管金生的父亲该叫爷爷，那金生的妈妈就是奶奶。他父亲骂我“你奶奶的”，不就是骂金生的妈吗？所以我一点也不生气。

既然已经是工人阶级，金生爸爸说话与走路的姿态，总难免给人一种距离感，后来我学习了一个词，这叫作傲气，这里面大抵也有他在街上辈分高的原因。和人说话常常先把脑袋扬起，因为他的身材已经很高，还仰着头说话，就难免有点用鼻子看人的意思，笑起来也是鼻孔里先喷出一鼻子冷气。他对孩子的和蔼也冷冷的，我想他那样高大的身材，弯下腰来和孩子说话，总是困难些的吧。

夏天天长，吃过晚饭，太阳也就刚刚下山。金生的爸爸就喜欢带金生和我去北河洗澡。北河是我们村后的一条大河，河床平坦，又宽又浅，但大人就是不允许我们自己去玩。北河的水可比我们屋后池塘的水干净多了，那河里的沙子也干净，太阳晒了整整一天，沙子晒得滚烫，踩上去烫得脚心很痒。这比屋后的池塘不知道好多少。池塘里的水，总是一脚陷进去，全是淤泥。

河水吸收了白天太阳的热量，十分温热，再加上晚风习习，这个时候下水，再舒服不过。仰面躺在河水中，看着天上的星星，是绝无仅有的快活。孩子们总愿意扎堆玩水，哪里人多就往哪里凑。大人们则在河水里另凑一堆，一边搓泥一边谈些村里的八卦。金生的爸爸很少参与大人那一堆，当然也不和孩子们玩，他总是一个人往河水深处走。但河水最深的地方，也不过才漫过他的腰，他就在那里蹲下身去，半浮在水中，一个人看天上的星星，静静地搓泥，偶尔朝我们这边看一眼，喊一声金生和我，要我们不要太闹。大概等我们玩得差不多了，他也从河水最深处走回来，喊我们上岸回家。

这时我才注意到，他是穿着短裤下的水，在沙滩上，走出去老远，还能看见他大腿湿漉漉的，不断从裤头上往下滴水。北河的夜晚，本来就是男人的天堂，哪个人不是光腚下河呢，连我们这些孩子也不免觉得金生爸爸这样做，不只是多此一举，实在是当工人当得有点过于“装”了。

## 4

秋后的大街上堆满秫秸秆，这些秸秆在被完全晾干之前还散发着最后一点植物的清香。我们捉迷藏的游戏有了新道具，都往这沿街墙摆放的秫秸秆里钻，秫秸与墙根之间的空隙像是探索不到尽头的山洞。有时我们玩累了，肚子饿，就想找点吃的。

金生闻到谁家飘出来一阵蒸馒头的香气，我们努力伸着脖子张大鼻孔辨别那馒头香味的方向。我想起那是我家，傍晚我出门，妈妈正在揉面。金生就怂恿我去家里拿几个新出笼的馒头来吃。我没有犹豫，直接跑到厨房，一下子拿了四个大馒头塞进我的花布小褂子里，那仍然滚烫的馒头烫得我的肚皮生疼。

这时和金生在一起的还有振海。我有点烦振海，嫌他手脚不干净。我怀疑他偷了我家的鸡冠花。

我家院子里有个小花园，是父亲在窗户底下开辟出来的，乱七八糟种了很多不同的花，都是些常见的品种：菊花、鸡冠花、夜香花、月季、刺玫之类。有天早上我发现我家的鸡冠花不见了，只剩下一个显而易见的小坑。

那时学校里也在组织种花，每个班都在教室前面开辟了小花池，老师号召学生们自带花种。有一回我路过一个班的花池，有棵鸡冠花非常眼熟。再仔细一看，那可不就是我们家的鸡冠花吗，小小的发紫的鸡冠才刚刚开始绽放，但因为被移栽的缘故，已经耷拉下脑袋。我再看那间教室就明白了，这是振海的教室。头天晚上，振海是在我家看电视到很晚才走的，那么这鸡冠花就是他看完电视后偷走无疑的。

不知道为啥金生跟振海又玩在一起。滚烫的大馒头还贴着我的肚皮，但我就是不想拿出来。

金生丝毫没注意我不高兴，说，只吃馒头没意思，村西头老李家的豆腐丝做得很好吃，我们去买点豆腐丝。我们都知道金生有钱，就跟着他往村西头老李家的豆腐坊走。快到豆腐坊胡同口的时候，金生停住，对我说，我给你钱，你去买。

我毫不犹豫接过钱，往黑暗的胡同里走。金生在胡同口又追了一句：别光买豆腐丝，豆腐也来一块，刚出笼的热豆腐也很好吃。

胡同深处一扇门里闪出黑暗的光。我循着那光走进院子，院子里地面上流得到处都是水，以及满院子的豆香味，其中一个屋子里还往外散发着热腾腾的蒸汽，豆腐坊里正在忙活。

我咳嗽了一下，大喊了一声买豆腐。冒蒸汽的屋子里走出来一个人。我就把钱塞给他。他看了看我皱巴巴几张纸币，就给切了一大块新出炉的豆腐，又包了两卷五香豆腐丝。借着昏暗的灯光，他认出我："哎，你不是何老师家那谁吗？家里来客了？"

我慌忙接过东西，转身就走，心想大意了，忘了我爸是乡村教师，很多人都认识他。

我们跑向附近的打麦场。麦场边上有凉棚，凉棚下面是一块光溜溜的大青石板。我们把食物摆在青石板上。新出锅的馒头配着新出锅的豆腐和豆腐丝。馒头清甜，豆腐清香，而豆腐丝咸香的滋味更是让人欲罢不能。世界上还有比这更美的吃食么？我也暂时忘记了与振海的不快，埋头大吃起来。

也许我们过于兴奋，只顾着吃，完全忽略了周围的环境。夜色极黑，大概是阴天，连星光都没有，我们这样对坐着，都看不清对方的脸，世界安静到只能听到我们咀嚼食物的声音。

远处有人咳嗽。我们警觉地朝声音来的方向回头，没料到那颗巨大双面牛怪头从我和金生之间的空隙里伸了过来。牛的四颗眼睛又大又亮，夜明珠一样，两个嘴巴向我们的食物伸过来，我们甚至没有听到牛喘。我和金生有点蒙，完全没想到牛怪这时会突然出现。只有振海伸手打了其中一个牛嘴，那牛头才往回缩了一下。振海从石板上跳起，对那牛怪的两张脸轮番击打，牛怪闷声闷气地叫了一声，转身溜了。振海不罢休，继续追击那头牛怪，两个活物一前一后消失在黑暗中。

我们实在搞不清楚为什么牛怪会在这个时候出现。但紧接着又是一声咳嗽：“金生。”浓重黑暗中一个颜色更深的高大人形轮廓。

“坏了，是你爹。”我小声对金生说。

“不是。”金生摇头，那不是他父亲的声音。

“谁啊？”金生还没从牛怪的惊吓中恢复过来，但故作胆壮，声音发颤。

“你过来。”那人让金生过去说话。

金生说，咱们跑吧，不知道这是谁，万一告诉家长，我们都完了。我同意金生的意见，准备开溜。

谁知那人突然移动到我们面前，强行摸了金生的脑袋一下：“好大的疤啊，难不成你头上真要长出角来？”金生一缩头，躲过他的抚摸。我们胆战心惊地各自回了家。

偷吃事件第二天就被捅破了。我父亲狠揍了我一顿，一直把我从八仙桌底打到床底。我有好几天没有见过金生，听说他发了高烧，大概又被那牛怪吓住了。我不敢把黑夜遇到牛怪的事情告诉大人，更别说还有一个奇怪的人影摸了金生的脑袋一下。

但是在我正被打得钻床底的时候，人们在池塘边上却发现了那头奄奄一息的牛怪。牛的脖子被利器划开一个口子，一张牛脸沉没在水中，另一张牛脸则勉强浮在水面之上。得锤儿家的人报了案，县里来了两个穿制服的公安，询问了一些人，也没查出到底是谁干的。

振海有一天贱兮兮地凑到我身边，故作神秘地说，他知道是谁杀了牛怪。我说那你干嘛不给公安说。他说他不敢，就算说了也没人相信。我说，那你告诉我我就信了？

振海的眼珠子习惯性地斜到一边去，说，你爱信不信。

我说，那你说说看。

振海说，我还知道那个人和金生的关系。

我说，那是什么关系呢？

振海说，说了你也不信。

我说，你他妈以后离我远点，能滚多远滚多远。

## 6

村里经常会来各种戏班子：耍猴的，变戏法的，唱戏的，说书的，这是那个年代特有的乡村娱乐。这些戏班子一来就得至少演上十天半个月，惹得全村人都发疯。每走一个戏班子村里基本就会少一两个人，要么是戏班子里的小流氓骗走了村上的姑娘，要么就是班主想办法把一些傻子和弱智儿拐弄走。

二傻子得锤儿就是这样在村里消失的。他的牛怪被人弄死之后，人就跟掉了魂似的，天天在池塘边转悠，还动不动抹眼泪。后来一个耍猴的戏班子，不知施了什么法术，把得锤儿调教得很好，都能上场演戏了。结果戏班子一走，得锤儿也没了下落。有那些走街串巷跑买卖的邻居声称在邻县见过得锤儿，和一群猴子拴在一起，锣鼓一敲就和猴子一起上场演戏。得锤儿家里人尽管得了这样的信儿，好像也从没想过去哪里把他找回来。反倒有人传言说他们家更心疼那头牛怪的死，不然卖给戏班子，不知道要多少钱。

金生和我也喜欢看这些戏班子的表演。那些说书的唱戏的倒还其次，不是啰啰唆唆一大堆扯不到正题，就是咿咿呀呀唱一长串让人犯困，只有变戏法真正让人提神。变戏法最吸引孩子的地方就是他们常常会现场找人来配合表演，那些想要上台的孩子就拼命往前挤，可真要喊你上台，你又会感到害怕，拼命往回躲。

关于变戏法有各种谣言，有说变戏法的常常会变走小孩，你钻进他的那个桶里，可能就永远回不来了，你一睁眼，没准就到了爪哇国；还有的说变戏法的一般都有江湖敌人，敌人都隐藏在围观的人群里，悄悄破他们的魔法，一旦魔法被破，不但参与表演的孩子没有了，班主还得当场磕头求饶，把钱留下，收拾场子滚蛋。

金生对我说，他想钻到那个桶里去，但他运气不好，总是不能被那些变戏法的选中，他几次上台，都被别的孩子抢了先机。那些孩子钻进桶后，突然就从人群外围的草垛子上出现了。人们怀疑他们事先在下面挖了个地道，等戏班子走后去检查那片麦场，又没有什么异常。

终于有一回，变戏法的人走了，金生也找不到了，把他父母急得要死。一整夜没个消息，以为他被变戏法的人拐走了。谁知第二天天快亮时，他才从草垛顶上自己爬下来。从此他父母把他看得更紧，轻易不再让他出门。

他后来告诉我，变戏法的人看不上他，他很难受，回家偷偷喝了父亲的酒，自己爬到了那个草垛上去，昏睡了一夜。他还说：“我倒情愿被变戏法的变走，再也不回来。”我只当他说的是疯话。

## 7

不能钻变戏法的铁桶，金生就在自己房间里，搞了一个不大不小的地下工程，简单说就是挖了一个洞。

有次我去他家玩，他关上房门，给我展示他的秘洞。那秘洞不大，刚好可以放一个小小的木盒。木盒里则放着他的小人书、木质手枪、火柴枪、钢锯条、金属陀螺、扑克牌等玩具，还有一些零钱。那个洞穴很小，但我总感觉那个木盒子里有无尽的宝藏，是取之不尽的。我羡慕他有这样一个秘洞，我也想有一个。可我家的地面是土的，虽然可以挖洞，但没有地砖的掩饰，一挖很容易就被大人看出来。我提醒他这个秘洞不能给任何人说，特别是振海。振海如果知道有这个洞，说不定哪天就来把你的东西都偷走了。金生说不会，他从不邀请振海来家里玩。

几天后，金生来找我，说他把振海揍了一顿，你说得太对了，他果然偷走了我的扑克牌。那天我看见他在池塘边上和四军他们玩扑克，我一看那不就是我的扑克吗？我回家后打开地洞，果然就少了那副扑克牌。这小子果然是个贼啊。你知道吗？他连自己家的东西都偷，有一次他偷了家里的粮食去集上换了半斤油条，躲在我们家屋后吃，还有一次他要把他弟弟送给卖冰棍的，只为换冰棍吃。

我马上打断他的话，我就说了你别告诉他，你偏要告诉他。然后就匆匆回家了。吃过晚饭，我一个人走下池塘，在池塘的坡沿上，有一片长得茂盛的酸枣丛。在那片酸枣丛深处有一个我新挖的土洞——我花费了很长时间才选好的一个藏宝洞。当我拨开那片酸枣丛，看到那片新土，就知道我精心掩埋的宝藏被人偷走了。我心情烦乱，赶紧离开那片酸枣丛。就在坡沿的上方，我看到了振海的身影。他怨恨地瞪了我一眼。

我刚从池塘里走上来，从振海家屋后闪出一个人，挡住我的去路，我一看是范小鹅。范小鹅是金生的堂姐，比金生还要大几岁。别看她是个女孩，确是街上的一霸，和她的名字一样，见谁都会像一只鹅那样伸着脖子去啄。很多比她小的孩子，不论男孩女孩都被她截过道儿。要么要吃的，要么要钱，要么什么都不要，就是想纯粹欺负一下。我有好几次就是在路上走着走着，突然被她冷不丁从背后推一把，或者把手伸进我的裆里拧我的大腿根。我一看见她就心里发毛。

现在她掐着腰正面拦住我的去路，两侧都是猪圈和粪坑，后退就只能重新下到池塘里去。我毫不犹豫地往池塘坡沿下面跑，她就在后面追。这时振海也出现在池塘的水边，从侧面堵我。我只能往那片酸枣丛方向跑，那边有几棵歪脖子的老柳树。不知道哪一年下大雨，把树根泡歪了，整棵树身平躺在水面上，巨大树冠一半浸入池塘中央。我沿着老柳树的树身退到池塘的水面上去，抓紧树冠上的树枝，这样不容易落水。他俩见我已经无路可退，也沿着柳树的树身步步紧逼。我其实是怕水的，不然我还可以跳到水里游到对岸去。这次彻底没有了退路。

你们不要过来，再过来我就跳下去了。我不会凫水，跳下去淹死了，我父亲不会放过你们的！我只能这样吓唬他们。他们和我一样，是见过四军的弟弟小五是怎么在这个池塘里淹死的。范小鹅果然在树身上走一半停住了，不过振海没有过来，他还是站在岸边，只是朝范小鹅喊：别听他的，池塘的水很浅，根本淹不死人。

我骂振海：你个狗日的，你忘了小五怎么死的了吗？

一提到小五，振海脸色一变。

我灵机一动，说：小五是不是被你推下池塘的？

你胡说八道，小五是他们家的山羊顶下去的。

我说，可是那山羊的尾巴是被谁点着的，是不是你？如果不是你点着了山羊的尾巴，小五就不会被顶到水里去。

你胡说，你放屁，你造谣，你妈逼！他真急了。金生的扑克牌明明就是你拿的，你还藏在那酸枣丛里，被我发现了，我本来是要还给金生的，你就是个骗子，比我还坏！振海大声怒斥我。

这时金生出现在池塘的坡沿上。他看见范小鹅继续往我这边走，就喊了一声：小鹅姐，婶子喊你回家吃饭。

小鹅这才转身回到岸上，说：好了好了，我知道了。

小鹅一走，振海也一溜烟逃走了，毕竟金生刚刚揍过他。

危险解除，我又沿着老柳树的树身回到岸上。

金生说，走吧，我们去玩。

我知道振海一定是因为被金生打，他才想到要通过范小鹅报复我。我想金生一定也听到振海说我拿了扑克的事情。但是金生说：振海这孩子真不行，我揍了他还不说实话，我才不相信他的鬼话。

金生说，你以后见了小鹅姐躲着走，她比我们都大，我们打不过她。金生还说了一个更让人迷惑的事情，有一回范小鹅把振海和金生两个逼到街边一个茅房里，逼他俩脱裤子，还让振海趴在地上，让金生用小鸡鸡插振海的屁股。

这次扑克事件之后，我和金生仍然是朋友，而把振海彻底排除在外了。他是小偷的名声已经在这条街上传开。

## 8

金生家在村外的一块菜地里造起新屋，搬离这条街。

金生从没有给我讲过他们家在村外造新屋的事情，直到那天我在家写作业，看到了他们家搬东西。我放下作业，翻过墙头，去给他们帮忙。我还特意去了金生的房间看他怎么处理他的地洞。那块地砖依然完好，看不出任何异样，但打开后，地洞已经被新土回填了。

搬离村庄后，他在新的房间造了一个更大的洞。洞里藏了更多的小人书、军棋、象棋和跳棋，当然还有扑克牌。因为离村庄较远，除了我之外，去找他玩的孩子比之前更少了，他更加沉浸在那个地洞的世界里。他的小人书收集得越来越全，而且都是成套的，什么《水浒传》《西游记》《三国演义》《射雕英雄传》《三大战役》一应俱全。他除了上学之外，更多的时间似乎都是把自己关在屋子里，趴在那个地洞旁边看小人书。

深秋，一个周末下午，已经刮了三天的风，我穿过已经秋荒的菜地去找他。在通往他家那条菜地小路的路口，有一棵孤零零的枣树，异常高大。大风过后，树叶都已经被吹光了，还有几粒近乎风干的枣子顽强地在枝头悬挂着，随风晃动。我经过那棵树下时，看到地面上有没人捡的枣子，大半都烂掉了。好歹捡了几颗外形尚可的，揣在口袋里。又从口袋里随手捡出一粒，放在嘴里嚼，干涩如木柴，没有一点甜味，连酸味都没有，吐掉了。

走进他家院子，径直推开他的房门。他那地砖铺就的地板上在靠着床头的地方铺着一张旧羊皮，我进来的时候，他正趴在羊皮上看他的小人书。他招呼我坐在羊皮上，然后打开了羊皮旁边的地洞。他问我是先杀两盘军棋，还是看小人书？

还不到生火的季节，但是刮了几天风，又下了几天雨，这屋子里到底有些阴冷。他把床上的褥子拿来盖住我们的腿，在褥子上摆好棋盘，先杀了两盘军棋，我输了。又下了两盘跳棋，我又输了。还有一盘象棋，但象棋我根本还没有学会。他棋艺太好，我们又打了两把扑克，我还是没赢。在玩这件事上，我就从来没有赢过金生。

金生说，那我们不然还是看小人书吧。我就趴在那个洞口，翻看他地洞里那些小人书，很多我都看过了。

“你看这套，新的。”他拿出一本崭新的《射雕英雄传》，我摆摆手，说看过了。

他坚持让我看，说这个和以前的不一样。我翻了两下，发现是黄日华剧版的图画书，不是之前的手绘本。我一直想看剧版的《射雕英雄传》，但是这个剧热播的时候，我们家的电视却收不到信号。我爸懒惰，不愿意安装室外天线。金生的父亲很早就电焊了一个全村最高的室外天线，高挺在村外的菜地里，异常醒目。每次想来他家看电视，都因为离家太远放弃了。因为看不到剧，我总搞不清黄日华和刘德华，遭很多人嘲笑。看了小人书之后才知道《射雕英雄传》里根本没有刘德华。

我们讨论了一会儿射雕的剧情，金生问我最希望自己是剧中的哪个人。我想了想，觉得自己如果像郭靖运气那么好就好了。

金生冷笑了一下，想得美。我问他希望是谁，他略微沉吟了一会儿，说，自己可能会是杨康。我不理解，怎么会有人喜欢杨康呢？他说，你不觉得杨康其实挺可怜吗？我摇摇头，只觉得杨康可恨。金生说，那是你没有看懂。

那你觉得我应该是谁？金生问。

我觉得你是中神通。我说。

金生笑着说，你是觉得我下棋比你好吧，那我觉得你是西毒欧阳锋，中神通专破你的蛤蟆功。

不，我觉得你是住在古墓里的人。

我俩一起看了看旁边的那个地洞，相视一笑。然后他告诉我一个悲伤的消息：黄蓉死了。我懂他的意思，是扮演黄蓉的那个女演员死了。这个消息我听很多人说起过，觉得不可思议，一个这么漂亮的演员，怎么说死就死了呢？我总觉得黄蓉不会死，说不定她隐姓埋名又去闯荡江湖，而且很有可能，我会在我们村的街道上，我们常常打闹的池塘边遇到她，就像郭靖遇到小乞丐的时候那样。幼稚而混乱的想象充斥在两个乡村少年的脑子里，混淆了演员与角色，戏剧与现实，却并不觉得离奇。

“我真想把地洞搞得再大一点，可以住在里面，看小人书，睡觉。那就更像古墓中人了。”

黄蓉的死，让这个下午变得更加无趣。我们在阴暗的屋子里待得发闷，但又不知道该干点什么，或者去哪里。

金生说，我们去街上。

他说的街上，就是村里，有市集的那条街。市集上的那家小卖部刚进了一批《射雕英雄传》彩贴画，放学的时候他去看过，但一直没舍得买，正好现在没事，不如去买点，回头贴在日记本里。

出门时我们又经过那棵枣树，看着地上无人捡拾的枣子，我才想起来口袋里捡拾的那些枣。

“这是苦枣。”金生一边走一边故意用脚去踩那些地上的枣子，“没人捡的枣子，肯定不好吃。”

我走在他的身后，悄悄将口袋里的枣子都掏出来，扔掉了。

快走到市集那条街，远远看到“老顽童”一蹦三跳地向我跑来。它是一条漂亮的细狗，通体油亮的黑毛，只有鼻尖、脖子、前胸和四只脚上的毛是白的。这是我同学保全家的狗，和我很熟，熟到有一段时间这条狗干脆住在我家，是保全狠狠教训了它一通后，才认清了到底谁是真正的主人。

“老顽童”这个名字是阿中取的，阿中是我另一个同学。阿中给自己的定位是“郭靖”，所以他和这条狗结拜为兄弟。我看到这条狗向我跑来，就知道它的“傻弟弟郭靖”就在附近，而阿中一定和保全在一起。

我摸了摸“老顽童”的头，它就乖乖地跟我走了，刚走过一个路口，从对面胡同里，就走出来保全、阿中他们几个。

你们都在啊。我们隔着一条并不宽阔的街道说话。

就缺你了。阿中说。他招招手，他的好大哥“老顽童”离开我，摇着尾巴朝他走去。

你们干嘛去？我问。

去杜老师家。阿中说。

杜老师的家就在学校里面，一个单独的小院子。他不是本地人，所以总是会定期离开一段时间。杜老师上周又请了长假去泰安探亲，临走时嘱咐保全他们几个每天给他的菜园子浇水，给鸡喂食，另外还把家里的钥匙留下了一把。他们每次浇完水，喂完鸡，还能在老师家里闹腾一番，看他家的电视，坐他家的沙发，吃他家橱柜里留下的小饼干。

杜老师有三个女儿，个个都生得很漂亮。他们家是吃商品粮的，吃商品粮长大的姑娘就是不一样。这也是他们愿意去杜老师家玩，愿意帮杜老师看护院子的动力吧。

我早就想跟他们一起去杜老师家玩了，也想坐坐他家的沙发，看看他家的电视，尝尝他家的小饼干，甚至去他们家姑娘们的床上躺一躺。阿中这么一说，我就有些心动了。虽然我知道这样的话，就等于把金生抛弃了，但我还是压抑不住想和他们玩的冲动。

你来不来？保全问我。

我还在犹豫，但是已经回头看金生，征求他的意见，很没有底气地问他：一块去吗？我知道他是不会去的。

金生摇摇头，问我，你想去吗？

我还是和你去买贴画吧。我说，然后转头对他们摆了摆手。

我和金生站在街边，目送他们走远。我们走进小卖部，金生很仔细地挑选着那些小贴画，显得很有耐心，他一张一张地看，一张图一张图地选，还不时地和我交流，这张图好在哪里，那张图为什么不好，而我却早就心猿意马了，完全没有心思再看那些画。

“你要实在想和他们玩，就去吧。”金生说。

“不是的。”我说。

“我说真的，没有关系，咱们谁跟谁。”金生说。

“我没有……”

“去吧。真没事，等我挑好了，下次你来我家，你再挑你喜欢的。”

“那我就……”

“嗯，去吧。”

他头也不抬地，继续选那些精美的小贴画，而我满怀歉意的同时异常兴奋地退出了小卖部，沿着大街飞奔，去追赶他们了。

我知道我又一次抛弃了金生。

## 9

梦到下雨。身处金生的房间。他的房间也在下雨。我打开了那块地砖，跳进洞中。洞里也在下雨。

金生跪在下雨的地洞里，膝盖下满是秋天的衰草。他跪在衰草丛中翻找着什么，边找边哭，哭得很大声。

我问他你在找什么？他说他把钥匙弄丢了，找不到钥匙就回不了家，回不了家就会被爸爸打。他一边跪在那里找钥匙，一边哭诉，鼻涕和眼泪长长地流下来，和雨水一起浸湿衰草。我急忙也趴下来帮他找钥匙。我都没有问那是一串什么样的钥匙，到底是怎么弄丢的。

我们这样找到天黑，雨越下越大。我发现他已经不在了，只有我还在雨地里翻找那不知道是不是真的存在的钥匙。

我又看见他向我招手，原来他躲进了旁边的一个雨棚，是用他那副扑克牌搭起来的。我赶紧跪着爬进那个扑克雨棚。我抹着脸上的雨水，也许还有眼泪（没想到我也流泪了），我几乎就要向他承认那件事情，但是他却示意我小声，扑克牌搭起来的雨棚之外，正有一个庞然大物向我们走来。

我们在扑克牌雨棚狭窄的缝隙里，看到了那头双脸牛怪的身躯，它已经长到成年，在它的牛脖子上，还倒挂着光了屁股的得锤儿。我们不知道牛怪和得锤儿怎么也跑到地洞里来了，而在他们经过之后不久，又有一个人影飘到我们的扑克屋前，喊着：金生，我的儿子，快过来！他的一只手伸向我们的扑克屋，一个小手指轻轻一动，就把我们的扑克屋弄倒塌了。

扑克牌像巨大的墙壁一般向我们身体倾倒，我和金生脚下出现新的地洞，再一次往下坠落……

## 下篇

### 1

我去镇上读初中的时候，金生还在小学复读。我们联系变少。那时学生中间流行新年互赠贺年卡，我收到过很多金生的卡片。金生的字不漂亮，但卡片非常精美，上面印着一些耐人寻味的古诗，比如“劝君莫惜金缕衣，劝君须惜少年时”，又如“书中自有黄金屋，书中自有颜如玉”什么的。这个习惯他保留了多年，直到我后来读大学，他初中毕业后外出打工，卡片都照寄不误。

金生初中毕业后就和村里的孩子们一样出门打工了。去过上海，去过西安，还有别的什么地方。除了新年卡片，偶尔我也会收到他的信。他不善于写信，只是在信封里夹一张他的近照。有一张是他在上海拍的。戴了一副金丝眼镜，自来卷梳向一边，依旧巧妙地遮掩着额头的疤。纯白的T恤，衬得他本来就很白的皮肤更白，下半身是一条五彩海滩大裤衩，脚上悠闲地趿拉着一双海蓝色的拖鞋。一手扶腰，一手扶着旁边一辆白色桑塔纳牌小轿车。我不清楚他在上海做什么，只看他上半身文质彬彬的样子，很像一个名牌大学生。我们那里管考上大学的学生都叫名牌大学生，不管那学校是不是名牌大学。

夏天他从上海回来，带着他的新玩具——一台精致的自动相机——来找我玩。我刚好也放暑假，我们便跑到地里、树林和河滩上去，消耗掉他很多胶卷。很多年后我偶尔翻出那时拍的照片，依然自惭形秽。他的穿着和气质已经是一个十足的时髦城市青年，而我形容猥琐，衣衫破旧，还是一个十足的乡下人。

等我去省城读大学，他已经到北京，在某大学食堂做配菜师傅。这份工作比较稳定，有固定上下班时间，还和学生一样有寒暑假。这工作是他在北京的舅舅帮他找的，他舅舅是那所大学的教工。在村里人看来，这是一个相当不错的工作了，不用风吹日晒，起早贪黑，和村里大多数出门打工的孩子干的活比起来，简直是天堂和地狱的差别。

我们村这些在北京打工的孩子，干什么的都有，拉三轮的，卖鱼卖菜的，干建筑的，做各种管道工程的，换门窗的，收垃圾的，哪一种工作不是风吹日晒，雪打雨淋，更别说还有各种不确定的风险，相比而言，金生的工作的确是国家干部般的待遇了。

每到过年，就是他们结伴回乡的日子。他们在外结伴做工，回来也是结伴在大街上游荡，展示着自己见过的世面，轮流去谁家打牌，喝酒，胡闹。金生和他们不同，他仍和以前一样，独来独往。他在村里没有朋友，在北京也没有村里的同伴。

每次过年回来，他都会先来我家一趟，看我是不是在家。但不管什么时候，只要听说我回来，金生都会第一个来找我玩。

他已经长得像他父亲一样高大，身穿周润发在《英雄本色》里那种长款风衣，里面是黑色西服，红毛衣，红领带和白衬衫，下身则是黑西裤和锃亮的高帮黑皮靴。之前的金丝眼镜已经更换为黑色边框眼镜，更像上等人士了，这气质和村里那些在京打工的孩子完全不同，没人想到他是一个只会配菜的厨师。年底，正是这些打工的孩子求偶的季节。金生的这一身打扮很像是刚刚结束了一次较为正式的相亲。他的神色平淡，并没有半点喜色，只是约我晚上去他家喝酒。

听母亲说，金生的婚事在这茬孩子中间算是被耽误的，很多孩子都结婚生子了，就他还没有订婚。几年前，他曾和同村的一个姑娘谈过恋爱，那姑娘我还认识，是我们小学同学。长得不用说，家庭条件也不错，父亲在县城里上班，和金生家算是门当户对。于是金生便央人做媒，先去探探他父亲的意思。没想到这桩好事遭到了父母的反对，理由很简单，不同意金生找同村姑娘。我们村本来是个大村，有几十个姓氏的家族混居在一起，同村人通婚是很正常的事情。他们父母说虽然是这样，毕竟沾着些亲戚，论起辈分来那女孩还是金生八竿子打不着的一个姑姑。就这样，这段感情被迫中断。

金生父母为了尽快斩断这段在他们看来绝不可行的关系，当年就给他定下一门婚事，是邻村一个姑娘，他们举办了订婚仪式，还去县城拍了订婚照，但不知什么原因，女孩家第二年就退婚了。所以，这一次的订婚，是他的第三次“求偶”。

晚上去他家喝酒，他拿出了从北京带来的红星二锅头。我们一直喝到半夜，都喝得有点多，他坚持送我，从他家村外那个孤独的宅院里出来，经过了那棵孤独的歪脖子枣树，我不小心摔了一跤，头上磕了一个大包，但最后哭出声来的却是他。他一哭就停不下来，我能听出，他的伤心不是为我这一跤和头上的包。

## 2

再见到金生又是十年后了。我在省城瞎混十年，没混出名堂，婚也离了，打算来北京碰碰运气。

这十年，又是另一种物是人非。在村里，很多打工青年该回来的都已回来，不仅仅娶妻生子，更重要的是靠着从外面学到的技术在本地立足。汶河长年淤积的河沙为村人带来巨大的财富，有的干起了承包沙场采沙的买卖。围绕着这个采沙场，有人就买了汽车专做运输，这样就有人做汽车维修和各种电气焊补轮胎，还有的开起饭店……也有在北京站稳了脚跟的，买了小汽车两地跑，大多数都不再满足于住在村里，而去县城买房子过生活。

就拿“老顽童的弟弟郭靖”阿中来说吧，混得算一般的。当初跟人去长春打工，在朝鲜族饭店里学会了杀狗做狗肉，本来打算在那边盘下一个店面继续做狗肉生意，谁知家里老婆不愿意背井离乡，他就不得不回来。本地人不吃狗肉，他的一身绝技没有了用武之地，就从蒸馒头做起，现在居然也是远近有名的馒头小王子，业务不仅辐射周边几个村落，还延伸到县城。在村街上租下很大的铺面，俨然是村里的成功人士。

金生还是那个金生，还在那个大学做一个老老实实的厨房工人。他很少回村里，既没有在县城买房，也没有给自己买车。偶尔回来，出门见人，骑的还是当年他那辆曾经气派威武的雅马哈。人们说，金生啊，还是拿那点死工资。再也没有人羡慕他没有风吹日晒过了。

这中间，金生的父亲去世了。写到这里，我才意识到，好像我把这个人写丢了。的确是这中间许多年，我和他之间交集更少了，以至于忘记他的存在。这个老人是高傲的，我向来对他充满敬意。在我的印象里，他甚至从来就不是一个老人，而始终是一个中年壮汉。即便在我成年后，有限的几次去找金生喝酒，他都会在座陪我们喝几盅，言语中仍然流露着那不自觉的傲气和对人的嘲讽——“哼，你奶奶的……”

他们家仍然像以前一样收拾得一尘不染。那老式的相框里，还保留着他历年的工厂留影。后来工厂改制，化为私有，这些老工人才以被买断工龄的方式结束了工人阶级的生涯。

除了他那高大威武的肉身，没有说话先在鼻子里发出冷笑的表情，人们似乎对他再也说不出别的什么。他那拒人于千里之外的强大气场始终是一个谜，但人们对谜底却并没有多少兴趣。毕竟，都在过自己的日子，有多少闲心去关心别人呢。

## 3

来北京后的很长时间，我都没有找过金生，只是互加了QQ，偶尔聊几句不咸不淡的。我们大约没有什么共同语言了吧，毕竟时间是能改变人的。

有一次他电话我说想承包大学图书馆的一间超市，但需要写一个承包方案，他不会写，问我能不能帮他写，我以不会写推脱了。还有一次他养的狗丢了，问我认不认识报社的人，登报寻找他的狗，我也没有理他。我有时去他打工的那个学校附近办事，明明有时间可以约他见面，但我情愿坐在咖啡馆里发呆，也没有打电话约他出来。

每天挂在QQ上，有时他的头像是灰色的，有时头像闪动一下，发出滴滴的声音，一个挤眼睛的猴头变成彩色。他 QQ 昵称是“二环西路走九遍”，看他的 QQ 空间，都是在晒网上斗地主的成绩。也只有看到这些辉煌战绩时，我才会想到，金生还是那个金生。

我终于决定去见他，是因为他给我打了一个电话，说想喝酒。他现在已经搬离地下室，住在学校安排的一间平房里，这样就能和老婆孩子住在一起。老婆在学校里做清洁工，儿子则在附近上学。我原本以为他会约我去家里坐坐，没想到却把我约到了附近的动物园。

金生保持得还好，仅仅有些微微发福。他的卷发比以前凌乱，下巴上任意生长着几绺胡须，一看就是平时懒得打理。脸上也没有什么皱纹，还是那么白。一件灰色的圆领套头衫，和青色的短裤，像他整个人一样，松松垮垮的。这已经不是十年前那个港派风衣青年。

正好是周末，动物园排队买票的人太多。金生默默带我去了后门，那里人少，进出方便。我以为后门很近，结果却绕了很大一个圈子，等走到时，我几乎没了力气。

进了后门，经过鹿馆，看到几只高大的长颈鹿将脑袋放在高高的树杈上，像是要上吊，但树的高度又不够吊死一头长颈鹿，所以它们的脑袋只能无精打采地搁在树杈上。再往前，是猴馆，有长臂猿，猿猴，大猩猩，金丝猴和各种小猴。这些猴子，也没什么可看的。

这一路上，他隐约向我透露了一点最近的生活，在网上玩斗地主认识了一个女人，好了很长一段时间。事情终究藏不住，被他老婆发现了。他老婆现在回了老家，准备和他打离婚官司。这就是他约我喝酒的缘故。

“那你打算怎么办呢？”我问他。

他只是点点头，又叹口气，吐出三个字：“看看吧。”

他在动物园附近住了快二十年，参观动物园是他接待老乡的标配。年轻的时候，初到北京，村里来京打工的孩子喜欢到处找老乡聚会，谁来找他，他就带谁去动物园。“那时感觉动物园真大啊，永远走不完，但那时真有劲儿，腿都走瘸了，还想走，觉得动物园真大，比咱们村十个都大，更别说北京了……”现在大家都不来往了，结婚的结婚，回家的回家，在京的也都忙着自己的事情，发达的做起了包工头，落魄的还是在食堂的洗菜盆前洗菜。他就在洗菜盆前站了二十年。

他说动物园很奇妙，每次来都会有新的发现，总能发现一些以前没见过的动物。刚来那会儿，他很好奇，经常下班后自己就跑动物园里来玩。他说他自己来的时候，见过一种猴子，此后再也没见到过。好多次想带朋友来看，都没有找到，但是他不甘心，所以这次也想带我再碰碰运气。

那是他从来没见过的一种猴子，叫作“鹿猴”。他清晰地记得有专门一个鹿猴馆，隐藏在一片茂盛的竹林里。“那猴子很奇怪，像是人扮演的。它们既不像猩猩，也不像普通的猴子，除了一身棕毛之外，特别像人。”他说他从一本书里见过这种猴子，**是一种产自马达加斯加的鹿猴，头上会长角**。然后问我知不知道马达加斯加，非洲的一座岛。那个岛上有很多和大陆上不一样的动物。那种猴就是这样一种。它们能高度模仿人的表情和动作，没有尾巴，差不多可以直立行走。他们甚至能像八哥一样，学一些简单的人话。

他言之凿凿地声称，那次在动物园看到的鹿猴，并非他一个人看到，而是有很多人围观。那好像是一次动物园组织的动物才艺表演，院方把这种鹿猴和鹦鹉、八哥放在一起，让他们互相对话。很多人都看到了，疯了一样。

“你说怎么会有这样的猴子？生物学家说他们是猴子向人进化过程中的一个意外，不知道为什么这种进化在这些猴子身上被按下停止键，固定在那里了。但也有的生物学家说这根本就不是猴，而是一种独立的物种。

“我是这么想的，既然马达加斯加那么神奇，为什么不能产生一种逆向进化呢？这会不会是人向猴子的返祖？然后又不知道为什么，他们的逆向进化被按下停止键，就固定在那里了。这才是鹿猴真正的来源吧。可是我还没看见哪只鹿猴长过角。与其叫鹿猴，我更愿意叫它们人猴。它们实在太像人了，但是像人又有什么了不起呢，它们肯定意识到这一点，所以这也是它们拒绝再进化的一个原因吧。”

他话比以前密了很多，简直滔滔不绝。且先不论他这些话明显荒诞不经，仅仅是一个在北京生活了二十年的农民工居然对“进化”产生兴趣，让我很感意外。

谈到进化，他虽然只是一个农民工，但实际上比我更早进化为一个城市人。我还在县城苦读的时候，他已经在上海和一辆桑塔纳牌汽车合影了；而我好不容易到省城读大学的时候，他已经到了北京，拥有了一份较为稳定的工作，哪怕是大学食堂的一个厨师；而当我在省城浑浑噩噩十年没干出什么名堂，又决定来北京碰碰运气的时候，他已经像一个老北京那样在动物园等着做我的向导。在任何阶段，他都比我进化得更快。谁承想当我终于赶上他的脚步时，他却想要返祖。

走得累了，找了块草坪，坐下歇歇。他从背包里拿出两罐啤酒，给我一罐。

“现在还有谁在北京啊？”我想找点有实际可聊的话题。

“现在的，都是些小孩儿了，咱也不熟。以前在北京混的，大部分都回去了。只有振海兄弟好像在大红门那边卖水果。”

“他们前几年不是被抓了吗？”

“刑满释放后在家待不住，又回来了。”

“他兄弟倒是很厉害啊。我好像听你说过，当年为了躲避搜捕，是从北京骑自行车回的老家。”

“有什么用？还是傻，老家不一样有警察。”

“他们都偷些啥啊？我怎么听说当时在他们家搜出来的都是些鞋带子旧衣服什么的。那也不值钱啊。”

“所以没判几年。后来他们又干了几年大的，跑运输，开大车，在天津给港口运输物资，弄些钢材水泥什么的，后来自己收手了，现在只卖水果。”

“你们来往多吗？”

“不多，都是他们偶尔过来找我。我就请他们吃个饭，没什么可谈的。”

“你小鹅姐呢？我听说她也在北京？”

“老皇历了，以前的确是在北京，可女人不得嫁人吗？听说嫁到重庆去了，那个男的是她在北京认识的。他们以前在北京合伙开按摩房，到处打游击，南城，四惠，高碑店，还有什么八里桥，后来就跟着那男的去重庆了，不知道在那边怎么样。”

“哦，那倒的确挺适合她的。”我对她仍然有着小时候的不良记忆。

然后又说起他的老婆。大学里的清洁工不愿意干，嫌累，嫌钱少，老想着去“动批”（北京动物园服装批发市场）弄个摊位卖衣服，那摊位得多少钱才能拿得下啊，金生觉得自己没这个能力，后来又想去淘宝卖衣服，从动批拿货，可是网上那些事儿，他们也搞不懂。这都是很多年前的事情了，现在动批也没了，淘宝店也终于没有开成，还是斗地主比较好玩。然后就说到孩子，孩子初中毕业后，考了个职业高中，整天也是沉迷于游戏，还玩什么“抠死不累”，不干一点正事儿。

“他们都觉得自己是北京人了，除了没有北京户口……”

他给我看了手机里儿子的视频，个子很是高大，但是过度肥胖，头发也是他那样的自来卷，一脸络腮胡子，显得杂乱。视频里的孩子操着一口纯正的北京话，在和人语音聊着什么游戏。他说现在儿子有些自闭，就喜欢边打游戏边网聊，心情不好时，就把自己锁起来，一闭好几天。还说要做导演，让他给买最好的摄影器材。喜欢上什么 B 站，花钱买了很多露着大长腿的美少女的模型，说那玩意儿叫手办，我这才知道，他嘴里的“抠死不累”是什么。他说他儿子想要去 COSPLAY 的短片里当演员……因为说起孩子，他又走了会神，似乎有些低落。我想安慰他现在玩这个不算太离谱的事儿，这叫后浪，早晚把我们这些前浪拍在沙滩上。但是想想，哪还有早晚，我们已经在沙滩上搁浅了。

“你上次不是问我为什么叫‘二环西路走九遍’吗？我和那女的是斗地主认识的，这个名字就是为她改的，她的网名就叫‘二环西路’……”终于，他说到正题了。

“我们偶尔会约着一起轧马路，就从这里，动物园出发，走到西直门，然后沿着二环路一直往南，一直走到复兴门，还能再往前走，或者就走回来，也不觉得累。我就想这样一直走下去……

“我去过她家。她一个人住，还不错的小区，还不错的房子，离婚了，房子是前夫留给她的。她是小学老师，教美术，会画画。她送过我一幅画，说是临摹的一个大师，模模糊糊的，鼻子眼睛都画不清楚的那种，是什么印象派。她还让我做她的模特，让我脱光了给她画。她个子不高，皮肤也黑黑的，但是每当她画画的时候，我就觉得她胜过很多女人。每次我去她那里，她都会做一桌菜，她知道我是个厨子，但不让我动手，然后就喝酒，喝完酒，就画我……有时不画画，我们就出来散步，就沿着二环西路一直往前，往前……”

他兀自说下去，几乎停不下来，话题很跳跃，有时又转回老家的一些事一些人：“我不会再回老家了，我去哪儿都不会再回去了，等我离了婚，给母亲送了终，我就彻底不会回去了。”接着又把话转回画家：“你知道她怎么说吗？她说我鸡巴很好用，想借我的种生个孩子。她正在办移民，以后这孩子和我没关系。她这么一说，我就不行了，软了……

“行了，你别装了，说到这里你该知道我为什么找你喝酒了。我们家的事你绝不会不知道的。”他看我的表情毫无反应，略微有些失望。他的话题之跳跃，超出我的反射弧，更何况，实际上在他没完没了讲自己的事情的时候，我也难免会走神。他朝我抛来一个嘲讽的冷笑，表示对我的不信任。这个表情让我想起他一身傲气的父亲。

“别装了，那件事你们都知道。”他说。

“到底什么事？”我还是很蒙。

“我不是他亲生的。你们都知道，却故意装作不知道。”他乜斜的眼睛有些潮湿，但依旧闪动着嘲讽。

各位，现在我在动物园，看完了求生不能求死不得的长颈鹿和好几种讨人厌的猴子之后，我多年不见的发小突然告诉我关于他身世的一个巨大秘密，他说他不是他父亲的儿子，而是一个借种，因为他的父亲，那个身材壮硕，一身傲气的男人根本没有生育能力。刚才他还说他想返祖，而现在我怀疑自己是不是还在一个正常的时空里。

他接着自言自语：“他躺在床上不能动的那段日子，都是我给他端屎端尿，我摸过了，也看过了，然后才真的相信。我想我是最后一个知道这件事的，这件事情在你们嘴里传来传去这么多年，我始终不肯也不愿意相信……

“从小到大，你不觉得我们家有些事情很奇怪？”

有什么奇怪的，不都是一样过日子吗？至少在我们少年时期，他们家日子比大多数家庭还要好一些，他父亲是工人阶级，完全有理由比别人生活得优越些。这有什么奇怪之处呢？

“你再想想，小时候，是不是总好像有个人在我身后，跟踪我。我们去买豆腐丝的那个晚上，他还摸了我的头，第二天，有人就杀了那头牛怪。我想就是那个人，但我不知道他是谁。”

“你是说有人一直在暗中保护你？”

“不是保护，这根本就是捉弄。在我活着的四十多年里，总觉得身后有个尾巴，追踪我，观察我，像只猫一样躲在我的身后，时不时挠我一下，但我又摆脱不掉，就算在北京，他好像也蜷缩在离我不远的某个角落里……晚上做噩梦，就觉得是他捉住了我的脚……”

他的表述是混乱的，也是疯狂的，我想他是不是已经有了中年危机，心理压力太大，才会凭空臆想出这么荒诞不经的东西。

几天后，我给父母打电话，装作不经意地询问起这件事。

父母也很诧异，他们也没有听说过这件事。我妈说，金生的父母结婚很多年没有生育是真的，但是他母亲怀金生时，我妈是看着她的肚子一天天大起来的，在生产时，我妈就在身边。那时农村都是由接生婆接生。我妈当晚就在给接生婆打下手。我妈说，金生是顺产，皮肤特别白，人们都说那像极了他的父亲。这怎么可能不是亲生呢。而我的父亲倒是侧面证实了一点，他们年轻的时候曾经一起报名参军，村里的几个小伙子体检都过了，只有金生的爸爸不知道什么原因，体检没有达标，所以当我的父亲参军走了之后，他才被招工去了轴承厂。

这消息尽管和我无关，我竟也有一点被生活欺骗的感觉，好多天浑身无力，翻不过劲儿来。正如金生自己所说，往事一桩桩一件件好像都有了答案。我们有所疑惑之处，正是他们隐忍的源头。

## 4

又是很长时间没有见过金生了。关于他的家庭秘辛，我再没有问过其他人。虽仍有疑点，但也不感兴趣了。这点事情说破天又能怎样？都是成年人了，完全可以成熟一点处理。过去的就让他过去吧，他没必要向别人解释什么，而唯一所要平衡的，不过是自己的内心。

他有时候在 QQ 上给我留言，我不知道该如何回复他。

他说："这几天我又梦见他，我想让他抱抱我，或者摸摸我的头。可是他太高大，腰板也太直。他弯不下腰，手臂也不够长，摸不到我头……"

或者，他这样说："我总不自觉会摸自己的头，那道伤疤那里，觉得很硬，有什么东西要从皮肤下面拱出来，你说，**我会不会真能长出角来?**"

过几天，他又说："我总想起我那次在动物园里唯一见过一次的鹿猴。我想鹿猴应该是先长角再变成猴子的。如果有一天你去马达加斯加，在生满猴面包树的草原上，我们或许能偶遇。"

# 消失的小路

我坐在土坎上，明显有些疲惫，腰已经坐得酸麻了，屁股也疼得厉害，好像上面生了疮，又好像被蚂蚁咬了一口。长久绷紧的身体猛然松弛了一下，整个人就瘫了。从土坎上瘫下来，瘫到土坎后面的水渠里。水渠里没有水，只生满茂盛的野草。那些草生得芜杂，名字都还好听，比如那些矮小绵密满地铺陈的是骨节草，叶片圆润叶茎肥厚的是马蜂草，还有枝叶俊俏而名字老土的是灰灰菜；最可称道的是高大的天天奇，枝干像茄子的枝干，叶子像棉花的叶子，开满天星那样的花，结葡萄那样一串串的果，颜色也是紫的，有姑娘的耳坠那样大，只是味道没有别的水果可以类比，酸是独有的酸，甜也是独有的甜。

我躺在水渠里，水渠那边是大片的玉米地。蛐蛐在掘土，蚯蚓也在掘土，地鳖虫在我脊背下面行走，它们都唱着小曲，只有刺猬在不停地咳嗽叹气，不知道这位老兄平时有着怎样的烦恼。听着它的叹息，自己也禁不住长长地吸气，然后长长地吐气，吐到肺里不再有一个气泡。我还听到玉米拔节生长的声音，那种轻微的吱吱声在田间到处发作，仔细辨别，竟然是巨大而无边的轰鸣。这些玉米白天睡觉，夜里疯长，第二天让人们大吃一惊。听着这些貌似偷偷摸摸实则肆无忌惮的喧闹，越来越焦躁不安，甚至想一头钻到玉米地里去，寻找发出这种宏大声音的神秘闸门，将它彻底破坏。为了安静，我可以像刺猬那样咬断它们的喉管，或者像野兔那样，挑断它们的脚筋，或者像田鼠那样，在成群结队的奔跑中撞断它们翠绿的躯干，总之停止它们的喧哗，让我在水渠中安静一会儿，睡上一会儿。

水渠的一端是农田，另一端，不用说就是蓄水池和旁边的机井了。那机井很有些年头。机井旁边的小屋，已经坍塌过许多次，塌掉之后重新打地基，重新建设，再塌掉，再建设，而唯独机井完好无损，它永远可以喷涌，灌溉周围的田野。那个蓄水池也毁坏过许多次了。混凝土的坚硬抵不过水的力气，没有几年，也要重修一次，而只有水井是完好的，没有移动地方，没有变大，也没有变小。一块平滑的青石板遮住井口，青石板周围生出一层层好看的野花；青石板在茂盛的草丛中，闪着明亮的光泽。只有这口老井是完好的，即使在干旱的时候，只要在抽水管道里填满泥沙和石块，发动电机，水还是会像狼一样嚎叫一声，吐出泥沙和石块，依旧干净清冽地流向田野。到如今，水渠那头只剩下老井和破烂不堪的蓄水池。机井旁边的屋顶塌陷下去，然后围墙一节节矮下去，直到连地基都消失，只剩下一个四四方方的土堆生满杂草，偎在老井的旁边，像一个没头没脑的大坟。我躺在水渠里，竟然连这口老井也难以忍受起来。它长年累月压在青石板的下面，仿佛一个蒙面人。它只是张着一张大嘴，但就是这张大嘴，也没有人看见过。它张着嘴，是嚎叫还是轻唤，是狂笑还是痛哭，谁都没办法知道。只有烦躁，只有被这个蒙面人的孤独与傲气折磨着。

很久没有灌溉的事情了，水渠里干爽得很。在水渠里睡觉，和在摇篮里一样，幻想被水流托浮起来，晃动着，轻轻摇动，身体和水一样流淌，慢慢松散，解体，像一些泡沫，消融于水。于是开始做梦，梦见陌生人，见我在水上沉睡，试图摇醒我的梦。他像我一样疲惫地坐在水渠上，坐了好长一会儿，抽着香烟。他抽完那支烟，烟蒂在手指上弹来弹去，细小的火光像细小的烟花，在暗夜的摇动中留下短暂的曲线。他似乎决定不了将烟蒂扔向哪里，手指弹出的时候他甚至有一点迟疑。烟蒂飞来，飞到我湿润的手指上，"哧"的一声被水浸灭了。我们同时被这细小的声音惊醒，彼此发现了对方。他把我从水里捞起，像捞起一根细长的秸草。他把我放在他的身边，问我一些奇怪的问题。我努力回答他的问题，思路异乎寻常地清晰，我怀疑自己是否还在梦中；我在回答他问题的时候，故意扭头去看水渠，水渠里原本就没有水，而我原来躺着的地方已然空着，甚至那些野草也没有被身体碾压过的痕迹，仿佛我根本就没有在上面躺过，仿佛我坐在这个土坎上的时候，就遇见了这个人，仿佛我们一直在交谈而忘记了时间，仿佛我只是为了与他的这个约会才来这里，来这里坐在那高高的土坎上。只是一瞬间，我们就相遇了。他像一个苦恼的人，而我已暂时忘记了自己的苦恼。

“我迷路了。”他说。

“是吗？”我像一个倾听者那样鼓励他说下去。

“你刚才在睡觉？”他问我。

“是的，我正准备一觉睡到天明。”

“那你打算什么时候回去？”他的打火机闪出一个火苗，随即又灭了，然后他又打出一个火苗。我讨厌他手里的那玩意儿，“我想在这里睡一个晚上，可你却吵醒了我。”

“那么明天呢？明天你就算折腾完了，是吗？”他的打火机又亮了一次；他总是在我说话的时候照亮我，这真的让我恼火。“然后你仍然顺从他们，是吗？”他不停地摆弄着打火机，喉咙深处发出笑声。

“不，他们永远不会找到我。我一钻进玉米地，他们就没有一点办法了；尽管他们知道我在玉米地里，但他们毫无办法；我在玉米地里穿行，简直比野兔还快，要知道我曾经在玉米地里追逐过野兔，并且逮住了它。”

“那么到秋天收割玉米的时候呢？那时候你还将藏在什么地方呢？野兔在光秃秃的野地里，无论蹦得有多高，跳得有多远，都逃不过猎人的枪口。你准备在秋天死在他们的枪口之下吗？”

“到秋天，他们在田野里掘开田鼠的洞穴，挖出那些被田鼠囤积起来的花生与大豆，他们在田野里生起篝火，将那些花生与大豆填到篝火里去，他们喝水闲谈，而我就在他们的旁边，在他们的篝火之下；他们找得到田鼠的洞穴，却找不到我。”

“那你真要变成小兔崽子了！”

“嘿，这可很难呢。”

我们都沉默了，好久没有说一句话。我恍惚中又打起了瞌睡。

“我真的是迷路了。”他推醒我，继续和我说话。

“你刚才说过了，这我知道；可你怎么会迷路呢？”

“我也不明白，我在这条路上来来回回走，也有三十多年了吧。”

“你可真厉害，三十多年一直不停地走吗？”

“是啊，一直不停地走，从东到西，从西到东，从来没有出过差错，可是今天却迷路了。”

“你认识这条路吗？”我指着水渠下面那条乡间土路，窄窄的，刚好能推过一辆独轮小推车。

“我认识啊，我几乎天天走这条路。”

“那你顺着这条路走下去就是了。”我对指路充满信心。

“我也这样告诉自己。我今天顺着它走了有七八趟，可走着走着道路就没有了，不是走进玉米地的田垄，就是被一条水渠挡住去路，而这条路莫名其妙地消失了；消失，你懂吗？看不见了，没有了，就像你走着走着就进了死胡同一样，你只有再走回来，回到这里，重新走，再走一遍，走到那里，快走到尽头的时候，将要拐弯的时候，高大的玉米秆子挡住了去路；我清楚地记得拐过那个弯道，前面就是村庄；我清楚地记得那拐弯的地方有一棵苦楝树，可是这次，苦楝树也没有了。”

“没错，”我说，“你说的那棵苦楝树我也记得，树身上还有我用刀子割的几条伤疤呢。我每年都去看那些伤疤，盼望它们长得更快些；有一次，我还异想天开，把苦楝的一小段树皮剥开，放进去一粒花生，再用绳子绑紧树皮，希望那粒花生在苦楝树里面赶快生根发芽，伸出嫩绿的叶子来。这条道路我很熟悉，今晚从村里出来的时候，我还经过苦楝树，并且轻轻抚摩了那包着花生米的树皮；苦楝的树皮早已经愈合，而那花生大概在树皮里要修炼成金丹了，鼓鼓的，硬硬的。我想，我种的花生再也没有出头之日了。”

“你是不是觉得我在骗你？”他问我。

“不，我只是觉得你没有说真话。”我说。

他又重新捏弄他的打火机，火苗一明一灭地闪动。我再也不能忍受这个妖怪一样的玩意，一把从他手里夺过来，扔到玉米地里去。打火机像掠着水皮飘飞的小瓦片，掠过玉米的梢头，跌落进深深的海洋。好了，现在这个犹疑的人该说出他要说的话了。

一只刺猬路过我们身后，它缓慢地翻过骨节草的羁绊，草叶的摩擦发出沙拉沙拉的声音，它一边走一边叹气，犯了哮喘一样不停地咳嗽，受了委屈似的嘀咕，吐着唾沫骂人，发泄着不满和怨恨；它的行走确乎缓慢，隐隐约约的声音持久地响在身后，不但没有随着它的离去而衰弱，反而次第增大起来。那沙拉沙拉草叶的摩擦明显变成玉米修长叶片之间的碰撞，玉米的队列出现混乱和骚动，它们激烈地摇晃着，东倒西歪，相互倾轧又相互搀扶，努力使彼此依然保持着站立的姿态。咳嗽和哮喘，越来越逼近水渠。终于，在那里露出一个人头。

从玉米地里出来的人发着哮喘，手里提着一只奇怪的铁桶。我好奇地凑到桶边，眼睛在黑夜里有点花，没看清里面究竟是什么，只看见满满一桶绿油油的东西不停蠕动，嗓子眼顿时像被塞了一只牙刷一样恶心。

“灾星啊，老天爷！”哮喘者的叹息确实像个刺猬。

“秋天收黄豆的时候，孩子们经常在黄豆秧子上捉到大豆虫。秋后的大豆虫可肥呢，又肥又壮，简直比人最粗的手指头还粗，最长的手指头还长，一节一节的肚皮，捏起来鼓鼓的，简直像家里养的小肥猪啊；不但胖，油还很多呢！放在炉子上一烤，那浑身的油吱吱往外冒，一会儿烫熟了，放嘴里大嚼，满口香啊！”哮喘的人说起好吃的东西，自己的嘴唇咂巴咂巴响。

“我也吃过的，就连玉米棒子里生的小虫子我也吃过的。”

我说。

“小孩爱吃，大人也爱吃，那是我的下酒菜啊，一条烤豆虫，加一根蚂蚱腿，足能喝掉半斤地瓜干子酒呢！可如今啊，老天爷，豆虫变灾星了；我一钻进玉米地，可不得了啊，间种的黄豆叶子上爬满了又绿又胖的大豆虫；黄豆叶子祸害完了，它们就祸害到玉米叶子上去。白天它们都在叶子背面凉快，到晚上就使着劲地啃啊！你看你看，我捉虫也捉了足足一整天了，也不知道已经捉了几大桶，现在天都黑了，还没捉完。我一桶一桶地把这些豆虫提回家，倒进猪槽里，让猪去啃吧，去拱吧；后来猪也吃饱了，槽里还有一半虫子爬啊爬，怎么办呢？喂鸡啊，鸭啊，鹅啊。可惜牛不吃这个，羊也不吃这个，狗就更不吃了。”他不得不把盛豆虫的铁桶放在地上，而弯下腰去专心应付自己的哮喘。

我再次蹲到桶边，观察那在互相倾轧中蠕动挣扎的豆虫。有的已经爬上了高高的桶壁，暂时可以呼吸一下自由的空气；但大概在它稍一放松的当儿，自个儿又跌落到深渊中去；他需要继续奋斗才有再次攀缘到桶壁上去的可能，享受短暂的喘息时光，而更可能的结果是，它愈挣扎愈被倾轧下去，直到被积压到最底层，被压遍，压碎，压出浑身碧绿或者乳白的汁液，只剩下一张绿皮粘贴在桶底。

“你们也是来捉豆虫的么？”他一停下哮喘，便迫不及待地说话。

“我们是来寻凉快的。”迷路的人说。

“我看你不像出来寻凉快的，一定有什么事情才对。”哮喘的人显得很聪明。

“是的，他说他没有办法回家，他说这条路在前面消失了，他说前面那棵苦楝树也没有了；我猜他是睡癔症发作了，要不就是逗人开心呢。”我说。

“嘿嘿，这怎么可能，我提着桶回家喂猪都是走这条路，而且我明明是看见那棵苦楝树走来的。我曾经在那棵树上拴过羊，我经常让我的羊围着那棵树啃青草。怎么会不见了呢？一定是你看花了眼，或者撞上鬼了吧。”这个人说了些俏皮话，忍不住自己先笑起来，但他刚一想笑，就拼命遏制自己笑，不过这没有用，他的哮喘还是又一次发作了。

“抽烟吗？”迷路的人有意逗弄这个爱说话的哮喘病人。

“哼哼，你看不出我是个病人吗？”他压瘪了气管说话。

迷路的人变戏法似的手里又出现一个打火机。左手的食指和中指夹住香烟，不断地把它放进两片嘴唇之间，不断地拿掉，然后再不断地放进去，再拿掉；他嘴里或者鼻孔里不断有白色的烟气吐出来，在夜色里，竟然还看得清楚那烟气的曲线；那种烟气的味道，除了呛人以外，还有一股迷人的腥甜。他的右手，自然又在玩弄他的打火机，那一明一灭的火苗，那种令人厌烦的啪啪声。

哮喘的人离开我们，佝偻的黑影在小路上消失。我俩坐在土坎上，没说一句话。天上没有星星，是个阴天，也许会下雨；整个田野都是静止的，像在沉睡。

我闭上眼睛，听见了脚步声。

睁开眼睛，哮喘的人已经放下铁桶，又坐在土坎上了。

抽烟的人扔掉烟蒂。

哮喘的人长久不说话，只听见他的肺在呼噜呼噜拉着风箱。

我们三个都不说话，和整个野地那些静止的植物一起静止，甚至听不到那些虫子的鸣叫。哮喘的人不能抑制肺里风箱的鼓噪。他的哮喘一发作，整个“静止”便停止了。植物的叶子开始轻微颤动，蝉啊，蛐蛐啊，地鳖虫啊，蚯蚓啊，所有的虫子又相继喧闹起来。我们知道哮喘病人的哮喘通常是说话的开始。

“我今天起了一个大早，准备来给玉米除草，但到田里一看就改了主意。只听外乡种棉花的说过棉花要捉虫，谁听说过专门捉豆虫这件事情呢？以前撒点六六粉什么的就解决了，如今可真不一样，虫子吃了农药跟吃了蜂蜜糖浆似的。还有今年夏天这蚊子，也厉害得要死；咬人也不言语，你还不知道咋回事呢，一个大脓包就鼓起来，你根本觉察不到它什么时候咬过你。俗话说，会叫的狗不咬人，会咬人的狗不会叫；我看今年这蚊子就跟那不叫的狗一个样，忒阴险。这种花斑蚊子以前本地可没见过，都说是大兴安岭失火，从东北逃命来的；在森林里咬过老虎，那咬死几个人自然算不了什么。这花斑蚊子飞过去的地方，你就瞧吧，小脓包一鼓起来，够你挠的；你就是挠出血来，还是痒，那血口子结了痂，痂也痒。前年外乡还有人被蚊子咬死的事情，你想这有什么稀奇，在大兴安岭咬过老虎的。好家伙，几千里之外，多少人遭那些逃命的蚊子咬啊！狗急了还跳墙呢，兔子急了还掀窝子呢，更何况是差点被烧死的蚊子！——我看这满地的豆虫就跟这花斑蚊子差不多。别看这些虫子还和以前长得一模一样，本事可不一样了。咱们的农药不但没用，还能催它们撒卵呢！虫子下起种来跟撒骨灰似的，随便一个叶子上撒一把，生出来就是一大堆啊。”

“你看见那棵苦楝树了？”我迫不及待地问道，但哮喘的人自顾自地讲下去，仿佛和一个看不见的人说话。

“提着水桶往村里走，太阳刚刚升起，像在玉米花子上打滚似的，那些扑棱棱往下掉的玉米花子染上一身金黄；走到高处，太阳也升高了，碧绿的玉米顶着金黄的花子，仿佛戴了一顶镀金大帽子。按说这样的景象每天都会有，几十年都一样，看也看腻了，不知道怎的，今天却分外好看。好几十年都是睁着眼睛的瞎子啊，好东西也看不到眼里去。一路琢磨着这个事情，碰到刚出门的乡邻，也都惊奇地问我：‘起大早捡到金子啦？满脸喜滋滋的。’我才意识到我一路上都在笑。奇怪，地里下灾星，我还不自觉地笑个没完。再琢磨这个事，还是琢磨不透，腮帮子上因为笑而紧张起来的肌肉甚至打起了哆嗦，应声回答说：‘捡一筐牛粪也比捡到这个强啊’，将大桶的豆虫提了过去给他看。乡邻大吃一惊：‘哎哟，你这不是把灾星往家里引么？’我笑得更厉害了，还没等我的哮喘消停下来，那乡邻竟鬼影似的溜了。我一面走一面莫名其妙地笑，这可真折磨我了，我笑个不停，等于咳嗽个不停啊。我弯曲着身子，哮喘一发作，就觉得道路也是崎岖不平，走起来颠颠簸簸。街上很多人远远地看我。他们一定纳闷：这个痨子一大早闹个什么劲儿！”

“你是从这条小路回到村里的么？”迷路的人早已停止抽烟，仔细听着哮喘的人说话。

“我当然是沿着这条小路回到村里的，我还在苦楝树下捡了几颗苦楝豆顺手扔进桶里。这条路连接着村中大道，村中的大道又连接着各条小道。我从大道上拐进一条小道，然后又钻进一个胡同，到一个小院的跟前。”

“这一定是你家了。”我抢了一句，有些不耐烦他这种啰唆的说话方式。

他不厌其烦地描述他看到的一切，仿佛那神秘的倾听者想知道一切细节。

“有太阳就是好。太阳一照，地上什么东西都好看，都干净，都舒服，就是一根干巴巴的狗屎橛子踩脚底下也不觉得恶心。隔年的秫秸围起来的院墙，在太阳底下散出黄白的亮色，几根木板拼凑起来的小栅门，歪歪斜斜地似开非开，太阳投射下来的影子像孩子们划在地上的田字格。推门进去，满院子都是树，白杨、臭椿、槐树、榆树还有梧桐树。这其中的臭椿树是一种最会较劲的树，旁边有什么树比它长得高它一准会往猛里长，超过别的树。如果院子里只种一棵椿树，那它无论如何是不肯长高的，至多高过房顶，所以人们通常将椿树跟高大的杨树种在一起，那样就不愁它长不高长不直了。院子本来不大，一种满树木，更显得小了；树木枝叶茂密，太阳只能透过缝隙稀稀落落地投射到地上，像一些破碎的白瓷片；而大片的树荫遮盖着院子，白天就阴森森的。满院子的落叶无人清扫，随时闯进来觅食的鸡啊、闲逛的狗啊，还有树上只会喳喳叫的乌鸦啊，麻雀啊，都会留下一些粪便，在树叶的掩盖下，不小心还是会踩上去。两间小土屋就在群树的包围中，四周生满了青苔，而屋顶上的野草高大茂密，有的都要赶上屋顶旁边的槐树了。以前老鼠猖獗的时候，被老鼠药毒死的老鼠通常都被扔到房顶上去，一些养不活的小鸡小鸭也是同样的命运。孩子掉了乳牙，大人也会让把牙齿扔到房顶上去，至今都不明白为什么要这样。只有乌鸦在树上盘旋，怪叫。

“我坐在老屋的门槛上，太阳正好碎碎地照过来。我背对着屋里，面朝着太阳细碎的闪光，和屋里的人说话。她可是个苦命的人啊。年轻时生得高大健壮，很早就嫁了人，生了孩子，但是谁能想到她这一辈子竟然是不间断地嫁人生孩子呢？她连续死掉三个丈夫之后，算命的人告诉她，她只有到嫁给第六个丈夫的时候才能改变命运，前面五个男人谁娶她都要死。她一共嫁了四个男人，给每个男人生下一个儿子；到第五个男人的时候，她只好回到这间老屋里，再也不肯出来，直到瘫痪在里面。她的瘫痪也有十几年了吧。我坐在门槛上，和她有一句没一句地说着话。铁桶里的虫子有许多已经爬了出来，钻到院子里的落叶丛中，正好从院子外面跑进来几只觅食的母鸡。我已经有些犯困了，懒得再理它们。”

哮喘的人已经停止哮喘很长时间了，甚至像一个从没有犯过这种病的人那样讲着自己的故事。我和迷路的人不明白他为什么要讲这些无关紧要的话，但我们确实听得入了迷。我甚至像个一听故事就犯傻的人那样问：“那后来呢？”而迷路的人已经明显有些焦躁：“你为什么提着那些害虫去看那样一个女人？”他甚至关心起那些害虫，“你准备怎样处置它们？”但他终究没有忘记自己是个迷路的人，他不愿听这个人无聊的絮叨，决定再去走一遍小路，也许这次能看见那棵苦楝树呢？

迷路的人沿着小路走去，讲故事的人继续讲自己的故事。

“最近街上铁匠的生意很好。麦收之后，麦场都闲着；人们都准备把麦场的地翻起来，种些冬天吃的蔬菜。翻地用的铁锨都要重新淬一下火，或者新打造一把铁锨。我提着那桶豆虫经过铁匠铺，许多人围在那里。铁匠招呼我坐下喝茶，我正好想看看打造把新铁锨的行情。很多人围着我的豆虫看，都觉得新奇，可是没有一个人想到自家地里也有这虫子，好像这是我地里的特产似的。我催促他们去自家地里看看，都一脸不屑，他们根本不相信虫子会长到他们家地里去。有孩子从桶里拿了豆虫往铁匠的火炉里扔，惹恼了铁匠，铁匠拿着那把二锤一口气把孩子赶出去二里地，然后又低着头回来了，在他身后是孩子的母亲，一溜烟地追过来，指着他的脊梁骨骂，说他一个大人怎么能跟个孩子一般见识。周围的人都哄笑着。铁匠闷着头回来，一个劲地嘀咕：‘好男不跟女斗，好男不跟女斗。’谁知那女人一直追到火炉跟前，掐着腰跟铁匠干上了。铁匠本来就忌讳女人站在火炉前面，又见她骂骂咧咧没停下来的意思，伸手扯了她一把。这下可糟了，泼妇上来那劲儿什么都不怕了，转着圈子找家伙要跟铁匠拼命，可是转着圈子竟然什么也没找着，只好提起我的大铁桶，一铁桶的豆虫全扣那炉灶上了。我看在我那铁桶的份上，本来打算拉开他们的，可是偏偏我的哮喘又犯了，而且头有些沉，这是以前发喘的时候没有过的。身体不行，怎么去劝架？我连铁桶也来不及提了，赶快往家里走。不知道怎么回事，就急着往家赶，仿佛害怕赶不回去似的。一到家，就躺到床上去了。心口隐隐作痛。我那老婆正在做早饭，看见我满脸汗答答地倒在床上，给我先端了一碗面叶让我吃。我吃了，觉得味道还真好；然后躺在床上，觉得很舒坦，迷糊了一会儿，感觉有人进屋；睁开眼一看，却没有什么人。只是下面涨得厉害，就到院子的墙角上茅房。”

这时候迷路的人又回来了。他在我们身边走来走去，走来走去。

哮喘的人停止讲述，眼睛有些失神。他久久没有再说一句话。

我怀疑是迷路的人干扰了他的讲述，就要求他安静下来。但是他很暴躁：“这究竟是怎么回事？我想知道在那个拐弯他究竟看没看到苦楝树，而他却在讲些无聊的话；这跟我有什么关系？”

“你不如像我一样打定主意不回家的好。”我说。

“问题不在这里，”他说，“那棵苦楝树，他究竟看到没有呢？”

“看到了。我看见了那棵苦楝树。”哮喘的人忽然又开口说话。

我和迷路的人都震惊了。

“当我准备在茅房里蹲下的时候，我猛然看见了那棵苦楝树，那条小路就展现在我的面前。”

“你在茅房里怎么可能看见那棵树？”迷路的人不相信他的话。

“是啊，要不怎么说今天我尽遇到些琢磨不透的事情呢？按说我在茅房里是不可能看见那棵树的，几十年我都没有看到过，可是今天却看见了，这和早晨我看见太阳在玉米花子上打滚的感觉难道不是一样吗？我早说过我是白长了一双眼睛，睁着眼睛也看不到好看的东西。今天有些奇怪，我什么都看见了，好像我是活明白了似的。”

“好吧，你们都先停止唠叨吧。”迷路的人说，“一开始我就说了，我迷路了。我在这条走了三十年的道路上迷路了。除非证明是我死了，否则，怎么解释这个情况？可惜我正在说话，我没有死，我眼睁睁地看到了这个荒谬的事实；除非证明我在做梦，你们两个人也纯粹是梦中幻影，你们在引我走向不归的歧途。我在做梦吗？或者是我在梦游，来到这里。那么，请你们不要唤醒我，让我睁开眼睛的时候躺在自己的床上；我清楚地知道当一个人梦游的时候，唤醒他是危险的。幸好你们是幻影，幸好我没有走远，那么，我要在自己的床上醒来，我必须回到我自己的床上去。老婆睁开眼睛，发现我不在身边，该是怎样的惊恐啊！——也许她并不惊恐，只是恼怒吧，也许她并不恼怒，只是当作一切都没有发生——但不管怎样，我应该在天明之前回到自己的床上，我不能在这里睡觉，第二天，当人们走向田野，看到我昏睡在路边或者水渠中，该是怎样的笑话啊！一切归根结底是我要回去，不管是梦游还是现实，我必须赶回家中，但一切的要害也正在这里：道路消失了。”

我对他说出这样的胡话发生兴趣，我多想这也是我的一个胡乱的迷梦：这个迷路的人和这个哮喘的人其实是我梦中的两个“影子”，他们分别代表我不肯回家的两个托词。而事实上我依然在水渠中安详地睡着，听凭这两个“影子”各自的陈述，他们事实上都因为各种不愿意说明的原因逃避回家，却口口声声说回不了家。道路怎么可以说消失就消失呢，这些鬼话连我自己都不相信。一个真正哮喘的人怎么可以一口气说出这么多话来呢？而一个迷路的乡下人说出的话却像个严重失眠的诗人，而那个孩子——也就是我，也煞有介事得像个思想者。这是温暖的水渠造给怀中孩子的一个绮梦。意识到这一点，我开始对身边的水渠充满敬畏与深情。我可能正在它绵长的怀抱中自由滑行，那些渠底的青草拍打着我的脊背，使我更加深睡。我知道我一旦醒来，即使不睁开双眼，摸也能摸到自家的大门，根本不用寻找那棵当作路标的苦楝树。苦楝树也是个借口。既然我这样想，那就不要醒来，那就这样听迷路的人讲下去吧。

“正像你（指哮喘的人）刚才说起的，今天早晨的太阳确实美妙，但我跟你看到的美妙不同。我看到的太阳更像一个飞速旋转的齿轮，它的周身生满尖利的锯齿。你或许在锯木厂见过那种齿轮，一根原木被分解成几块均匀的板子，就是那种齿轮的工作；当然，它不仅仅分解原木，如果你把一头猪放到操作台上去，猪头也会像原木一样分解；但你知道一般情况下猪不会自己跑到操作台上去，而我却亲眼见过一个孩子的脑袋被分解的场景；难道有人将一个孩子抱上操作台吗？我不知道，我只记得那旋转的红色齿轮。清晨的太阳也是红色的。我就像和它赛跑一样，害怕它光芒万丈的锯齿切割到我的脑袋。我甚至看见，那些静止不动的庄稼、树木、房屋、草垛、站立着沉睡的牲畜正被它无情地切割着。甚至一根细草的叶茎都被它均匀地切分，只是它的刀口过细，那些实际上已经分裂的整体还好像粘连在一块似的；比如那棵苦楝树，也许是在太阳细密的切分下变成一堆粉末，所以才消失了。而这些玉米，这些还在站立着的玉米，似乎仍然碧绿，仍然生长，实际上也没有逃过太阳的齿轮。我的脑袋实际上那时已经四分五裂了。我一早出门，就被太阳横七竖八地切割起来。你要知道，太阳是个球形，它的锯齿应当是全身都有，可以从各个方向切割我的脑袋。那么，我的脑袋还会完整吗？呵，是的，现在它是完整的，没有像那棵苦楝树那样变成粉末，可是，这颗脑袋早晚会粉碎，也许早已经粉碎了，只是我没有发觉而已。

“啊，那个女孩的家还在另外一个村子的后面。那间老屋的建造也有我的一份功劳呢。她是我最早的同桌，虽然脑袋长得大了点，但名字好啊——杜鹃。她父亲是个老实人。她的母亲是个好人，年纪比他父亲要大，头发也早早就白了，她的工作是计划村里妇女的生育节奏。我为什么去她家呢？这么多年没去过了。而且她也早已出嫁，改嫁，出嫁，改嫁了好多次。现在她下落何处，早已经没有人知道，就连在她家里，也好像从来就没有过这个人似的。她的父母热情地招待我，异乎寻常的热情，热情地让我产生怀疑和戒心。我热烈地抽着自己带着的香烟，一根一根地抽着，然后扔在她家的屋地上，用脚碾一下。那个男人说：“不用碾不用碾。”仿佛我碾一碾烟蒂都是那么客气，那么遵从客人的礼节。

“从院子外面进来一个粗壮的男子，端了两个精致的小碟，就是饭店餐桌上茶碗底下的那种小碟。两个小碟里都盛有一两块精致的肉，或者是某种动物的器官。女人介绍小伙子说是他们的侄儿，专门杀动物的，经常来孝敬他们一些器官吃。小伙子把一盘给了他的婶婶，一盘给了我。那女人率先拿起其中一小块肉咀嚼起来，以此鼓励我的食欲：‘吃吧，吃吧！’我发现男人站在我们边上，垂手立着，眼光向我，不知是垂涎那肉还是尽着主人般的殷勤。我于是劝他也吃，他立刻痛快地答应了我，从我盘中夹起一小块肉，痛快地咀嚼起来。他那没有任何推让的吃相暂时引不起我的怀疑。很快我们就吃完了小碟中的肉。我感觉我是喝多了酒一般，醉得不成样子，说话都变了腔调。我问他们，为什么会这样，吃肉怎么会醉呢？女人说：‘好孩子，回家去吧，你马上就该死了。’‘为什么我会死？’‘其实我们早就想害死你了。’我意识到我的危险，我想起来他们那超乎寻常的热情，我想起来那男人毫不推让的吃相，原来他们事先都安排好了。他以为他一推让会引起我的怀疑，于是精心设计了一套骗局，连吃我小碟中那块肉都设计得近乎完美。

“我想我应该为我的死留下一些线索，好让人知道我是被害的。我想起了我的那些烟蒂，就睁开眼睛去看，有没有被人清扫，没想到男人早已拿起扫把，弄得屋地一干二净了，干净得像镜子。

但我想起我曾经有一个烟蒂落到他们家镜框后面去了，他们一定没有发现，而我手里也攥着一样纸团，好像也是某个证据。于是我在深深的醉意中充满被人破案的信心，回家了。他们殷勤地把我送到门口。他们家烟囱里冒出浓黑的烟，在风中吹散并且铺开弥漫，把整个村庄的燕子或者麻雀都熏得晕头转向，有的掉在地上死掉，有的被熏成枯叶，无目的地在空中旋转，只有一小部分鸟，逃离了村庄。

“今天一大早我去那个村子，根本没有意识到我是在这条路上走，但这是不用怀疑的，去那个村子的路只有这一条。我只能从这里走，之所以注意不到，那是因为太熟悉了。有些东西是可以不必考虑的，因为它就在你的身边，几乎是你的一部分，就好像你的腿，你不必每天都考虑这两条腿，但它还是要支撑你走路；就像这条路，你不必每天都担心它的消失，你从它身上走过，正是它的意义所在。只有当你的腿出了毛病，生了坏蛆，或者被车撞了，不能走了，你才会关心它，呵护它；只有这条小路忽然消失的时候，我们才意识到它曾经的存在。我看我是真的被他们害死了，不然在我的眼里，这条小路怎么会突然消失呢？我之所以拼命地抽烟，是要证明我还活着，是要为我的死留下证据。”他说着，将嘴里的一个烟头交给我，“你一定要收好，这是破解我死去谜案的重要证据，他们家还有一个同样的烟头。”他似乎无比沮丧，躲到一边号啕大哭，为自己的死哀悼着。

哮喘的人脱下鞋，一只脚掌重重地在硬地上摩擦：“脚心好像被虫子咬了一口，痒死了，真痒啊！”他像在磨刀石上霍霍作响地磨一把镰刀，只是变得锐利的不是脚掌，变得弯月一样凹下去的也不是这块小路上的硬地。“奇怪，怎么还是痒，我都要磨破血管了，怎么还没有血要渗出来；看来这条路真的有点问题呢。”他赤着脚往前走了一段，继续磨自己的脚掌，他甚至走到蓄水池的边上，在蓄水池混凝土的池壁上磨蹭那只老也磨不破的脚掌。他磨得厌烦了，还不停地使劲跺那池壁。那只脚掌眼看像块砚台里的松墨似的磨没了，只剩下光秃秃的一块踝骨，仿佛老人手杖拄地的那一头，一个溜圆而粗糙的茬口，上面还有蜂窝似的小眼，也许是干枯的经脉。一只脚磨没了，他开始磨那只提桶的右手，边磨边无比肯定地点着头：“今天晚上有些古怪，这条路有问题，”他继续磨，继续说，“你不觉得今天这条小路分外明亮吗？没有星星，没有月亮，四周黑沉沉的，就连路边的玉米地也是黑沉沉的，可为什么小路这么明亮呢，简直是亮晶晶，亮得透明，走上去都软绵绵的，滑腻腻的；你再往前往后看，你说这条发光的小路像什么？”他磨着那只手掌，手掌偶尔使劲拍打两下蓄水池，仿佛害怕整个蓄水池要被他磨掉似的。我往前往后看了看这条小路，果然是发着微光的，白蜡头一样的白光，有点像黎明时候的天空，似乎幽暗，其实是幽明。可是这条小路的幽光是不发散的，四周一片黑寂，它的幽光不照亮任何物体。

“像什么？快说！”他再次问我。

“像一条发光的蛇。”我回答。

“嘿嘿，对啦，这就对了，像一条发光的蛇就对了。”他猛然收住摩擦的手掌，抬到自己眼睛前面，呆呆地看了很久，很久之后他又说了一遍：“这就对了，像条蛇就对了，发光的蛇。”

“幸亏道路消失了。即使小路没有在前面消失，我们也不能往下走。发光的蛇是没有尽头的。我们如果顺着它一直走下去，甚至感觉不到一丁点的疲惫，我们会一直走，一直走到天光放亮，启明星起，走到道路渐渐失去光泽，但那个时候，我们才突然感觉到累，双腿瘫软，然后晕倒在地上，或者就这样困倦不堪地睡去。等你再次醒来，发现自己在一个陌生的地方，一找人打听，才知道自己一夜之间走了多少路。你继续走，走到黑夜，也许道路再次发亮，那你就只能继续走继续走，重复昨天的命运，你永远也不会走回原来的道路。发光的蛇是没有方向的。而你就这样被认为失踪了。而你还以为第二天就可以回到自己的家。”醉酒的人不知道什么时候安静下来，像刚开始遇到他那样说些貌似清醒的话。

“可是道路怎么又会发光呢？”

“道路既然有消失的理由，那就有发光的理由。”

我们三个重新坐在一起，只不过这次是坐在蓄水池上，而不是水渠的土坎上。

传来一阵歌声，一个少年粗糙变质的嗓音。他在唱一种乡间的土歌："大年初一头一天，过了初二是初三……咚咚呛，咚咚呛……死孩子没有活孩子欢……"

"嘿，你们三个。"歌声还在远处，少年已经在眼前。

"我说你们这些耍戏法骗钱的家伙，快还我的手表!"少年向迷路的人伸出一只手。

"你说什么呢？谁是耍戏法的？谁又骗你钱了？"迷路的人问道。

"就是你，还有你，还有你。"他那只手握成拳头，然后伸出食指，将我们三个指了一遍。

"你认错人了吧，年轻人。"哮喘的人说。

"就是你，把我的手表拿去的，然后交给了你，"他的手指又指向我，"然后又交给了你。"最后再次指向迷路的人。

"你以为我忘了吗？你把这孩子的屁股塞到你这个大水桶里，只露出个脑袋和两条小细腿，提着到处让人看，说是你儿子，生来没屁眼。"手指在我和哮喘的人之间乱指一气。

"你以为我没看见？你把我的手表放在一个盒子里，盒子又套一个盒子，盒子又套一个盒子，盒子又套一个盒子，谁他妈知道你套了几个盒子，反正套来套去把我的手表套没了。你不是说我那块手表在你盒子里还能下崽儿吗？还能再生一块女式的手表吗？结果呢？崽儿没下来，生崽儿的也没了。”他推了一把迷路的人，差点将他推到蓄水池里去，“你还挺会说，说附近有高人，把你的戏法破了，我的手表被高人变走了；高人在哪儿？你给我找去啊！”

迷路的人没有还手，只是打了一个哈哈，像是跟我们说话：“呵呵，这个孩子被耍戏法的骗了。”

“还有你，你不是没屁眼么？你不是会走钢丝么？你不是会吐火球么？你不是会吃长虫么？我现在就给你捉条长虫来，你要是不吃，我宰了你！”他恶狠狠地掐了一把我的脖子，转身就走。

“你去哪儿啊，年轻人？”哮喘的人问道。

“我给你们捉长虫吃去，你们不是不吃人饭么？”他的声音还在，人却没影了。

“这十有八九是个疯子啊。”哮喘的人说。

“他敢掐我的脖子！”我恼怒地说。

“他是疯子嘛，他刚才还推了我一把，差点掉池子里；疯子就是疯子，理他有什么用？”

“嘿，你们三个。”我们还没说完三句话，他又回来了。

“我说你们这些耍戏法骗钱的家伙，快还我的女朋友！”少年向迷路的人伸出一只手。

“你说什么呢？”迷路的人问道。

“就是你，还有你，还有你。”他的那只手握成拳头，然后伸出食指，将我们三个指了一遍。

“你认错人了吧，年轻人。”哮喘的人说。

“你们这些骗子，你们把我女朋友放在一个大箱子里，大箱子分成两个小箱子，小箱子又分成两个更小的箱子，更小的箱子又分成更小更小的箱子，谁他妈知道你们总共分成了几个箱子，反正分来分去把我女朋友分没了。你们说她的头要到村子南边去找，她的身子要到村子北边去找，她的两条细胳膊要到村子东边去找，她的两条长腿要到村子西边去找。你们又把所有小箱子摞成原来那个大箱子，打开一看，里面只有我女朋友穿的那身衣服。你们还挺会说，说附近有高人，把你的戏法破了，我的女朋友被高人变走了；高人在哪儿？你们他妈的给我找去啊！”疯子这一次没有伸手指我们，他两只手只是在空中胡乱抓挠了几下，忽然蹲下身去，要搬开那块掩盖着井口的大青石，“我得找到你的头，我得找到你的手，我得找到你的身子，我得找到你小鸟一样会飞的脚。”他努力了几次，似乎大青石已经开始移动，但他反而没了气力；他似乎要喘口气，休息一会儿，继续自言自语：“嘿嘿，我当时想啊，我的手表如果能生个女式的手表，就送给你妈，那就不愁她不同意咱们的婚事了吧；嘿嘿，我当时想啊，如果变戏法的真把你变走了，我就去找你，那样，就连你妈也不知道咱们去哪里了；嘿嘿，咱们要是跟着变戏法的人走，那是多好玩的生活啊！

我学会吃长虫，你学会吐火，咱们生个孩子，也把他塞到水桶里，装作没屁眼，让他吃刀子，让他走钢丝，让他跟猴子啊、山羊啊、公鸡啊睡在一起，交朋友，收钱，等我们老了，也好养活我们啊……"

他继续努力搬那块石头，嘴里念叨着："我得找到你的头，我得找到你的手，我得找到你的身子，我得找到你小鸟一样会飞的脚。"

"嘿，疯子，"迷路的人喊了他一声，"你怎么不回家啊？"

"谁说我不回家？天亮我就回去。"年轻人对别人喊他疯子并不介意。

"可是回家的路没有啦，不见啦，消失啦，你怎么回家呢？"迷路的人问道。

"疯话，胡说八道，道路怎么会消失呢？你们才是疯子啊，只有疯子才说疯话。"他站起来，眼睛定定地看着我们，好像什么都没有看见。

"真的啊，我都走了一整夜了，可小路就在前面消失了；你记得那棵苦楝树么？它也不见了啊。"

"疯话，只有疯子才说疯话！"他转过身，直直地沿着小路向消失的方向走，他的两条腿似乎不会弯曲了，走起来一跳一跳的，但是非常快。迷路的人、哮喘的人，还有我，都莫名其妙然而理所当然地跟着他，似乎全部的希望和绝望都在疯子一跳一跳的身上了。

“那不是么？那不是么?”疯子伸出那根食指指了指不远的地方，苦楝树正在路边，几根枝条摇了两下，似乎是给疯子的招呼一个回答。小路像它本来就是的那个样子在苦楝树身边转身，一直延伸到村庄的街道上去。它并不发光，也不明亮，更不黯淡，它和周围的植物一样安静，悠闲，有着自己的光彩。

# 乡村摄影师

马五是后庄第一个买照相机的年轻人，第一个摄影“个体户”，也是最早富起来的人。

他骑着自行车，走村串巷，赶大集跑码头。人们总是喜欢让他拍照，却又总说他手艺不好。瘦人说被拍胖了，高人说被拍矮了，俊人说被拍丑了。说归说，生意却好得不得了。

当时拍照流行挂布景，就是在一块像电影幕布那么大的白布上，画满亭台楼榭，青山秀水，绿柳红花什么的。到一个村子，先把布景挂起来，不知道的还以为是放电影的呢。我父亲就曾经给他画过布景。父亲多才多艺全村有名，不但给摄影师画布景，谁家新打了家具，还请他去油漆家具，并在家具上作画，无非是一些松鹤延年，高山流水。

上小学的时候，我和几个朋友曾让他拍过一个合影，但几天过去，迟迟不见照片。我们便决定去他家索要照片。我预先知道他有个哥哥在外地被人打死的消息，猜测他家正忙着办丧事，一定是无暇冲洗照片。但几个朋友不管这些，认为交了钱就该按时拿到照片。结伴去他家，走到半道就听到哭声；勉强到了门前，看到那些白纸白花，哭天抢地的场面，便再也没有勇气了，只好像逃跑一样溜走。

小学毕业拍合影。拿到毕业照后人人都很喜欢，个个爱不释手，重要的并不是相片照得有多好，关键是我们终于也有毕业照了，不用再羡慕那些高年级同学。班主任是个酒鬼，晚自习又跌跌撞撞跑到教室里，命令大家将毕业照统统烧掉，或者撕成碎片。有些人害怕他那酒后的样子，只好撕掉，或者烧掉还没有看够的毕业照。他说这不要紧，大家还可以重新再拍一次；他说已经跟摄影师说好了，因为这次拍得很模糊，重新拍一次效果才好。“我还没给那小子钱呢，大家尽管撕，烧！”于是又有一些同学撕掉了照片。从那时开始，我们热切地盼望能再拍一次毕业合影，但直到离校那一天，班主任再也没有提过这件事情。我的毕业合影并没有在那一天撕掉，而是离校之后，因为厌恶这个说话当放屁的班主任，耻于与这个酒鬼为伍，才愤怒地撕掉了照片。现在，我当然已经后悔了，因为我再也找不到自己那时的影子。

摄影师大概有四个哥哥，两个妹妹。他是老五，我们都称他马五。他最小的妹妹就曾经是我一到三年级的班长，据说在此之前她已经读到五年级，又从头开始读，初二时就退学了。又过了几年，嫁给我们村牙医的儿子。牙医的儿子，上学比我还低两级。

他的四个哥哥，相继在壮年死去。大哥养蜂，在外地放蜂被人打死。二哥押车，路遇大雾，翻车摔死。三哥娶了一个恶妇，不堪忍受，跳井淹死。四哥会些拳脚功夫，与人斗殴，被人捅死。五个儿子接连丧失四个，老父亲心神俱伤，但总算还有个老五在，只是拍拍照片，又不干危险活，又不惹是生非，还算有依靠。

马五有点小钱，先给自己建了五间大房子，娶了新媳妇，生了胖小子。

几年过去，照相的生意渐渐不好做了。那时村里最赚钱的职业是倒运河沙。更多的年轻人买三轮车、拖拉机下河，赚了很多钱。摄影师马五一狠心，卖掉摄影器材，也买了一辆拖拉机。刚学会开车就下河去了。

结局是这样的：那一天他特意让人多装了一些黄沙，从河床底部往河堤上猛开，开到陡坡的时候，迎面下来一辆大卡。这本来没有什么，各走一边就可以了，但他不知怎么回事，硬是一拉方向盘，车头拼命往路边的沙堆上撞去，整个拖拉机突然直立，然后人们看到车头开始坠落，拖拉机拦腰折断，车头狠狠地跌在盛满沙子的后车斗里。人们在车斗的黄沙里找到马五时，已经是一摊烂泥。

当时在另外一个沙堆上，他五岁的儿子看见这一幕，异常兴奋，对那些忙碌的人们说："快看我爹，他又在玩杂技了！"

# 泡在农药里的日子

## 1

桂清忙完家务，已经中午十二点半了，林华才从床上爬起来。

“河里的车都快走光了。”桂清坐在门槛上抠眼屎。

“走光了正好，我懒得去装那些破车！”林华摸起桌上的半瓶白酒，倒满茶杯，开始慢慢地喝。他面皮白净，没有胡须，微微弯曲的脊背上似乎有一种模糊的沉重，直不起来，弯不下去，像一个病人；桂清只是经常来不及洗脸，眉目间有一股黑气。

“半天不起，起来就喝，也不看都几点了。”桂清坐那儿没有动，背对着林华。“不然的话，你甭下河了今天，帮我下地把瓜种上。”

“我不下河，你吃什么？”

“你下了河，我也没见有什么好吃的呀？再说，瓜种好了，也能赚钱。”桂清说。

“几分钱的烂瓜，我赚个屁！”林华说。

桂清的肩膀一动没有动，只将脑袋转到身后，看着坐在那里喝得杯子吱吱响的林华，嘴角掀起一点微笑，好似撒娇，却又嗔怒："样儿！你不种我种，种好了你别吃！"

林华说："你吃我就吃。"

桂清说："别要贫嘴了，喝完酒快下河吧，也没几辆车了。"

林华点着头，又倒了一杯酒。

大约快下午两点多钟的时候，他才晃晃悠悠出门。手里拉着一把大铁锨，在屁股后面，吱吱啦啦响。

桂清进屋，抱起床上的小玉，喂了一会儿奶。忽然觉得院子里有人影，黑乎乎的，就出去看。初夏的太阳明亮但不强烈。除了自己矮矮的身影之外，院子里没有什么。她打了一个转身，又觉得屋里有人，还是刚才那个人影似的。她发了一会儿呆，就抱着小玉回娘家了。

娘家不远，就在村西头。

娘说："不去种瓜，来这儿干啥？"

桂清说："种瓜忙，华哥还得下河，没空照看小玉，先放你这儿吧。"

娘说："下河有什么要紧，不先把瓜种上？"

桂清说："得花钱呀！"

娘说："瓜不也是钱？"

桂清说："我说不过他。"

娘说："他下河能挣多少钱？"

桂清不想听娘唠叨，就回家了。回家才发现出门时大门忘了关。一进院子，就觉得屋里有人，以为是林华回来了。她恍惚听见林华和别人说话的声音。等她走进屋里，却没有什么人。她不相信自己会听错，里屋外屋走了一遍，最后发现黑影还在院子里，向她招手。她笑了笑，脸上浮现出难以觉察的光彩，仿佛幸福爬上她的面颊。

往脸上擦了一点雪花膏，用自行车驮了一纸箱面条，兴冲冲又向村西的娘家走。

娘问："怎么又回来了？"

桂清说："驮了一箱面条，给孩子吃。"

娘说："这里不缺她这一口。"

桂清说："兰儿放学也过来。"

娘说："你们俩真懒得没边儿了，孩子的饭都不做了。"

桂清说："我和华哥都忙。"

娘说："早些年我就不赞成，可现在孩子都俩了，你叫我怎么说呢？"

桂清说："华哥待我好着呢，娘。"

桂清骑自行车出门，到农药铺的方向去。

## 2

农药铺的振美，这天正在村民委员会里帮忙。村里这几年的化肥农药种子都是经他的手进来的。到了吃饭时间，村里领导留他吃饭。一堆人来到村委对门的饭店里。振美说：“做个粉皮炖鸡吧。”

老板说：“这个容易。”

振美说：“说容易也容易，说不容易也不容易。”

老板说：“怎么讲？”

振美说：“你这鸡是死的还是活的？”

老板说：“活鸡现杀。”

振美说：“你这鸡是激素催的还是家里养的？”

老板说：“自家养的倒也有，不过得先去逮。”

振美说：“别逮肉食鸡，不要红玉鸡，吃就吃咱自家养的小笨鸡。”

老板说：“您请好吧。”

老板回到厨房，对丈母娘说：“客人要吃小笨鸡，你去村里逮一个回来。”

老板的丈母娘就到村里去，问了几家，都舍不得卖。她决定去找桂清。她知道桂清是养了几只鸡。

她推了推桂清的门，推不开，就在墙外喊起来：“桂清，桂清。”

桂清从里面应了一声，过了一会儿，才打开门。

“大白天，闩门干什么？莫不是养汉子么？”

桂清说：“嫂子你真会说话。”

桂清的鸡圈里真有几只小笨鸡。老板的丈母娘说明来意。桂清并没有答话，只是说：“我今天买了一瓶敌敌畏，怕是假的，你看，我用这个喂鸡，可它们全都活蹦乱跳的。”

老板的丈母娘说：“正好正好，我逮一个回去，饭店里用。”

桂清就帮她逮了一只，约有三斤重。老板的丈母娘塞给桂清十元钱。

## 3

振美说喝完酒后请领导到县上洗洗头去。领导们说：“不大好吧？”

振美说：“怎么不好？好得很。”

过了一会儿，振美感到身上热，就对领导说：“哎呀，天变热了，我得回家换衣服去。”

领导说：“把毛衣脱下来不就成了？”

他说：“不行不行，这件衣服必须回家去换。”振美额头上冒出大颗的汗珠，脸上像是打上了一层黄蜡，全没有了笑容。

没等领导同意，他倏然起身，出了饭店，向隔壁不远的家里走。初夏的太阳明亮但不强烈地照着。振美奇热难耐。他感到自己眼前有两个忽来忽去的影子晃悠，像是两个人向他遥遥地招手。他怕认错人似的，敷衍一笑。

老板的丈母娘提着小笨鸡正好迎面走过来，对振美说："我好不容易逮来这只小笨鸡，你不吃了么？"振美朝他挥挥手，另一只手捂着胸口，说："回来就吃，回来就吃。"老板的丈母娘看着振美的背影，觉得他不是在走，而是在一点一点地爬蹭。

振美媳妇和饭店老板的媳妇正在振美家聊天。饭店老板媳妇怀孕不短时间了，都说是个儿子。

振美媳妇看见振美脸色不对，就问他："你咋成这熊样了？"

振美啊啊地应着，就要往床上躺，边躺边慢腾腾地脱衣服，可是振美媳妇还和老板媳妇谈着刚才桂清买敌敌畏的事。

振美在床上说："你把我那瓶药拿来。"

他媳妇说："老毛病又犯了么？叫你不要喝酒的。"

振美说："我没喝酒。"

他媳妇说："你都疼开了，吃药也没用，不如去叫蓝相来给你看看吧。"

振美说："去吧去吧。"

他媳妇走出门去。振美对老板媳妇说："看来你家的小笨鸡我是吃不上了。"

老板媳妇说："反正有的是，还怕你吃不上？"

振美说："我这辈子就爱吃这一口。"

老板媳妇说："谁都有爱吃的那一口。"

振美说："哼，前村的林华，你知道他爱吃什么？"

老板媳妇没吱声。振美自问自答："就着咸菜疙瘩，拍着桂清的小屁股，喝着一块钱的小酒，那个恣儿！"

老板媳妇说："谁不知道他！"

床上躺着的振美眼皮一点一点地垂下来，嘴里一点一点溢出白色的口水。老板媳妇忽然感到自己的肚子一阵一阵地疼，她想怕是被什么冲着了，不敢惊动振美，蹑手蹑脚走出门去。

## 4

兰儿放学回家，推门门不开，就在墙外喊："娘，娘，娘。"

兰儿跑到邻居家，上了邻居家的屋顶，跳到自家屋顶，沿着梯子下到自家院子里。

几只鸡横七竖八倒在院子里，翅膀沉重地拍打着泥地。

母亲桂清躺在床上，眉头紧锁，似乎痛苦，但嘴角上翘，却带笑意。大片大片洁白的洗衣粉似的泡沫从嘴角涌出。她还眨动了一下微闭的双眼，看见兰儿那喘不动气的小脸蛋。

兰儿轻轻叫了一声："娘。"

她打开闩死的大门，迎面遇见了振美媳妇。

十岁的兰儿对她说："我娘死了。"振美媳妇打一个愣神，慌忙掉头往家里跑。她跑过饭店门口时，村里的领导从窗子里喊她："振美家的，快叫振美过来，小笨鸡都上来了，就等他了。"振美媳妇停下来，看了一会儿那个领导，看得他很不好意思。

她继续跑，像是在追一个撒了气的气球。

## 5

打眼望去，二里宽的河滩上，已没有一辆卡车的影子，几辆铲车无聊而疲惫地停在干涸的河道里。对岸的一汪死水上，采沙船就像一只永远不停地拉屎的猪那样，将出水的细沙堆成一个个圆锥体，而这些金黄的圆锥体正像一坨坨庞大的猪屎，膨胀着，成长着。

林华头枕铁锹睡着，忽然一泡尿撒在裤子里，失魂落魄地醒来，呆坐了一会儿，估摸着裤裆里差不多被风吹干了，便拖着铁锹往回走，两条腿硬硬的，打不起弯来。

走过村中央的饭店，见许多人围堵在饭店门口，他也停下来。

"怎么了？怎么了？杀猪哪！"他兴奋地往里挤。

"都趴下了，都趴下了，领导们都趴下了。"一个人伸着脖子边往门里看，边往外头喊。

饭店里边，老板在一个一个地给桌子底下的领导掐人中。老板的丈母娘从里间跑出来，对老板说："女婿呀，快叫车呀，你媳妇要给你生大胖小子了。"里面传出老板媳妇杀猪一样的喊叫。

老板边掐领导的人中，边哭丧着脸对丈母娘说："我的娘啊，可叫我怎么办啊，领导们都死我家里了，我这饭店还开个屁呀！那个狗日的刘振美，吃什么驴日的小笨鸡呀！"

丈母娘说："鸡倒是好鸡，从桂清家里买的，桂清喂它们敌敌畏，都药不死呢！"

老板像是想起了什么事，跑里屋拿了一个勺子出来，放进盛小笨鸡的汤盆里，舀出一勺鸡汤，放嘴边吹了吹，凑鼻子上闻了闻，然后把汤倒掉，又将勺子拿眼睛前端详了半天，嘴里嘀咕着："我这可是银勺子啊——"

丈母娘说："是啊，银勺子喂媳妇，生出儿子别嘀咕。刚才剩下点鸡汤我都用这银勺子喂你媳妇了。"里边的喊叫渐渐比杀猪还难听了。

"嗨哟，一次杀这么多猪，得吃多少年啊！"林华挤在人堆里，摇晃着脑袋，突然喊出自己很得意的俏皮话，寻找别人的耳朵。人群里果然有几声干巴巴的爆笑。

老板看了看林华，看了小半天，竟然也嘿嘿嘿地笑起来。

这时有人拍了林华一下肩膀，说："快回家吧，你媳妇喝药了。"

他转身就给那人一巴掌，骂道："你媳妇才他妈喝药了呢，你们全家都喝药！"

## 6

振美躺在自己的床上，睁开眼睛，再也不敢闭上。

外间有人在喊："有人吗？买敌敌畏的。"

又有一个人过来问："振美呢？"

那个说："听说陪领导在饭店里吃小笨鸡呢！"

另一个说："他媳妇不在家？"

那个说："不知道啊，大白天不可能没个人呀？"

另一个说："进去看看？"

那个说："不大好吧，天也热了，倘若一个女人家在屋里——"

另一个说："那要不再喊喊？"

那个说："再喊喊，再喊喊。"

两个人又喊了一会儿，还是没人应。

另一个说："刘振美这个王八操的，买他的药跟求神仙似的。"

那个说："你不买他的买谁的？村里指定了买他的。你等着瞧吧，到了秋天耕地用化肥的时候，还得买他的。"

另一个说："这个王八操的。"

那个说：“今年这虫子真他娘的厉害。我的庄稼叶子都让虫子咬花了，你的呢？”

另一个说：“王八操的。”

那个说：“这虫子都哪儿来的你说？早几年的时候哪听说过麦子也得打药除虫的？是不是这两年种棉花种的你说，别的庄稼也传染棉铃虫？虫子多，侍弄又麻烦，收成还不好，种的哪门子棉花呀你说，咱老辈里都不知道棉花是咋回事！我说的是吧你说。”

另一个说：“棉花就是养虫子的。”

振美在屋里，耳朵忽然特别好使，脑袋瓜子也忽然一片清澈，他想，奶奶的，棉花不养虫，谁还要你种？你们不种棉，我哪有的吃？我没有的吃，媳妇会跟我？——哎，我媳妇怎么去找医生蓝相还不回来？蓝相不会向媳妇说我不能下种的事吧？——他心里犯着猜疑，眼睛还是不争气地闭上了。

“让虫子咬死你们这些王八操的。”他咬牙切齿地死去。

## 7

“姐姐妹妹们，婶子嫂子们，你们行行好，给这个没良心不知好歹的穿上衣服吧。”林华说。

桂清的寿衣是林华的邻居媳妇子们帮忙做好的。

“臭死了。”不知谁说了这么一句话。

“你想，喝的敌敌畏，那五脏六腑不都给烧烂了？”另一个说。

“人死都得最后活动活动，那些脏烂东西还不都得从屁股底下拉出来。”还有一个补充说。

“你林华不给她穿，谁给她穿？”

“主要是太脏了，拉了一地不说，放干净床单上，又把床单给糟蹋了。

“恶心得我——你不知道——三天都没吃下饭去。”

“识数吗你？总共还没三天哪！”人群里一阵低低的哄笑声。

没人给桂清穿寿衣。林华也只好抄着手蹲在地上。

主事儿的老头吼林华：“你这个王八操的，你媳妇这么不干不净地死了，你不给她穿衣服谁给她穿？连这个都不干，你他妈还是人吗？”林华见老头的脸真的红了，这才直起身，一只手捂着鼻子，一只手从帮忙的手里接过寿衣，好歹披在桂清的尸体上。

这时一个小伙子跑过来，提着好几只死鸡，说这个臭味熏得人头疼，问主事的怎么办，主事的老头骂道：“你奶奶的，我死人都管不过来了，还管你死鸡死鸭了鸟事！”

## 8

屋后的水塘边，随处可见几只破碎的茶褐色的玻璃瓶子，标签上依稀还有农药溅出的污渍。几只黄毛狗在水边散步，鼻子凑到瓶子上，嗅来嗅去，然后若无其事地离开。

一棵大柳树斜卧在浑浊的生满绿苔的水面上，初夏的太阳明亮但不强烈地照着，青青柳条击打着水面上破碎的光影。兰儿抱着小玉坐在柳树上，手里拿着捡来的那种茶褐色的玻璃碎片，将一点点变色的阳光折射在小玉的脸上。小玉也伸着奶光光的小手触碰姐姐的脸，嘴里还呜哇呜哇的。

兰儿说：“小玉，咱以后可就没妈妈了。”

# 奇异的珍藏

安营虽然生意做了很多年，已经很有钱，但还是住在他父亲留给他的老房子里。我们是朋友，至少是从小玩到大没怎么伤过和气的伙伴。我因为一个自私的想法，来到他家，极尽矫情之能事，使他很不高兴。听说他收藏着一个宝贝，我只是想看一看，却没有明说。我知道如果我直接说出来，他肯定会拿出来让我看的。可我却没有这样。我选择了一种忸怩作态的方式。

这是个冬天的早晨。我很早就来到他家。她的母亲还没有起床，我就坐在他家的客厅里了。她母亲的床就安在客厅的一角。他给我冲茶，我却执意自己来端茶壶，给他的茶杯里添水，给她没起床的母亲添水，给他家的小狗添水；还替他浇灌屋里的菊花。那些菊花估计也是他父亲留下来的，好像许多年没有浇过水的样子。我将一些清水倒在花盆里，那些花立刻抬起花冠，灰色的叶片返回葱绿的颜色。

“这些花你要喜欢，可以拿走。”安营说。

“哦，不，我并不想拿你的花。”我说。

“无所谓，反正我不喜欢在这些花花草草上浪费时间。”

“其实我也不懂这些，只知道浇水而已。”

我的眼睛在他的屋内四处打量。屋子很矮，多年的灰尘将室内的光线弄得很阴暗。窗子也是老式的木格窗棂，冬天糊着一层白纸。那些白纸每年都要重新糊一遍，已经不知道有多少层，厚厚的，光线很难穿透。四壁上的陈年壁画也无法识别了，而那房梁，并没有用黑漆漆过，仅仅是经年煤烟的熏染，竟然也乌黑发亮了，好像真的用上好的油漆漆过多少遍似的。房梁上挂着一个吊篮，这个吊篮却是新的，一看就知道是用当年的柳条编成。自我看见这个吊篮起，眼睛便盯着它不动了。

我放下浇花的水壶，仰头走到那吊篮的下面，踮起脚尖，并不能看到篮子里边的东西。我原地起跳，看见那篮上蒙着一块白布。我更加确信了我的猜测。我看看安营，他并没有对我的行为感到奇怪，也没有做出别的表示。他只是若无其事地看着我和那只篮子。

“你这里有梯子么？”我问他。

“梯子没有，倒是有一截楼梯。”

他家的房子是平房。平房竟然还有楼梯，这是很出乎我意料的。顺着他的手指，我看到在门后，果然有一截楼梯顺在那里。我沿着楼梯上去，在门框的顶端，果然有一个隐蔽的阁楼。我想那宝贝是不是藏在这阁楼里呢？我于是在阁楼里翻找起来。

“你不介意吧？”我从楼梯口露出脑袋问地上的他。

“哦，没什么，你是不是在我这里丢了什么东西？”

“没有，我记得上次来的时候，并没有什么阁楼。”

“上一次？”他好像忘记了。

“就是你约我们来打牌的那个晚上。”

“是啊。”他拍了拍脑袋，好像想起了。

“你是不是昨天晚上没有睡好？”

“不，我睡得相当安稳，连个梦都没做。”

“那你记性可不太好了。”

“我记得你确实来过一次，将一样东西丢在我家里。”

“我丢了东西？”

“是啊，你为什么会随身携带那种东西。”

“是什么？”

“一块烧焦的木头，确切地说和木炭差不多。”

“啊，那确实是一块木炭。”

“你随身携带木炭做什么？”

“木炭？”我停下阁楼里的活计，认真想了想，我也不知道为什么要这样做，但我总要给他一个理由。这样，可以显得我是一个多么有理性的人。

“你难道不懂么，木炭可以净化空气。”我说。

“这没错，我明显感到这几天我的室内灰尘少了许多。说不定真是拜你木炭所赐。”

“木炭现在哪里？”

“我以为只是一块烧焦的木头，便没有管它，不知道丢在哪个角落里了。你看我屋子里光线这么灰暗，不仔细找，一定是找不到的。”

“会不会在阁楼上？”我现在师出有名，更加肆无忌惮地翻找起来。

我在阁楼里一无所获。其实我早知道是这个结果，因为阁楼上根本什么东西都没有。而我弄得叮叮当当，煞有介事的样子，也使他很惊讶。我下了阁楼，重新将注意力集中在那篮子上。

“你看你弄得一身黑泥，那阁楼有许多年没打扫了。”

“没关系，我只不过帮你打扫了一下。”

“我向来是不去那个阁楼的。”

“为什么？”

“不知道，是我母亲不让我上去。她说父亲就是从那阁楼上消失的。有一天他上了阁楼，再也没有下来，后来就失踪了。”

“这是很诡异的一件事情啊。”

“谁说不是呢，我其实很早就把阁楼用钉子封死了。今天看你那么执着地上阁楼，又是斧子，又是榔头的架势，我也不好阻拦。我以为再也没有人能打开那阁楼，没想到还是被你弄开了。”经他这一说，我才发觉到自己刚才的疯狂，只是当时我竟没有意识到。

我低头看看我的手，左手正拿着一把斧头，右手上鲜血淋漓，却一点也不痛。但我还是感到自己的失态，马上顺下眼来，说："真不好意思，我不知道还有这些事情。"

"这都与你无关，但你知道了也没什么关系。你知道我这几年挣了不少钱，原本，我也打算将这些钱全都藏在那阁楼里的，但一想到像我父亲那样一个大活人都能在里面自动消失，这一堆钱，还不知道是怎样的结局呢。"

"是啊，我看阁楼也很有玄机，要不是你指点，我真不知道那里会有一个阁楼。"

"你来，是不是想看看我的钱？"

"啊，不，绝不是这样。"

"很多人来都想看我的钱，他们都直截了当地说了，我也就直截了当地给他们看。他们看看也就走了，算是了了心愿，不再像个心病似的整天牵挂着。万一因为这个生出毛病来，倒是我的不对了。"

"我知道你是个善人。"

"是吗？"他在眉眼里泄露出一点悲凉。

"咱们好歹是一块长大的，我还不了解你吗？"

他微微地颔首，没有再说什么。我们沉默了一会儿。

沉默总是让人尴尬，我于是重新端起茶壶，往他的杯里续水。当我准备给他母亲续水的时候，发现他的母亲已经离开被窝，出去了。

“母亲去做饭了，今早上，你就留下来一块吃吧。”

“这怎么能行？”

“没关系，你也不是常来，咱们喝两盅。”

“我不会喝酒。”

“你倒这么客气了，以前咱们不是没喝过。”

“绝不是这样，绝不是这样。”

“你是不是也想看看我的钱？”

“我没有这样想过。”

“真没有？”

“绝没有。”

“那我就放心了，你知道，我最怕因为这个，让别人犯心病。”

“你是个善人，我是知道的。”

他母亲端了一盘菜进来，安营接过，放在桌子上。小酒壶已经添满酒，放在一个小酒架上，用火烤起来。

“啊，我得走了。”

“都这个时候了，你怎么能走？”

“我还有别的事情，真要走了。”

“你看，酒菜都上桌了，你怎么能走？”

“我不能吃你家的酒。”

“这是什么话？”他生气了。

“我是说，今天我来，是有一件事情要办的。”

“有什么事情你直说嘛，磨蹭这么半天，也不知道你到底要干什么？”

“你能给我看看你的宝贝么？”

“宝贝，什么宝贝？”

“人家都说你新藏了一个宝贝。”

“我怎么不知道？”

“你那房梁上的吊篮里，放的是什么？”

“我也不知道，那是我母亲的篮子。”

这时，他母亲又端了一盘菜进来。安营将篮子的事情说给她母亲。

她母亲也不说话，只是沿着楼梯上去，像个老鼠似的，越过阁楼，爬到房梁上，摘下那个篮子，又按原路返回，沿着楼梯走下来。

她掀开篮子上的白布，里面，只有一截烧焦的木头。

“这是什么？”安营问。

“一截木炭，是你父亲留下的。很长时间我都找不到它。前两天，我打扫床底，才找到，已经被老鼠啃去大块。为了防止再遭老鼠啃咬，我特地放在这个吊篮里的。”安营的母亲很珍爱地看着那只篮子，好像那里放着的，并非一截朽木，而是一堆耗尽半生积攒下来的鸡蛋，如今全都变成毛茸茸的小鸡仔了。

“看着它，就好像看到你的父亲。”她无限伤感地说。

# 乌云来客

# 乌云来客

## 一、刨坑埋了

经过一个晚上，有些房子彻底倒塌了，有些只是房顶多出几个窟窿，也有一些根本没有倒塌，房顶也没有出现窟窿，而是完好无损地陷到地面以下去。

我家的情况属于第四种，它既没有倒塌，也没有在房顶出现窟窿，才只埋了半截，还有半截露在地面以上。推开那扇只露出半截的木门，我像狗一样爬进去。值得庆幸的是屋子里面的高度没有变低。

跑了那么远的路，我已经很疲倦，倒在床上便睡了。刚有些梦的碎片漂浮上来，又被人摇醒。睁开惺忪睡眼，看到的是我母亲雕花门扇一样的脸。她看上去有些焦虑，双手紧紧抓住我的床板，几乎要将它一把掀起来。

“怎么了，娘？”我叹一口气，很不高兴母亲把我吵醒。

“地震了，村里来了很多外人。”她虽然很惊慌，不过看我像个没事人一样，似乎心里又有了些底。她感受到我的镇定，有点为自己的失态后悔，于是离开我的床，走到桌子那边，端起那把笨重的老茶壶，给自己倒了一杯隔夜茶，一口喝下去。

“昨天晚上的雨太古怪了，肯定是这场雨将那些外人引来的。他们趁着大雨到处捣乱，敲人家的屋子，挖人家的墙角，弄得人根本没法睡觉。”

“没事的，娘。”我安慰她，“没什么大不了的。”

“我听说村里男人们都在开会，准备逮捕这些人，可是这也就是嘴上说说吧。天一亮，那些人都隐藏起来了，谁也不知道他们藏在哪里。我听隔壁阿二的媳妇说，那都是一些光着屁股满街跑的下流胚，毫不知道羞耻，简直是不要脸透顶。其中有一个肥胖的家伙，还踩漏了阿二家的房顶，为的是偷看阿二媳妇洗澡。你想阿二媳妇是好惹的角色么？她干脆从浴盆里跳出来，攀着房梁从那个窟窿里爬上去，光着屁股在屋顶上咒骂了一夜。我根本没有睡好，只得半夜起来去劝慰她，现在才总算平息下来。半个晚上，我连一口水都没喝。”说完这些，那壶隔夜茶已被她喝了个底朝天。

“你亲眼看见那些人了？”我闭着眼睛，仿佛是在梦境的深处提出这些问题。

“有人说只是一些乞丐，一些逃荒要饭的。”母亲掀开老茶壶的盖子，将一只手探进去。那茶壶的底子很深，竟然吃进她半只胳膊。她转动那只胳膊，然后从茶壶里抽出来，手里抓着一把泡过的茶叶，一点一点塞进嘴里，咀嚼起来。有油黄的茶汁从她的嘴角慢慢溢出。

“咱们的房子还算结实，没被弄坏。”我说。

“可是也陷下去一半，现在就好像住在地窖里似的。不过这也得托祖宗的福，当初把屋子造得这么结实。”

“住地窖没什么不好，总比房屋倒塌的人家强多了，他们连地窖也没得住。”

“我正为这个担心哪，儿子。”

“别担心，娘。”

“哼哼，我早就说要搬家的，可你就是不同意。现在好了，掉进坑里了。”

“没说不搬，可我们搬到哪里去呢？难道你想搬到那座楼上去？”

“那楼都长草了，荒着也是可惜。”

我没有说话。

“好好，我不说了，你是不是又想起你爹了？”

“没有，我没有想起他。”

“哎，其实昨晚我做梦梦见他了。他说他在矿井里，跟井里的老鼠抢食吃，现在都没有什么可吃的了。”妈妈这样说着，做出抹眼睛的动作，可是她的眼角其实是干的，只有一些干了的眼屎。

“啪嗒啪嗒。”有人从房顶上走过，脚步声在我们头顶停下。我和母亲立刻停止说话。四条眼光顺着声音传来的方向往上爬，到天花板便停止了。我们一直盯着那里，直到脚步声重新响起，“啪嗒啪嗒”，依然在我们的头顶。“啪嗒啪嗒”，“啪嗒啪嗒”。好像是发现了什么，正围着什么转圈儿，没有离开的意思。转过几圈之后，“啪嗒啪嗒”又停止了，然后听到“嘭嘭嘭嘭”。“嘭嘭嘭嘭”是敲打房顶的声音。这种敲打好像并不是要打穿屋顶，因为力度不是太够，频率也很缓慢；也是每隔一会儿停顿一次，不痛不痒，不急不躁的样子。

“谁在上面?”我终于忍不住了，半带恐吓地吼了一声。

“嘭嘭嘭嘭”立刻停顿了，好半天没再响起。“肯定是一些孩子在胡闹。”我对母亲说，重新闭上眼睛。

母亲不断从茶壶里抠泡过的茶叶来吃，好像那里面的茶叶永远抠不完似的。

“嘭嘭嘭嘭”，它又响起来了。

“谁啊?”这次我从床上半折起身体。

“我。”“嘭嘭嘭嘭”说话了。

“谁?”我没有听清楚，又将身体折起一点。

“我啊。”那应答倒来得有些亲切。

我整个从床上坐起来，开始穿鞋。刚穿上一只，忽然想起来什么，又问了一遍：“谁?”

“我。”那声音变得不耐烦了，又开始“嘭嘭嘭嘭”。

我穿好另一只鞋，准备打开门出去，发现门被一堵墙堵死了。

“怎么回事？”我现在才开始知道紧张。“哼哧哼哧”，我在喘气，“咚咚咚咚”，我在屋地上兜圈子。

“嘭嘭嘭嘭”，那敲打的声音又开始了，不过这次来得异常猛烈，震得屋顶不断往下落土。不久，屋顶出现一个大洞。一个脑袋从洞口探进来：“嘘嘘嘘嘘——”

“你想干什么？”

“嘘嘘嘘嘘，小点声，小点声，别让人听见。我好不容易才找到你们。”他很紧张地将一只手从那窟窿里伸出来，放在自己的嘴上，做出“肃静”的手势。

“什么事？”

“重要的事情。无比重要，一夜的雨。”

“然后呢？”

“房子都倒塌了。”

我长舒一口气，发现自己已经不“哼哧哼哧”了。

“来了一些外人。”

“快说一些我不知道的。”我不耐烦了。

“你知道那些人是哪来的么？”

“不就是狗日的拆迁队吗？”

“嘘——大雨一来，拆迁队早就滚犊子了。”

“那还有什么人？”

“那你就好好听着，一个字一个字地听——他——们——是——从——天——上——掉——下——来——的，从乌云中掉下来的，和大雨一起啪嗒啪嗒啪嗒掉下来的。”

“是啪嗒啪嗒啪嗒——掉下来的么？”

“没错，啪嗒啪嗒啪嗒。”

“滚吧。我知道了。”我决定不听这孙子的鬼话，继续去睡我的觉。

“我还没说完呢。他们一掉下来就到处找吃的，要穿的，嘟噜咔嚓，呜哩哇啦，把整个村子掀了个噼里啪啦。你大概还不知道，他们都是疯子，都是一些只会搞噼里啪啦，嘟噜咔嚓和呜哩哇啦的疯子。村子里的人都已经叽里咕噜叽里咕噜躲了起来，不能躲的也都咕噜咕噜跑光了，咕噜咕噜跑光了。”

“我没跑啊，我没有叽里咕噜，也没有咕噜咕噜。”

“这就是我来告诉你的目的啊。”他一巴掌拍到那窟窿的边沿儿上，提高了调门，“总算说到正点上了，你想想，如果他们知道这屋里有人，会怎么样？”

“能怎么样？”

“他们不把你的屋顶噼里啪啦了才怪。”

“那你是哪儿来的？”我突然对他的来历有些警惕了，开始怀疑他是拆迁队的人。

“我啊，我是和他们一伙儿来的不假，但我不是他们那样的人。我有理智，懂得礼节，我知道自己要什么。所以，我走过所有屋顶时都十分小心，就是害怕惊扰屋里的人们。我在你的屋顶上转了几个圈子之后，直觉告诉我下面有人，然后就开始敲门——哦，应该是敲房顶——嘭嘭嘭嘭，是很有礼貌地敲。我持续地敲，嘭嘭嘭嘭，中间停顿一会儿，为的是等待你们的回应。当然，你们可以不回应，那我就一直敲，一直保持节奏，一直保持礼貌，直到你们给我回应。”

“这么说，你还是拆迁队的。”

“你看，我是幸运的，因为你给了我回应；而你也同样幸运，因为敲门的是我，而不是那些噼里啪啦，穷极生疯的人。”

“那是你堵的么？”我指着门外的墙问道。

“不，我还没那么大的本事。”

“那你知道是怎么一回事么？”

“怎么？难道你还不知道？”

“我不知道；我什么都不知道。”

“你的房子已经被人刨坑埋了。”

“这是真的？”

“说起来，你的房屋结构算好的，要知道许多房子都倒塌了。”

“你说村里的房子都被刨坑埋了。”

“是这样，兄弟。”

“你能告诉我这是谁干的么？”

“这不关我事，兄弟；我来告诉你这些重要的事情，只不过想讨一口饭吃。”

我怀疑自己听错了。

“我是说我饿坏了。”他脸上忽然显出一阵愁苦的表情，皱纹立刻从额头上鼓了出来。“你难道看不出我是一个乞丐？你看我的头发，有多肮脏啊，你看我的胡子，里面爬满了虫子，你看我的手指甲，里面充满了污垢，你看我的衣服，我的衣服，我穷得已经没有衣服穿了！”他“咚咚咚咚”又将屋顶敲了一通，那个窟窿于是更大了。我从那窟窿里看到，他的确什么也没有穿，赤条条一个穷光腚。

这时，母亲突然爬到桌子上去，抱起那个大茶壶。一只手在茶壶里掏索了一阵，只抠出了一点茶垢。她朝那个乞丐伸出手臂，说：“吃吧，吃吧，只有这些了。你要早来一会儿，说不定还有茶叶给你吃。”乞丐很费力地伸长脖子，将她手里那点茶垢吞下去。

“这怎么能吃饱呢？”他埋怨道。一点茶垢显然不能填饱他的肚子。为了更方便地吃到食物，现在他已经将整个身体倒挂在屋顶上了。

母亲突然变得像猴子那样灵巧。她跳下桌子，一眨眼跑到厨房里，端来满满一筐馒头，又像猴子一样蹦到桌子上，一口一口喂那倒挂着的乞丐。那乞丐像个撒娇的婴儿，看到又白又大的馒头，竟然还有一点害羞。母亲喂他，他还很不好意思。母亲说："乖，吃吧，慢慢地，别噎着。"他便一把抢过馒头，迫不及待咬了一口，脸上随即露出烂漫的笑容。

他像个蝙蝠一样倒挂在房顶上，一直吃掉了半筐馒头，才说口渴了。母亲又将茶壶注满水，让他衔住壶嘴儿，好像害怕呛着他似的，一点一点地喂他。那家伙的喉结一跳一跳地抖动，然后又看见他的肚子也在有规律地起伏，水顺着他的食道一点一点地上升到胃里去。最后，他的肚子终于鼓起来，再也吃不下什么，也喝不下什么。他有非常发达的腹肌，他像个体操运动员一样，很轻松地使上身与下身对折，然后双臂攀住那个洞的边缘，返回屋顶之上。

他重新伏下身子，对我们说："这是我们共同的秘密，不能让任何人知道，特别是不能让那些呜哩哇啦的疯子知道；他们若知道你们有馒头，会把你们都嘟噜咔嚓吃掉的。现在我得走了，但我还会回来。"他从洞口消失，又很快返回，手拿一块木板，将我们屋顶的窟窿掩盖起来。

"一定不能让他们发现。"他严肃而慎重地说，像是自言自语，又像是对我们的警告。

我和母亲屏神静气听了一会儿，他的脚步声果然远去了。

"你相信他的话吗，儿子？"

"什么？"

“啪嗒啪嗒，天上掉人的事。”

“鬼扯。”

“哦，我倒是见过啪嗒啪嗒从天上掉大鱼。那些鱼从来没有见过，也不知道叫什么名字，我和你父亲在大街上捉了一整天的鱼，三条麻袋都没装下。那鱼每条都有十斤重，十天半个月都吃不完。”

“那你就相信他说的好了。”

母亲没有点头，但也没有摇头，她完全沉浸到当年捉鱼的回忆之中去了。

我重新躺到床上去，准备彻彻底底地睡上一觉。

“他说村里的房子都被人刨坑埋了。”

“他是这样说的，娘。”

“这可不是一件容易的事情啊，儿子。”

“谁知道呢？也许就是三下两下的事吧。”

“儿子，”母亲忽然深情地呼唤了我一声，严肃地看着我，“你得向我保证，这不是你干的。”

“除非我是我爹。”

## 二、乌云来客

乌云虽然还在聚集，但已经能够看到深蓝的夜空。星辰发出十字形的光辉，穿透乌云，照亮路边生满丝柏的小路。那些丝柏仿佛海底的藻类，在空气中游动，散发出新鲜的腥气。

有人生起篝火。

一个赤裸的男人趴在那里，鼓起两腮，吹旺那堆火。这是刚刚搭起的小泥灶，灶膛外壁尚未凝固的泥水慢慢渗出，蒸腾起一股白色的水汽。潮湿的柴火冒出呛人的青烟。一只黑色小铁锅蹲在灶膛之上，一直没有动静。

“火还是不够旺啊。”我忍不住插嘴说。

吹火的男人并没有抬头，照旧使劲吹着。他脖子缩紧，脊背高高拱起，深吸一口气，然后缓缓有力地吹出去。在这口气的帮助下，微弱的火艰难地啃啮着潮湿的木柴，发出比男人吹气更持久的叹息。

婴儿发出一连串的啼哭。在小泥灶的旁边，一个赤裸的女人正半躺在湿地的泥水中，婴儿吊在她右边的乳房上。婴儿的啼哭引来女人一阵烦躁，她只打了一下婴儿的屁股，婴儿便停止啼哭。只是这短暂的停止并不持久，啼哭再次以悠长低缓的调子响起。裸体的女人无可奈何，索性完全平躺在湿地上，任凭孩子在她肚皮上翻滚，懒得管了。孩子的啼哭，增加了裸体男人的焦躁。他一边使劲吹那微弱的火，一边用一只手狠狠捶打着地面。地面上全是水洼，手掌捶打在水洼上，发出“啪啪啪啪”的声音，泥水飞溅起来，差点扑灭那点微弱的火苗。

“这样可不行啊。”我又忍不住插了一嘴。

“还能怎样呢？”这次他肯和我说话了。

“你得让火着起来。”

“我也这样想来着。”

“孩子哭了。”

“我听着呢。”

“他干嘛非哭不可？”

“他饿了。”

“那得给他弄点吃的。”

“我也这样想来着。”

“你这样可不行。”

“有什么办法呢？”

我也没有什么办法，我自己都不知道该怎么办。但我不能不表示出我的关心。为了表示这种关心，我又想到一个问题：“你们怎么会在这里？”

男人抬起头。我看见他苍白的脸和下巴上凌乱的胡须，但我无法看清他的眼睛。他好像没有眼睛，又好像那眼睛已经彻底隐藏在皮肤之下了。“你问了一个再绝妙不过的问题，老乡。”他说完，移动开双腿，不再趴着，而是一屁股坐在泥水里了。

“你看，要让这火痛痛快快地燃烧起来，是一件多么绝望的事情啊。”他说。

“这是因为下雨的缘故。”我解释道。

“嗯，你说得很有道理。到处充满积水，我们一来就这样了。你哪怕想找到一点没有水的地面也不可能。只好这样了。”

“看样子你们不是本地人。”我说。

“我们刚刚来这里。”男人回答道。

“一定走了很远的路吧。”

“差不多。”

“你是干什么的？”

“种地的。”

“农民？”

“老农民了。”

“你是逃荒要饭的吧？”

“什么？”他很吃惊地看着我，一直看得我没了勇气再看他的脸。

“我是说农民不在家种地，除了逃荒要饭，还能干什么呢？”

“你说得有些道理。”他沉思了一会儿，说，“我刚才也在琢磨这件事。”

“家里闹灾荒了？”

“没有啊，风调雨顺。”

“混不下去了？”

“不是啊，老婆孩子热炕头，有滋有味。”

“那就是不想种地了？”

“也不是，我喜欢种地。你不知道我有多喜欢。”

“那就是想换个活法？”

“没想过，我觉得种地挺好的。”

“你能告诉我为什么来这里么？”

“我并没有想来这里。”

“那怎么就来了？”

“我这不正琢磨着么？”

“除了种地，你还会做什么？”

“我什么都会。”

“说说看。”

“放羊，饮驴，看着老母鸡下蛋，伺候老母猪下崽，没有我不会的。”

“我看你还是回去吧。”

“我也想回去来着。”

“还是种地好。”

“谁说不是呢。”

“那就回去吧，你看，麦子都快熟了。”

“我也记挂着我家的麦子呢。”

“那还不回去？”

“我发愁的就是这个。没法回去啊，老乡。”

“这话怎么说?”

“说出来你可能不相信，我是从天上掉下来的。”男人翘起一根手指，指了指上面的乌云。他才刚说完，我就听到远处传来“嘭”的一声闷响。“你听，又掉下来一个。”我朝那声音望去，什么也看不见。他又伸出手指，指向我背后的天空，“瞧那里，”正有一个光屁股的人在半空飘荡，翻了几个跟头，很快扎进丝柏后面的田地里去了。“你再看那乌云里面。”乌云之中果然有一些黑黑的人头探进探出，还有一些光光的屁股忽隐忽现，更有许多白白的身体在里面沉沉浮浮。有一些身体虽然已经从乌云里坠下，但双手还紧抓着乌云吊着，好像一个单杠运动员那样，试图重新翻回到乌云里面去；也有一些是头朝下倒挂在乌云下面的，正试图利用发达的腹肌，将上半身折起，重新钻回乌云之中；还有更多的人仿佛正在乌云中挣扎，看上去却像在游泳。

“全是瞎子点灯——白费蜡，”躺在泥水里的女人向天空发出冷笑，“早晚都会掉下来，一个也跑不掉；除非他们化成水。”

“我早就知道是这个结果，所以最早跳了下来。”男人拍拍女人翘在泥水中的大腿，“起初我动员妻子的时候，她还不同意；现在你看，她也明白过来了。那些人现在依旧在上面提心吊胆，而我们至少已经升起灶火，比他们更早开始了新生活。”

天空中依然有赤身裸体的人在不断地坠落，四围到处响起那种沉闷的落地声，但并没有听见有人摔打在地上的喊叫。

那个生火的男人依旧在试图吹旺他灶膛里的火苗。她的女人一直躺在泥水里，没有说话，孩子也好像睡着了，不再哭闹。她从泥水里坐了起来，将熟睡的孩子放在灶膛的边上。那里已经烤出一块稍微干燥的地皮，孩子睡在那里，应该是温暖的。

“等着吧，等天亮了，等我们弄清这是什么地方，就好办了。”男的说。

“也许家并不远呢。”女的说。

“谁知道呢，也许三天两天就走回去了，也许三年两年都回不去。”

“我们得想个活法。”

“我这不正想着呢吗？”

“我们可不能当乞丐，回去丢人。”

“当乞丐是件丢人的事，我们可不能干。”

“万一不行呢？”

“万一不行，那还得当。”

“多丢人啊。”

“关键时候，丢人也就丢了。”

“不管怎样，能回家就好。”

“麦子快熟了，也不知道赶得上赶不上。”

“鸡也好多天没喂了。”

“还管它们，早飞窝子了。”

“回去得一只一只找回来。”

“是得一只一只找回来。”

## 三、你们来自何方

“你们来自何方？”我不厌其烦地询问着这个问题。

“很远的地方，”一个富有朝气的年轻人回答，“具体有多远，我也说不清。不过这是一件振奋人心的事情，不是吗？”

“不，这是噩梦。”一个满脸斑纹的老太太回答，她用不能完全伸开的双手护住干瘪的胸部，“到现在，我还不知道自己在哪里。”

“其实仔细想想，这也是很有趣的事情，”一个年轻的女郎坐在自己的纱帐里接受访问。她有一张宽大的席梦思软床。“我在想，这是一个魔术。”

“我倒是觉得什么也没有发生，”那个手摇蒲扇的中年人走过来，向纱帐中的裸体女郎致意，“我认为我们还在原来的地方，只是我们集体出现了幻觉，但这幻觉是短暂的。”

“我们是从天上掉下来的，”那个生火做饭的男人反驳了中年人的说法，“这一点我记得最清楚；但是，我们怎么会在天上，会在那片乌云之中，倒是个让人糊涂的问题。”

“有一点是肯定的，我们离开了故乡，从此开始了漂泊的旅程。”一个刚刚落地的年轻人从草丛中露出清瘦的脑袋，他的眼睛里流露出忧郁的光芒。

“想想吧，这究竟是为什么？”我问他们。

“既然我们是从乌云中掉下来的，那么我们首先应该都有腾云驾雾的法术。不然，我们怎么会在乌云中呢？至少要承认，我们不是生来就在乌云里的。”兴奋的年轻人首先展开一种推理。

“这是一个让人兴奋的可能，”纱帐中的女孩激动地附和，“想想吧，我们有这种法术而不自觉，该是多么可耻的事情啊。有一天你像鸟儿一样飞了起来，竟然还恐慌得不行，殊不知飞翔乃是你与生俱来的权利。想想都让人感到振奋。”

“腾云驾雾？”老太太冷笑起来，“如果我们真的有这本事，为什么会从上面掉下来呢？而且，即使真的有这种本事，我也宁愿放弃，你们难道不觉得飞翔是一件让人头晕的事情么？我一生几乎都是在噩梦中度过的，每一次噩梦的经历，都离不开飞翔。可见飞翔本身就是噩梦。”

“哼，你是年纪太大了；如果你再年轻三十岁，就不会说出这种话。”纱帐中的女孩说。

“这和年纪有什么关系呢？我像你这么年轻的时候，做过不知多少飞翔的噩梦。每次醒来，都是呕吐不止，仿佛我真的在天空中飞过似的。我一从高处看到自己生活的地方是那么渺小，若有若无，以至于彻底消失，仿佛不存在了，就感到心慌，恨不能一头栽下去，将自己摔死。”

“如果，”一直沉浸在忧郁中的年轻人说话了，“我们真的具有腾云驾雾的法术，那么，我们对它应该是运用自如才对，想飞就飞，想落就落，你可以随意控制。但现在的处境充分证明，我们并不具有这项本领。抱这种幻想的人是过于自恋和乐观了，尚不知道世事的险恶和自己的斤两。徒有一腔冒险的精神是没有任何用处的，这一次没有被摔死，并不能保证下一次，也不能保证每一次。”

他的话使刚刚热闹起来的气氛冷淡下去，人们一下子没了讨论的兴趣。但他继续说下去：“而且，为什么我们不是生来就在乌云里呢？这也是不能抹煞的可能之一啊。”

“那会是怎样一种可能呢？”纱帐中的女孩对这个假设也有兴趣。

“比如说，我们根本就不是人。”忧郁的年轻人说道。

“啊——”几乎所有从天上掉下来的人都吓坏了。“你是说我们都是神仙，天使，或者精灵？”富于幻想的年轻人睁大空幻的眼睛。“是堕入凡间的精灵。”纱帐中的女孩补充道。好像经过她的补充，一切都真实了。“为什么我们堕入了凡间？”爱幻想的年轻人问她。“因为我们犯了不可饶恕的错误，受到上帝的惩罚。”他俩同时哈哈大笑起来。假设过于大胆，连最爱浪漫幻想的人都不能承受。

“我是说，”忧郁的年轻人说，“我们仅仅是偶然变成了人。一开始，只不过是些碳水化合物，后来变成草履虫之类的生物体。再后来——因为我们一直在乌云之中，难免会受到雷击电闪——机缘巧合产生了复杂的生物反应，于是变成了人。”

“纯粹是胡扯。”爱幻想的年轻人反驳道。

“你还不如说我们是外星人得了，那样还能让人好接受一些。”纱帐中的女孩说，“草履虫？想想就很不舒服。”

“或者，更实际一些的可能是，”忧郁的年轻人主宰了谈话的方向，“一阵龙卷风将我们从地面裹胁到了高空，集聚的乌云承载了我们，带我们四处云游，直到乌云承受不住我们的重量，和另一种气流遭遇，融合在降雨的过程中，我们因为自身的沉重，无法再在乌云中隐藏，于是坠落到地面上。”

“哦，这个说法还算靠谱。”老太太说。

那个生火的男人依旧在试图吹旺他灶膛里的火苗。她的女人一直躺在泥水里，没有说话，孩子也好像睡着了，不再哭闹。她从泥水里坐了起来，将熟睡的孩子放在灶膛的边上。那里已经烤出一块稍微干燥的地皮，孩子睡在那里，应该是温暖的。

## 四、第一锹

我跑到麦地里，寻找那些从天上掉下来的人。我一路寻找着，一路点数着落地的人数，慢慢自己也记不清楚数到多少，不知不觉回到村子里。

我忽然很想见小藤，一来我已经很多天没有见她，二来我想将天上掉人的稀罕事说给她听，她一定会喜欢。

我走到她家墙外，听到院子里有动静，是铁器与地面碰撞的声音。我爬上墙外那棵老槐树，沿着老槐树伸向她家院子的枝干，站在她家墙头上，打了一个呼哨。

“干什么呢你？”我尽量只让她听见我说话。

“刨坑。”她说。

“刨坑干啥？”

“不干啥。”

“不干啥你刨哪门子坑啊？”

“我锻炼身体呢。”

“别刨了，给你说件事。”

“有屁快放。”

“这两天没见你，很不是滋味。”

“什么滋味？”她说话的时候并没有停下手里的动作。

“怪痒痒。”我说。

“生虫子了吧。最近老下雨，一下雨人就容易生虫子。”

“你还别说，我刚才去了麦地一趟，叶子上果真生了许多蚜虫，黑压压的，把麦子都压弯了。”

“人生虱子草生蜕，都是从天上掉下来的。你看我脚下，正踩着厚厚的一层呢。再这样落下去，房子都要被它们啃掉了。我晚上睡觉的时候就感觉房子有些摇晃，以为是地震，也没太在意。今天早上起来一看，满院子黑压压，墙上、树上、屋顶上、地面上，全被它们给包裹起来了。一脚踩上去，像踩在加厚的地毯上，用扫帚打扫，根本扫不动。我忽然想起房子震动的事情，就去检查房子的地基，结果吓了一跳，地基全被它们啃成蜂窝了。”

“所以你想把它们都埋掉？”

“哼，它们，我一把扫帚就对付了，还用得着费这么大劲？”

“那你这究竟是为啥？”我摸了摸墙头，摸到一些扎人的碎玻璃。这些碎玻璃还是我帮她一块一块插上去的。

她依然不回答我，依然保持着刨坑的一贯姿势。她刨起坑来真像那么一回事儿。

“要不要我帮你？”我实在受不了一个人闷着头不说话的样子，哧溜从墙头上下来，掂起一把铁锨也跟着使劲刨了起来。

“我说，你刨了多大工夫了？”我问。

“天一黑就开始干。”

“你也不累？”

“一想到要将一切都埋掉，就一点也不觉得累了。”

“坑要刨多大？”

“能刨多大就多大。”

“得刨多深？”

“能刨多深就多深。”

“我想我得歇一会儿了。”我忽然扔下铁锹，跌坐在坑边，连续地保持一个姿势刨土，使我腰疼得厉害。

“怎么了？”

“手指破了，墙头上玻璃扎的。”

“这样吧，”她头也不抬地说，“你下去刨，将土装在筐里，我在上面负责将土运上来。”她仍旧保持刨土的姿势，连擦汗也来不及；好像她根本就不流汗。

我走近她，摸了摸她的脸，很凉，果然没有汗。

“干嘛？”

“摸摸。”

“摸摸就不痒了？”

“痒，更痒了。”

她直起身体，扔下铁锹，也像我一样跌坐在蚯虫满地的院子里。我听见她开始大口喘气，伴着咳嗽。我又趁机摸了一下她的脸，滚烫，汗水跟暴涨的河水似的，满脸淌。

“一想到要一辈子像棵树一样待在一个地方，一动不能动，我就感到恶心。”她说。她自己不住地用手抹脸上的汗。我摸了摸她的手，手上也是汗津津的。

“你能这样想，就很了不起。”我忽然冒出这么一句奇怪的话。

“刚才我从麦地里回来，你猜我发现了什么？”

她没有表示出一贯的好奇。

“我看见天上掉人了，跟下冰雹似的。”

她并不搭我的话。

“全都光着屁股蛋子。

“难道你一点也不感到恶心？这些人和虫子有什么分别？

“我以为你会很喜欢。

“他们都是侵略者，你等着吧，村里有戏看了。

“我们是不是应该去报告？”

“报告？”她从鼻子里发出一阵冷笑，“真是愚蠢。”

“其实我感觉他们也不像坏人。”

“如果真是坏人倒也好了。坏人都坏得直接，好人呢？磨磨唧唧的，见了就恶心。最见不得那些所谓好人。坏人，想抢就抢，要杀便杀，好人，做得到么？即使做不了坏人，也千万别做好人。好人都是贼。”

“你的意思是任由他们胡来？”

“我不想听到坏消息。”她没有回答我的问题，忽然抓起我的手，“还疼么？”

“你吹吹就不疼了。”

她看都没看，就又将我的手丢掉。她说：“我想好了，必须把房子都埋起来。”她从地上站起来，“继续干吧。”

“不埋不行?”

“也行。”她说着，一头栽进坑里，“你把我埋了吧。”

“你想死?”

“是我不想看见你们死。”

“怎么会这样?”

“本来就够恶心了，实在不想再看到你们无动于衷的死样子，那让我更恶心。”

“我不明白。”

“要么我埋掉你们，要么你们埋掉我。就是这样。”

“就是这样?”

“就是。”

“哦，我想想——”我从身上扯下一块布条，将流血的手指缠紧，拄着铁锹，从地上站起来。围着那挖好的大坑转了几圈。我探头往坑里看。她已经躺在坑底，瘦小的身体显得这个大坑挖得有点大而无当。

“明白了?”

“唔，啊，嗯哪。”

“埋吧。”她说。

我朝手心里吐了一口唾沫，搓了搓，一脚蹬住铁锹，铁锹深深地插进那堆新土之中。我两只胳臂用力，掘起了第一锹土。

## 五、麦地钟声

小藤站在一望无际的田野里，站在密密麻麻的麦秆中间。

在碧绿的麦田里，只能看到她红色的上半身。她低垂着脑袋，仿佛一个稻草人，驱赶着天空中盘旋的麻雀。在她的耳边，正有一种音乐轰然奏响，好像有一个重金属乐队正专门为她演奏。但这是寂静的田野。这也不是艳阳高照的正午，天空中看不到太阳的影子，就连天空也无法看到，只有一片浑浊的天光笼罩着四周。你甚至可以说，只有她的周围是明亮的，她的周围之外却是从黄昏到深夜的渐次伸展。

我不能确定她站在这片田野里究竟要做什么。除了知道她像一个专心致志的聆听者之外，我什么也不能确定。但田野的奇异我还是可以观察到的。这片麦田，有着碧绿挺拔的麦秆和随风轻拂的叶片，可是那些麦穗已经金黄，麦芒亮闪闪地刺向了虚空。没有人来收割业已成熟的麦穗。小藤其实也应当注意到，在她周围的麦子有更大的不同。那些麦子并不都是碧绿，还有绛紫、橘黄、乳白、青靛等颜色，相间有序地生长在一起，在麦田里组成一种七色花的图案；这种图案在整个麦田无休止地被复制，使得田野仿佛带有漂亮花纹的人工绣品。或许我可以说，小藤正是沉迷在这种神奇的植物序列中，百思不得其解。

世界上除了有碧绿的麦子，怎么可能还有其他颜色呢？就算是别的植物，除了绿色之外也很少有其他颜色啊。但是小藤似乎很快想明白了，她抬起头，对我说："你看，这些植物生长之后形成的花纹正好和预想中的一样；你简直想象不到，我的母亲，在种植这些植物之前，费了多大的心思，设计出一个多么了不起的种植方案，画出一个多么匪夷所思的规划图纸。为了种植出这样一个七色花的花纹，她从挑选品种，到图案设计，再到实地种植，花费了多么大的心血。我想她实在没有浪费她从小就有的绣花天赋。"

我靠近她所在的麦田，发现这确是一种奇异的麦子。那些金黄麦穗上结出的麦粒全都裸露着，仿佛一串串微型的辣椒，悬挂在麦芒的上边。我伸手摘下一颗，放在嘴里咀嚼，清脆可口。小藤虽然不同意我这样鲁莽的行为，但还是默许了。我们一起品尝这些清香可口的麦粒，仿佛我们的生活一直就是这么幸福。

但我看到的田野与她看到的并不相同。我不但看到了奇异的麦田，还看到了高秆的向日葵。那些金黄的花盘因为失去太阳的指引，已经纷纷迷失方向，仿佛一群晕头转脑的士兵，忘记了左和右，只能面面相觑，仰头发呆，或者低头瞌睡。对它们来说，这是一次注定失败的战役，前进还是后退，都不能阻止军心的涣散。或者说，它们已经被无形的敌人战败。在这个无处可逃的地方，它们丢失了指挥者，而变得无计可施，垂头丧气。

我还看到，一些正在绽放粉红花朵的棉花，已经结出水分充足的果实；那些沉甸甸的果实，甚至从稍微张开的裂缝中，滴下多余的水分。要想挤干这些水分，裂变成蓬松的棉花，还有一个漫长的过程。没有太阳的照射，这些果实，只有被虫子咬掉，或者被自己的水分腐蚀。

棉花和向日葵一样，都是绝望的植物。

我相信小藤并不真的喜欢这片田野。她并不抬头眺望无边的麦浪，更看不到我所看到的向日葵与棉花。

天空被闪电划开一道裂口，黑色的风裹胁着崇山峻岭一般的乌云从头顶滚滚而去，飞向遥远的村落。但乌云似乎已经达到预定目的地，任凭狂风怎么吹送，只是凝固在村落的上空，一动不动。

每当乌云压住了村庄，总会有许多传说在孩子们的口中流传。在他们被幻想控制的眼睛里，所看到空中的一切，无一不都是神迹。在他们幼稚的描述中，是乌云回到了家乡，为久旱的故土耕云播雨。为什么狂风吹不动乌云，因为村庄就是乌云的故乡。暴怒的狂风虽然吹不走乌云，却能够吹走树木和房屋，牛羊和稻草。田野里的麦浪正在一片一片地倒伏下去；向日葵拦腰折断，花冠像战败者的头颅一样纷纷离开自己的身体；棉花的果实互相碰撞着，发出紧锣密鼓的声音。

# 终章

## 相逢何必曾相识

他双手扶在汽车屁股上，使劲推，汽车纹丝不动。挥舞拳头狠锤汽车屁股，手指感到疼痛；又抬脚猛踢，从车尾一直踢到车头，车子只是发出哐哐当当的声音，车体没有损伤，而他感到脚趾疼。他只是踩坏了前灯和尾灯，扭断了两边的后视镜，又用石块砸裂了车玻璃，玻璃上留下一些蜘蛛网状的裂纹。他想如果有人来帮他一下，将汽车推到山谷里去就好了。他这样想着，仿佛真有一个人过来帮他似的，重新跑到汽车尾部，继续推。他觉得自己只要再坚持一会儿，汽车就要动了。

从来路的山坡上，有人骑自行车下来。那人骑得慢慢腾腾，摇摇晃晃，好像随时都要摔倒。骑到桥头时，连人带车一起倒了。那人一骨碌爬起来，扶起车子，照着车子的轮盘就是一阵猛踢，边踢还边骂："叫你倒，叫你倒；妈的，看你再倒！"他一松手，车子果然又倒了。他又将倒地的车子猛踢一阵。

推汽车的人停下来，看那人虐待自行车，觉得有趣。那是一辆绿色飞鸽牌自行车，车子的前筐和后座褡裢里，塞满信件和报纸。这个人准是个邮递员。他发完脾气，大步走到桥上，边走边喘气，好像快要憋死。

邮递员双手抓住栏杆，身体尽量向桥下弯，脸在河水里照出影子；他对着水里的影子剧烈咳嗽，脊背一耸一耸的，似乎下决心要把胆汁咳出来。咳完后，和那个推汽车的人一样靠在栏杆上，调匀呼吸，咳嗽泛起的红潮慢慢从脸上褪去。邮递员瞥一眼汽车司机，又很快掠过他，仍然愤恨地瞪着那辆刚挨了一顿揍的自行车。那辆车子依然倔强地躺在那里，没有一点屈服的表示。这可把他气坏了，只见他快步走回去，像揪不听话的小孩的耳朵那样揪起车把，推到桥中央，将褡裢里的报纸信件统统丢到河里，然后一把将自行车抓举过头顶。

这个人胆子太大，竟然当着陌生人的面将信件全都丢到河里。他举车子干嘛？难道要摔死它？他想看这个疯子到底要干什么，便向前走了两步。“疯子”很警惕，他打量着汽车司机，似乎要将对车子的愤恨转移到他身上。汽车司机避开他凶狠的眼神，试探着摸摸那车子。“你不要它了？”他大着胆子问。

那人双臂下沉，车子半举在胸前，吐了一口气，没有搭理汽车司机。

“能不能别扔到河里去？”

“……”

“扔哪里都行，就是别扔河里。”

“……”

“你先放下，这样你不觉得累吗？扔河里太可惜了，一下子沉到河底，捞都没办法捞；倒不如扔到河滩上，万一后悔了，还能捡回来。即使你不肯捡，让别人捡走，也是成全别人好事一桩啊——”

“凭什么让别人捡走?!”那人突然吼了一声。

“反正你就要扔掉了，还管那么多干嘛!”

“我能不管吗?”那人这才放下车子，“这是我的自行车!”

“我看它还是崭新的，扔了倒可惜。”

“才发了没几天呢。”

“是辆好车子。”

“骑上去可省劲了，一点儿也不觉得沉。”

“那你干嘛要扔呢?”

“谁说我要扔了?”

“你刚才不是么。”

“我哪是扔啊，我是练臂力呢!”邮递员又将车子举过头顶。

这疯子还怪有劲。汽车司机暗地赞叹。

邮递员举了四五下之后，靠在桥头上休息，汽车司机递给他一支烟。他接过来，将滤嘴掐掉后含在嘴里。汽车司机回到汽车屁股后面，向他招了招手。他倒也爽快，二话没说，就上去和他一起推。两人推了半天，汽车仍不动。

“算了。”

“还得再多俩人才行。”

“算了。”汽车司机摇摇头。

“这可是个蹊跷地方，前不着村，后不着店，天一会儿就黑了。天黑了就不好办了，你知道吧。”那人显得比汽车司机还忧心。他在车头前面来回走动，左右观察着，像在想办法。

“这车被人砸了？”

“我砸的。”汽车司机说。

那人拍拍汽车司机的肩膀，说：“理解，我理解，我特别理解——你想不想听我的理解？”

“你说。”

“那我就说了。你看我说的对不对。车是你的，你每天都在驾驶它，可是忽然有一天你发现根本不是这样，事情全倒了个个儿，明明是它在驾驶你，是它在操纵你，这不是很操蛋的事儿么，对不对？你说对不对？你别光点头，说，对还是不对？”

“对。”

“对啊，你说的。——那么，咱们就想，咱干脆把它砸了呗！干脆把它推下河去完事呗！省得它这么烦咱，折腾咱——对不对？对啊，你说的。——那么，既然咱推不动汽车，难道连一辆自行车也对付不了吗？对不对？对啊，你说的。——那么，这就好办了——”他又将他的自行车举起来，“看着啊——你看着——”他把自行车放在桥的栏杆上，就等一放手，车子就掉下去了。

汽车司机急忙说：“你等等。”

他将自行车从邮递员手里抢过来，放到安全的地方。

“要不这样也行，”邮递员按着自己的思路，郑重其事地说，“自行车交给你，你帮我把它砸了，然后扔下去，那样即使有人捞起来，也是一堆废铁；而我负责把你那车烧了。怎么样？”

汽车司机倒不担心他会真的烧掉他那辆车，只是这辆自行车让他重又看到希望。

“难道你还有更好的办法？”邮递员问一直沉默的汽车司机。

“也不是。我其实是想搭你的车。”

“搭我的车？”邮递员发觉汽车司机并不赞同他的主意，感到很失望。

“我得去办一件重要的事情。”

“重要的事情？”

“你得帮忙。”

“不行，我得把它扔下去。”

“不能扔！”

“你咋回事？怎么不明白人的心呢？我这样做，完全是出于对你的理解啊！我知道你痛恨你的车，就像我痛恨我的车一样，是它们每天带我们到处走；我们这样做，是给它们一个教训，为什么你不领我的情呢？”

“如果我对我的车并没有仇恨呢？”汽车司机顺着疯子的思路，寻找解决的办法。

“那就和你无关了，”疯子说，“我现在做的，是我自己想做的事。”

汽车司机没有办法，只好自己走过桥去，头也不回。

“你这就走了？”疯子在后面喊。

“我得快走，不然天黑前回不了家。”汽车司机也大声地回答他。

“你等等，”疯子推着车子，小跑着追上他，“你是要回家？”

“是啊。”汽车司机低着头，踢着脚下的石子。

“可你刚才不是这么说的。”疯子将车子横在汽车司机面前，不让他走。

“我刚才怎么说？”

“你说要办一件很重要的事情。”

“回家难道不是一件重要的事情啊。”

“你家在哪里？”

“后庄。”

“我是流泽，离你那里不远。我怎么不认识你呢？”疯子使劲盯着汽车司机看，似乎要在他的脸上找到一点熟悉的蛛丝马迹。汽车司机没有答话。疯子又自言自语：“不认识也正常，虽说附近村子的人我都认识，但现在的孩子长得也快，我认识的越来越少了。”

“这不怪你。”汽车司机说。

“事实上我总是早出晚归，所以很少有人认识我了。”疯子说。

“我也是很多年都没有回过家了。”汽车司机说。

他们俩相视一笑。疯子扶正车子，对汽车司机说：“上来吧，我送你。”

“你不扔你的车了。”

“等我把你送到家，再扔不迟。”

汽车司机也管不了许多，抓住车后座，腾身坐上面，双腿压在空瘪的邮件褡裢上。

疯子转身看了看汽车司机，对他说：“坐稳了。”

“许多人都搭过我的车，这都成我一项特别业务了，我其实很喜欢捎个人什么的，至少一路上有人和我说话，这总比载一堆哑巴报纸强吧，你说。”

道很难走，坡路很多，一会上，一会下的。上坡的时候，汽车司机就得暂时跳下车，帮邮递员在后面推，但他却固执地让汽车司机坐在后座上面；下坡的时候，汽车司机以为可以安心地坐在车上，享受下坡的快意了，邮递员反而忧心忡忡，让他下车自已走下去。他骑车下坡的时候总是摇摇晃晃，紧张得不行，车子每每都像要摔倒的样子。汽车司机怀疑他的车子没有刹车，但他试了试，刹车性能极好。

那疯子说："我得保证你别摔着。"

"前面是哪里？"汽车司机看见不远的前面有一处村落，坐落在山谷对面的半山腰上。

"北城子。"

"过了北城子，就快到了吧？"

"早呢，这才刚刚开始走。"

"我记得没有这么远。"

"不是远，是慢。"

"要是能碰上一辆汽车就好了。"汽车司机以为邮递员有些累，提出替他骑一会儿，但被拒绝了。

"这个时候不会有什么汽车了。"

"碰上一辆卡车也说不定。"汽车司机一边说，一边注意观察山间的风景。

道路的下面是很深的山谷，山谷对面有一座山峰，姿态奇妙，像一只向上攀缘的狗熊。

"熊峰。"邮递员解释道，好像这是一座很有名的山峰。

他们在这边骑车前进，熊峰在那边随着他们的行踪发生着变化。渐渐地，它不再是一只奋力攀缘的熊，而变成一只款步行走的老虎。它在前面慢慢走着，好像很快就会走远，马上就要消失的样子。但实际上他们距离它越来越近。他们此刻正走在老虎屁股的后面，老虎俨然发现了他们，虎头微微向后张望，张开大嘴，发出低沉的吼叫。

“我每天都能遇见它，每次都觉得它回头有话要对我说。”

“你做邮递员多久了？”汽车司机问。

“快十五年了吧。因为能分到一辆自行车，我才当的邮递员。”

“你总是一个人骑车送信吗？”

“不然又能怎么样？”

“总该有个搭档吧。”

“我喜欢一个人骑车。有时候也会产生一点厌烦。想想十几年不变，老是在同一条道路上来来回回地走，我也受不了。好在这种难受劲很快就没有了。”

他们超过那只老虎。回头再看，老虎已经什么都不是。

“不瞒你说，我扔车子不是第一回了。每次都谎称遭到盗窃。我原以为这样可以换一个工种，你知道吧。”

“结果呢？”

“奶奶的，他们又发给我一辆新车子。”

“没有别的选择吗？”

“这条线路，没人愿意走。”

“你把车子全扔河里了吧？”

“也要看情况。有时我会把它拆碎，卖给收废品的、修车的或者倒卖零件的；有时呢，我也把车子整个卖给车贩子，他们还可能卖更高的价钱；有时我也会把车子往哪个小区里一丢，那里有专门的停车棚，可能这就被小偷偷走了，也可能呢，到现在它还在那里放着，风吹雨淋的，落满灰尘不说，锈得也很厉害；有时再去那个小区，经过停车棚，我也会进去找找。如果没找到还好，要是它还在，就跟它一直在那里等我似的——

“但是我很少将它们扔在荒郊野外什么的。车子嘛，不光是个东西，总觉得它们离开我，还会有更好的落处，跟着我呢，一直走重复的路，这不光对人是折磨，对车子也是摧残，你说是吧。只有一次，我把一辆车子从山崖上扔下去了，到现在都还很后悔。当时我骑它下坡，故意没有使刹车，就是突然有了这么一个想法，也不知道咋想的；坡底是个急转弯，如果弄不好，就得掉下去。可这事也挺邪你知道吧，车子往下跑着跑着，前轮突然不转了，后轮还在转啊，轰一下子，后轮把车子掀起来，我和车子一起飞出去了。那时我就听天由命了。我想这回死定了吧，谁知道还没死。我一睁眼，发现自己躺在一块岩石上，只磨破了一个手心，它奶奶的。车子也不过翻了个个儿，歪在路边。我怎么也弄不明白那前轮怎么突然就不转了。”

“肯定是你不小心碰了刹车。”

“没有。”

“那就是车轮与护圈之间突然塞进去什么了。”

“也不是。我检查过了，是前轮车圈走型太厉害，车轮磨着支架啊，你知道吧，磨着磨着就磨不动了。”

“这也差不多。”

“我一生气，就把它扔下去了。”

邮递员一边说话，一边蹬车，蹬得越来越慢，快要骑不动了似的。他说话也有点上气不接下气。汽车司机跳下车子，跟在后面跑起来。因为在车后座上坐得太久，屁股硌得很疼，双腿也发麻，落地一跑，身体反而很轻盈。他跑得很快，甚至将邮递员远远地抛在后面。

天早就黑沉下来。在滚滚云层的后面，时隐时现着惨淡的月光。四周的山峰黑黢黢的，仿佛云彩投射在大地上的影子。只有被月光正照的山峰现出一点清晰的轮廓，可以看到山脚下荒芜的田埂。前面已经没有正经道路可走，只有一条布满鹅蛋大小石块的羊肠小路。邮递员无法骑车，推着车子和汽车司机一前一后走着，走在一座巨大山峰的阴影里面。汽车司机感到自己的鞋子快要磨破了。鞋底薄得像层纸，踩在一些细小的石块上，硌得脚底疼；鞋的后跟里钻进去一些小石头，每抬一次脚，里面都发出哗啦哗啦的响动，好像带着脚铃似的。

“就快到了。”邮递员说，“翻过那个小山坡，就能看见。”

小山坡正在月光的照射之下，有些朦胧。汽车司机几乎不再注意脚下的道路，而只一味地看着那个月光下的小山坡。他感觉那山坡是移动的，有时候距离近了一些，有时候又远了不少。道路在延伸中悄悄拐了一个弯儿，小山坡看不见了，他便有些失望。他希望能走到月光照射到的地方，但道路却一直在阴影里盘旋。

“怎么还没到？”

“已经到了。”邮递员给汽车司机指着山坡的下面。那是一个不大的山坳，一些低矮的石屋蹲伏在那里。这使他相信他们站着的地方就是那个小山坡，但是却没有了月光。汽车司机抬起头，看到一块巨大的黑云，在空中一动不动，一些微不足道的月光从它的薄弱处泄露出来，不足以照亮这里。

“咋连自己的家都不认得了。”

“时间太久，全忘记了。”

“很少有人不记得回家的路。”

汽车司机嘿然良久。山坳里偶尔有一两声狗叫传来，却没有一家亮着灯火。黑沉沉的山坳，仿佛一口塌陷的枯井。

“从这里下去，你就到了。”

“知道。你呢？”

“你就别管我了，我还得再走一阵子呢。”

# 后记

# 小说还乡

中间我大约有十几年很少回故乡，这个中间是指我大学毕业之后到步入中年之前。

没有回去的原因很多，比如北方的冬天很冷，老房子取暖设施很差；比如已经将父母接到城市里，回去的必要性消失；又比如所谓的“面子”——一个大学毕业生还不如同龄的农民工在村里活得体面……和这些相比，更重要的是，村庄在这很长的时间段里，除了住在里面的人在陆续变老之外，并没有发生什么变化，但却让我越来越觉得陌生。

终于有一年，它变了！以极为迅速且近乎无声的方式从那片土地上消失，被铲车、挖掘机、推土机等大型机械一键删除，还原为一片田野。这是乡村中国最典型的一种剧变模式，它来不及让人思索，一切怀疑和肯定都毫无意义，而只能接受。当我和父母终于乐于回到那里，搬进崭新的城市化社区中时，那种先接受后肯定的心态越发强烈。我竟然比以前乐于回到那里了。比现实更魔幻的是人心。

在应用科技空前发达的今日，文字的书写明显缓慢而滞后。有一段时间我放弃了文字，而企图以录像和摄影的方式记录这个迅疾的过程。但仍然来不及，当我再次回到那里时，只能在冬天墨绿色的麦田里寻找老宅的大体方位。而所谓的老宅，所谓的故乡，和大地相比，都不过是暂存之物，变为麦田，或者变为荒野，都不过是恢复了它的本来面目。人作为某种情感的载体，也不过如此。就像我，举着手机在这片土地上拍来拍去企图留存些什么的人，也许在这种行走中就烟消云散了。

所以所谓还乡，到底是还向哪里呢？以我有限的思考力，不得不再次回到对“梦”的探寻。我认为，人是为梦而生的。有的人为未来的梦而生，有的人为过去的梦而生，不管是为未来还是为过去，梦甚至是人活着的起点。相对于成年，人的童年和少年时期就是一个梦，故乡也无非是这个梦的一个侧面。我常常会追忆那些梦，这就有了这样一本和梦有关的书。还乡，就是回到梦中。

关于这本书，或者说关于那个消失的村庄，我还有一个从未写过的梦，或者可以称之为“总梦”，它似乎在启发我一点关于还乡的道理。

我梦到汶河的一次洪水，从来没有过的大洪水。水在堆积如山的黄沙之间肆意奔腾，湍急的水流淘空沙山的根基，一座座沙山开始倾倒，转眼消失于洪水中。那些沙团在水中瓦解，变得细小，甚至还不如漂浮的水沫显得威武。而洪水吐出的水沫犹如传说中的冰山，顺流而下，横冲直撞。

我在梦中想要渡河到对岸去，而对岸才是我的家乡。此时桥梁已经沉在水底，我还记得有一条大船从诞生之初就搁浅在这条大河之上，但此时也已经掩埋在水底。

田野也淹没在汪洋中。没有一座房子是能够漂浮起来的，没有一棵树，一头羊，一条大路，一个母亲，一个妹妹是能够漂浮起来的。只有一个父亲高大无比，独自在大水之上跋涉。大水似乎刚刚没过他的小腿，他仍然在田野里照顾自己的庄稼，看看有没有一片叶子还在水的表面露出脑袋。

我站在河的对岸看到这一切，看到淹没在水底的村庄，仍然郁郁葱葱，而正是这水底的生机，勾起我还乡的欲望。

我想看看那时的人们。

过去人们的灵魂依然在这里生活。